文春文庫

蜘蛛の巣のなかへ

トマス・H・クック
村松 潔訳

文藝春秋

聖書の民へ

影などというものはない。
光を剝ぎとられた空間があるだけだ。

——『事物の本性《デ・レルム・ナトゥーラ》について』　ルクレティウス

蜘蛛の巣のなかへ

ウェスト・ヴァージニア州キンダム郡　一九八四年夏

主な登場人物

ロイ・スレーター……………寄宿学校の教員。生まれ故郷、ウエスト・ヴァージニア州キンダム・シティへ二十数年ぶりに帰ってきた
ジェシー・スレーター…………ロイの父親
アーチー・スレーター…………ロイの弟
ライラ・カトラー………………ロイのかつての恋人
グロリア・ケロッグ……………アーチーの恋人
ウォレス・ポーターフィールド……キンダム・シティの元保安官
ロニー・ポーターフィールド……ウォレスの息子。現在の保安官

第一部

1

生まれ故郷へ帰っていくという話ほど古くから語られている物語はないだろう。たとえば、中年になったアダムがエデンの園に戻り、荒れ果てた楽園のなかを歩いたとすれば、自分が追放されたときのことが妙に懐かしく思い出されるのではないか、とぼくはむかしから思っていた。だが、キンダム郡に対して、ぼくはそんな懐かしさは少しも感じなかった。実際、そこを出て以来、いつかまたそこで暮らすことになるとか、キンダム・シティの通りで顔を合わせるたびに、ふたたびポーターフィールド保安官の疑わしげな視線にさらされることがあるとは思ってもみなかった。保安官はなにも言わなかったが、彼の考えていることはわかっていた。

〈あんたがあそこにいたことを、おれは知っているんだぞ〉

殺人事件の数日後、ぼくがカリフォルニア行きのバスに乗りこんだとき、老保安官はわずか数メートルしか離れていない街角に立っていた。目に咎めるような色を浮かべたまま、バスが発車したとき、にやりと笑った。

〈あんたが何をしたか、おれは知っているんだからな〉

その年、ぼくは十九になったばかりで、奨学金を獲得して大学に行こうとしているところだった。ぼくの願いはただひとつ、血なまぐさい事件から逃げ出して、キンダム郡から遠く離れた場所に行き、それまでの生活とはあらゆる意味で違った生活を築くことだった。あの日、バスの座席に坐ったとき、ぼくにひとつの決意があったとすれば、それは二度とふたたびキンダム郡では暮らすまいということだった。もう二度とこんな土地で貧困や萎えた希望に耐えて生きていきたくはなかったし、もちろん、ウォレス・ポーターフィールド保安官の陰険な猜疑のまなざしに耐えながら暮らしたくもなかった。

だが、父が病気になったと知ると、ぼくは戻ってこないわけにはいかなかった。母も弟のアーチーも亡くなったいま、ほかには父の世話をできる者はいなかった。ぼくは父とはなんの共通点もなかったし、こども時代の懐かしい思い出すらほとんどなかったが、父をひとりきりで死んでいかせるわけにはいかなかった。

父が死にかけているという事実には疑問の余地はなかった。帰郷した数日後、診療所に行くと、プール先生からはっきりとそう宣告された。

「父の病状を正確に知りたいんですが」とぼくは言った。

プール先生は椅子の背にもたれかかった。「この夏は越せないだろうな、ロイ」

むっとする夏の午後だった。古い木製の机を挟んで向かい合い、プール先生がそう宣告するのを聞いているあいだにも、そこから数キロ離れた場所では、うだるように暑い寝室に父がすでに引きこもっていることをぼくは知っていた。むかしからいつもそうだったが、父はかたくなにドアを閉ざして、あのむんむんする空間に引きこもるだけでなく、自分自身の内側に閉じこもっていた。自分が横たわっている部屋と同じくらい風通しの悪い、熱気のこもった心の内側に。

「肝癌の末期になると、実際のところ、できることはなにもないんだ」とプール先生は付け加えた。「だから、わたしなら、いい加減な希望にすがって時間を浪費したりはしないだろう」

「ぼくは一度もそういうことをしたことはありません」とぼくはさりげなく言った。

「ジェシーは自分の病状について何と言っているのかね？」

「ただ癌になったということだけです。末期だとは言いませんでした。ぼくに帰ってきてほしいとさえ言わなかったんです」

「しかし、帰ってきてくれてよかった」とプール先生は言った。「彼の生活を快適にしてやることはできるだろう」

「できるだけのことはするつもりです」ぼくはきっぱりと断言した。

できるだけ快適に過ごせるようにしてやること。それがぼくが帰ってきたただひとつの目的だった。父の差し迫った必要の面倒をみてやること、ただそれだけだった。ぼくが故郷に帰ってきたのは父と和解するためではなく、父の承認を得るためでも、父になにかを告白するためでもなかった。ぼくの目から見るかぎり、父は不作法で無知な男であり、自分の不作法や無知をかたくなに自慢の種にして、名誉勲章みたいにひけらかしていた。それはあまりにも極端で、ぼくを不快にするためにわざとそうしていると思いたくなるほどだった。いつもボクサー・パンツに袖無しのアンダーシャツという恰好で、カビ臭いゴミだらけの部屋に寝ころんで、大股をひろげ、汚れた指に根本まで燃え尽きた煙草を挟んでいる。夕食の席では、手の甲で口を拭き、アイス・ティーの残りを音を立ててすすって、ぼくを挑むようににらみつけながらグラスを置いた。昼も夜も、知性のかけらもないテレビ・ドラマを延々と見つづけ、番組そのものと同じくらいコマーシャルも面白がっているようだった。眠っているあいだでさえ、ぼくを困惑させるつもりらしく、激しくのたうちまわって、アーチー、アーチーとしきりに弟の名前をつぶやいた。まるで自分の最期の日々に傍らにいてほしかったのは、死んだ弟のほうだったのにと言わんばかりに。

こういう悪意ある振る舞いはすべて父が死にかけており、それ故に不幸であるという単純な事実のせいだと考えることもできたかもしれない。しかし、父の不幸はいまはじまったことではなかった。父が深い恨みのこもった悲惨さに苦しめられていなかった時期は一度も思い出せないし、この地上での最後の数週間、その安らぎを知らぬ亡霊が容赦なく父を責め立てて、墓場に追いこむまでけっして攻撃の手をゆるめないつもりだとしても、ぼくは少しも驚かなかった。ときには、その亡霊が父のまわりをヒューヒュー飛びまわる音が聞こえるような気さえした。はるかむかしに枯れてしまったトウモロコシ畑を吹きぬける風の音みたいに、ひどく乾いた音をたてて。

しかし、父の不幸のそもそもの源がどこにあるのかは、むかしからずっと謎だった。父は一度として自分の人生について語ったことがなかったし、埋葬してしまった過去をちらりと覗かせるというほどのこともなかった。だから、父の不幸はぼく自身のそれと似たようなものだと思うしかなかった。つまり、自分の選択の結果、そういうことになったということだ。ぼくたちが選んだ道はまったく正反対だったが、結果的には似たようなところに行き着いた。父は間違った結婚をしたが、ぼくは結婚しないことを選んだ。父は息子をふたりつくったが、どうやってかはともかく、そのふたりとも失った。ぼくはこどもはつくらなかった。どちらの人生でも、家族という夢は幻滅に終わり、なんの喜びもない結びつきが残っているだけだった。父はただ死ぬことを待ち望み、ぼくははるかむかしに逃げ出したその場所から、ふたたび逃げ出すことばかり考えていた。

キンダム郡に帰ってきて何日か目にぼくが悟ったのは、いまやここから逃げ出したいという気持ちがかつてないほど強くなり、ほとんど生理的な欲求になっていることだった。今回を最後に、この土地にまつわる血なまぐさい遺産とはきっぱりと縁を切りたかった。なぜなら、暴力はそれがふれるあらゆるものに絡みついてしまうことをぼくは悟っていたからだ。血は洗い流せるが、血の記憶を消すことはできない。それがだれの血であり、どんなふうに流れたのかを忘れることはできない。なんでもないふつうのハサミでも、一度証拠物件Aという札がつけられれば、もはやそれで爪糸を切ることはできないのだ。

こども時代の部屋をちらりと覗いて、片隅にアーチーの使い古したギターが依然として立てかけてあるのを見ただけでも、たちまち銃声や青い煙がよみがえった。

弟とぼくは、幼かったころから弟が家にいた最後の晩まで、その小さな部屋を共有していた。ぼくたちはその部屋でじつにいろんな計画を立てたものだった。たいていは脱出の計画で、まず手始めにキンダム・シティに逃げ出して、そこから見知らぬ土地に行くつもりだった。ぼくが初めて大学に行く決心をしたのもその部屋だったし、そのあと願書に必要事項を記入したのもそこだった。入学が許可され、奨学金がもらえることになったという手紙を読んだときには、まるで白昼夢を見ているような気分で、ぼくはベッドの上で跳びはねたが、アーチーは黙ってそれを見守っていた。

アーチーが初めてグロリアの名前を口にしたのもその部屋だったし、それからしばらくして、彼女に恋をしていると打ち明けたのもそこだった。しばらくすると、彼はいつか彼女と結婚して、ナッシュヴィルに引っ越してアパートを見つけ、毎週土曜日の夜にはカントリー・ミュージシャンの登竜門〈グランド・オール・オプリー〉の公開録音に行くことを夢見るようになった。彼が貯金箱に使っていた小さい金属製の箱が、いまでも窓際の小さな木のテーブルに置いてある。毎晩、彼がコインをかぞえるチャリンチャリンという音がいまにも聞こえそうな気がした。弟はそうやってコインをかぞえながら、あのおずおずしたいかにも自信のなさそうなやり方で、ナッシュヴィルに行ってカントリーの歌手としてやっていけるようになるまでに、いくら必要か計算しようとしたものだった。

話だけは勇ましかったが、計画はいつになっても曖昧で、資金も乏しかったので、ぼくは真面目には受け取らなかったし、本気で心配してもいなかった。にもかかわらず、最後には、彼はそれを実行した。少なくとも、実行しようとした。雪の降りしきる十二月の夜、何時間も道路を走りまわりながら必死に勇気をふるいおこし、やがてとうとう郡道1411号線沿いの高くて暗い生け垣の横に車を停めたのだった。そのあと現実に起こったことを想像したとき、ぼくは空の高みから見下ろすように、しっかり距離を置くように気をつけた。ただひとつ、郵便受けだけはあの晩実際に見たとおりのかたちで目に浮かんだ。プラスチック製の緑のヒイラギと赤い実で飾られた郵便受け。黒い金属製の側面にきわめて装飾的な字体で書かれたファミリー・ネームがなかば雪に覆われていた。

アーチーといえば、すぐに思い出すのは、いつでもジーンズに白いTシャツという恰好で、ギターをかき鳴らしながらカントリーの曲を小声でうたっている姿だ。ぼくの記憶のなかでは、彼はいたるところにいた。ポーチの階段やキッチンのテーブルに坐っていたり、下着姿でベッドに坐りこんで暇そうに漫画本をめくっていたり、ときには、十七歳になったころだったが、裏のドアのそばに立ち、ジーンズのポケットに両手を突っこんで、ゴミのちらかった裏庭をじっと見つめていたりもした。おそらくグロリアのことを考えていたのだろう。彼の頭のなかでは、愛が鞭みたいにビュンビュンうなっていたにちがいない。

この古い家にいる死んだ母のことも思い出す。目に浮かぶのはいつもベッドのそばにひざまずいて、剝きだしの膝を剝きだしの床につけ、ぎゅっとつぶった目の前で、両手の指をしっかりと組み合わせている姿だった。母はそうやって隣人に杯がまわされ、罪が赦され、善良な泥棒が救済されることを夢見ていた。

だが、いま、母が死んだ家のなかで、ぼくの目につくのは二度と取り戻せないものばかりだった。父が拳銃をしまっていた小さな引き出し。かつてはグロリアの写真が入っていた安っぽいプラスチック製の写真立て。父のベッドに立てかけてあるアーチーの野球のバット。クローゼットの床のがらくたのなかに埋もれているスクーターの首輪。すべてに家族の苦しみが刻みこまれていた。ぼくたちがそこから逃れようとした苦しみ、ぼくたちがまき散らしてしまった苦しみ。ぼくたちが味わわされた苦しみや、人に与えてしまった苦しみが。

というわけで、父の人生の最期の日々のあいだでさえ、ふと気づくと、ぼくは父から逃げ出そうとしており、父が忌み嫌いながらけっして離れようとしなかったこの家から逃げ出そうとしていた。なにか口実が見つかるたびに、ぼくは家から抜け出すことばかり考えていた。少年だったころとまったく同じように。

その少年はいまや母やアーチーより遠い存在に思えた。彼がかつてぼくの部屋に坐って、オレンジ色のソファで本を読んだり、大学へ進学することを夢見たり、「北部」か「西部」に移住して、教師になり、妻とこどもをもって、慎ましい幸せを見つけたいと思っていたとは信じられなかった。ぼくが彼のことを思い出すとすれば、まだ十歳のころ、アーチーを脱出計画に引き入れて、それがどんなに容易に実行できるかさんざん彼の頭にたたき込み――〈夜、家を抜け出してサドル・ロックまで行き、そこで朝まで眠るんだ。それからキングダム・シティまで行って、そこから列車に飛び乗ればいい〉――最後には、とうとういっしょに来るように説き伏せたことくらいだった。

その脱出の夢だけが、ぼくが実現したただひとつのこども時代の夢だった。その結果、過去二十年、ぼくは北カリフォルニアの小さな町に住み、海のそばに宝石みたいに建っている、小さな寄宿学校で英語を教えていた。その牧歌的な世界で、その州でもっとも恵まれた息子や娘たちに、ぼくはチョーサーやシェイクスピアを教えていた。父に言わせれば、〈生意気な金持ちのガキども〉に、自分のこども時代にはまったく欠けていた優雅さを身につけさせようとしていたのである。

カリフォルニアに移ってからは、ごくまれにしか父を訪ねなかった。たいていはクリスマスが近づいて、自分の孤独に打ちのめされそうになり、たとえどんな家族でも、なにもないよりはましだという気になるときだった。一度はみすぼらしいクリスマス・ツリーを立て、色つき電球やピカピカ光る金属の薄片で飾ったこともあったが、翌年の春に戻ってくると、すっかり乾いて茶色くなったツリーがまだ立っていた。父がどんなに死を待ち望んでいるかをぼくが悟ったのは、そのときだった。

いまや死を歓迎するという雰囲気が父のまわりに渦巻いていた。一度も愛したことのない妻、死んでしまった息子、それにぼくという、うまくいかなかったすべての芯がくすぶって、白い煙を吐き出しているかのようだった。

そのもやもやする煙から逃れたくて、ぼくはしばしば家を飛びだし、車で家の近くのキャントウェルという村落まで出かけた。田舎道の交差点にみすぼらしい店が数軒あるだけの村だったが、必要なものを買うためという口実しかなくても、しばらくはぐずぐずしていられる場所だった。「ちょっと買ってこなきゃならないものがあるんだ、父さん」とぼくは言い、さっとドアから飛びだして、あとでキャベツやシリアルの箱を抱えて戻ってきた。すると、父はきまって〈たったそれだけのために、わざわざキャントウェルまで行ったのかね?〉と非難がましく言うのだった。

だが、その日の午後にかぎって――その日からすべてが変わってしまったのだが――ぼくはなんの言いわけもせずに家を出た。

父の部屋にちょっと首を突っこんで、父がいつも胸から肩に塗っているヴィックス・ヴェポラッブの匂いを嗅ぎながら、「ちょっと出かけてくるよ、父さん」とだけ、ぼくは言った。

父はそれが聞こえたそぶりも見せず、テレビのちらつく光の前に御影石の墓石みたいに坐っていた。

洗濯していないカーテンが押しあけられ、窓の外にはぎらつく夏の日が乾ききった裏庭に降りそそいで、メヒシバの草むらが暑さのなかでぐったり萎れていた。

「出かける前に、なにか必要なことはないかい？」とぼくが訊いた。

父は相変わらず、数日前にぼくがその部屋に引きずり込んだテレビから目を離そうともせずに、レスラーがもうひとりのレスラーをマットにたたきつけるのを見つめていた。

「こんなのみんなインチキなのに」とぼくは言った。

「インチキでないものがあるのかね？」と父は答えて、片手を振った。「いくらでも好きなだけ出かけるがいい、ロイ。おれにはおまえは必要ないんだから」

いままで一度も必要なかったし、これからも必要ないと言いたげだった。

「一時間くらいで帰ってくる」とぼくは言った。

外に出ると、元気を回復させてくれる空気を深々と吸いこみ、ぎらつく陽光が顔を焼くにまかせた。あたかもその光と熱が父の残した毒の残りかすや、石のような沈黙に閉じこもって坐りこんだあの最後の幾晩かの記憶を焼き払ってくれるかのように。あのとき、アーチーは死に、母はベッドのなかで丸くなり、ぼくは数日後にカリフォルニアの大学に出発する決心をしていた。一度ここを出ていけば、あの山の娘を除けばだれにも会いたいとは思わないだろう、いずれは彼女と結婚するためにキンダム郡に戻ってくるつもりだったが、ふたりでふたたびここを出ていくときには、後ろを振り返りもせず永久に立ち去ることになるだろう、とぼくは確信していた。

家のなかからテレビの音が聞こえていた。重たい筋肉質の体がマットにたたきつけられるドスンドスンという音。大声でホールドや打撃技を告げるアナウンサーのヒステリックな声。

車のそばまで行くと、ぼくは家を振り返った。父の部屋で灰色の光がちらついている。父もかつては幸せを夢見たことがあるのだろうが、その夢と同じくらいおぼろげな光だった。ぼくはどうなのかといえば、ぼくに残された夢はただひとつ、この家族の最後の生き残りの片をつけて、長いあいだぼくたちの名前を結びつけていた血なまぐさい行為と縁を切ることだった。

2

その朝、車をドライヴウェイから出したとき、ぼくはとくにどこに行こうとも考えていなかった。ぼくが出ていってからも、キンダム郡の風景や雰囲気はほとんど変わっていなかった。相変わらず狭い無舗装の道路が交差して、ところどころに静かな小さい池があるだけの田舎。近代的な産業を暗示するものといえば、ときおり見かける石炭選別場があるくらいだった。森は青々と生い茂り、そのあいだを曲がりくねって流れる細い川に陽光がキラキラ反射している。あたりにはアメリカシャクナゲとスイカズラの香りが漂っていて、アーチーやぼくがこどものころやったように、こどもたちはいまでもブラックベリーを摘んで、内側に黄麻を張った鉄のバケツに入れて母親に持っていく。

〈なにも言わないで、ロイ〉ちらりと目配せをして、〈ブラックベリーのところで待ってるよ〉それがアーチーの最後の言葉だった。ぼくが留置場の彼の監房に着いたとき、彼はそう言ったのだ。

あの夜以来、ぼくは実際に見たか見なかったかわからない細部まで、何度となく思い浮かべた。アーチーが膝の上でもぞもぞ動かしていた指。顔に映った鉄格子の影。オレンジ色の刑務所のジャンプスーツの下の、白い無地のTシャツ。しかし、なによりもはっきり思い出すのは彼の声だった。落ち着いた、静かな声。どこか別の世界では、あの雪の夜の恐ろしい殺人事件はすでに過去の出来事になっている、とぼくに請け合うかのような声だった。
〈あの子は子犬みたいなものなんだから、ロイ、いつも目を離さないようにしていなきゃだめよ〉と母は言ったものだった。〈車の前に飛びだしたり、知らない人についていったりしないように〉
こどものときから、ぼくはアーチーの無邪気な、警戒することを知らない性格に気づいていた。たったふたりの小集団のリーダーはいつもぼくで、ぼくがいないと、弟はなにもできなかった。父はいかにも父らしい情け容赦ない言い方で、こんなふうに言ったものだった。〈あの子がおまえなしにやったただひとつのことが殺人だったな、ロイ〉父がそう言うたびに、その言葉がぼくの脳裏に焼きつけられ、郡道１４１１号線の坂をのぼっていく自分の古いシボレーのヘッドライトが目に浮かんだ。高い緑色の生け垣のそばに停まっていたアーチーの黒いフォード。そのリア・バンパーがキラリと光り、アーチーはハンドルの上にかがみ込んで、緊張し、途方にくれ、行動を起こす覚悟をしたのにそうできずにいた。彼がささやいた言葉がいまでもぼくの耳から離れない。〈いっしょに来てくれるかい、ロイ？〉
キャントウェルの近くには、もちろん、知っている人がまだ大勢いたが、その朝車で走りまわったとき、ぼくが最初に挨拶したのはロニー・ポーターフィールドだった。キンダム郡に中世の領主みたいに君臨していた老保安官の息子である。

ロニーとぼくは高校の同窓生だったが、その後ぼくたちは別々の道を歩み、彼はヴェトナムに派遣されて、名誉負傷章《パープル・ハート》を授与されるほどの重傷を負い、郡の英雄として帰還していた。

帰郷してから数年後、ウォレス・ポーターフィールドがキンダム郡の保安官を退官したが、それまで助手を務めていたロニーがこの仕事を受け継ぐのは当然だとみなされた。とはいえ、選挙をしないわけにはいかず、立候補したロニーは、選挙運動の期間中、老保安官の下で積んだ経験と同じくらい自分の戦功を強調して、大差で当選を果たし、それ以来ずっとこの職についていた。

ふつうなら、ぼくはロニーの家に立ち寄ったりはしないのだが、キンダム郡に戻ってきて三週間も味気ない時間を過ごしたあとだっただけに、父以外のだれかと会話できるかもしれない――父との張りつめたやりとりが会話と呼べるとしてだが――という誘惑には抵抗できなかった。

ぼくがドライヴウェイに車を乗り入れたとき、ロニーは前庭の芝生用椅子《ローン・チェア》に寝そべっていた。そばに停まっている白黒のパトロールカーは日射しのなかで輝き、サイド・ドアには五つの尖頭のある星のマークがついていた。

「ロイ・スレーターじゃないか、こいつは驚きだ」ぼくが車から降り立つと、ロニーが言った。「町に戻ってきているとは聞いていたが」

椅子のそばに赤いポリバケツが置いてあって、縁から洗剤の泡があふれ、濡れたぼろ切れがかけてあった。

「日曜日に洗車かい？」とぼくは咎めるような口調で言った。「キンダム郡ではそれは法律で禁止されているんじゃないのかね？」

「キンダム郡では、おれが法律だ」とロニーが言った。おそらく父親が何千回も言うのを聞いて、それをそっくり真似ているのだろう。「それに、日曜日しかその暇がないんだよ。いつからこっちに戻ってきてるんだい、ロイ？」

「二、三週間前からだ」

「坐ってくれ。ごらんのとおり、一休みしているところなんだ」

ぼくは彼の横の椅子に腰をおろした。「長居はできないんだが」

「親父さんの具合が悪いんだって？」

「まだ歩きまわれるが、いつまでもつかわからない。プール先生から三カ月の命だと言われたが、それはちょっと前だったから、いまはもっと短くなっているだろう」

「つらいことだな。親父の最期を看取るというのは」とロニーが言った。

ぼくはうなずいたが、つらいというよりは面倒だという気持ちのほうが強かった。

「おれもいつかそういうことになると思うとぞっとする」とロニーはつづけて、それからクスクス笑った。「もっとも、おれの親父は不死身かもしれないが」

ぼくの頭のなかにウォレス・ポーターフィールドの姿がぬっと浮かんだ。弟の監房の外に永遠に立ち尽くしている巨体。踏みつぶすのも助けてやるのも意のままだと言わんばかりに、虫けらを見るような目で弟を見下ろしていた。

ロニーは厚紙のうちわで顔をあおいでいた。ウェスト・ヴァージニア州キンダム郡ローソン葬儀社のロゴと写真がついている。「きょうはくそ暑いな。あんたも朝のうちはおれみたいに、家の前のあの日除け用の大木の下で過ごしたんじゃないかね?」

「あの木はもうないんだ」とぼくは言った。「父さんが切り倒してしまったから」

「いつ?」

「二、三年前だ。眺めの邪魔になると言って」

「何を眺める邪魔になるんだい?」

ぼくは肩をすくめた。

「わけがわからないな、ロイ。どうしてそんなことをするんだろう?」

「わからないね。ただ物を壊したかっただけなのかもしれない」

「厄介な男だな、あんたの親父は」と言って、ロニーは短く笑った。「いなくなると、さぞ寂しいだろうよ」

ぼくの口からすらりと嘘がこぼれた。「そうだな」

ロニーはすぐに話題を変えた。数分後、なんとなく政治の話をしているとき、エズラ・ロギンズが埃だらけのピックアップでやってきた。

「おはよう、保安官」と、トラックから降りると、エズラが言った。

ロニーはうなずいた。

エズラは頭から野球帽を取ると、長い茶色の髪を掻き上げながら、重そうな足取りで近づいてきた。「じつはあんたに知らせておくべきだと思うものにでっくわしたものでね、保安官」

「何だね？」

エズラは大きな手のなかで帽子をまるめた。「死体だよ。ジェサップ川の近くだ」

ロニーはさっとぼくの顔を見て、それからまたエズラに視線を戻した。「もっと詳しく話してくれ」

「もちろん、おれはそばに行ってみたんだが、恰好が恰好だったから、よく見えなかった。顔を泥のなかに突っこんでるんだ。男だということ以外はなにもわからなかった。服装や髪の毛が短いから、男だとはわかったが、それだけだ」彼は肩をすくめた。「あの川のとこで、ばったり倒れて死んだみたいだ」

「年寄りかね？」とロニーが訊いた。

「そんなに年寄りには見えなかったね。白髪はなかったようだから」

「近くでほかにだれか見かけなかったか？」

「ひとりも見かけなかったね。おれが見たかぎりは」

ロニーは身を乗り出して、揉み手をしながら考えていた。「死体には手をふれなかっただろうな、エズラ？」と彼は訊いた。

「ああ」

ロニーは立ち上がった。「よし。じゃ、見にいこう」彼はぼくの顔を見た。「いっしょに来るかね、ロイ？」

ロニーからそんなふうに訊かれるとは思ってもいなかったが、なんであれ、すぐ父の家に戻るよりはましだという気がした。すぐにまたレスラーがマットにたたきつけられる音やヴィックスの匂いのなかに戻るよりは。

「戻ってくるのはいつになるのかな？」とぼくは訊いた。

「どうして？ 急ぎの用事でもあるのか？」

じきに戻るとは言ってきたが、出かけるとき父がどんなふうに言ったかを思い出した。

「いや、すぐ帰らなければならない理由はない」とぼくは言った。

ロニーは手を振って前に進めと合図した。「じゃ、行こう」

車のほうに歩きかけたとき、家の網戸がきしる音がした。

「どこへ行くんだ、ロニー？」

巨大な灰色の岩みたいに戸口に立ちふさがったのは、ウォレス・ポーターフィールドだった。近づきがたい威厳があるのはいまでも変わらなかった。

こどものとき、ぼくは彼の姿をよく見かけたものだった。たいていは保安官事務所の外に立って、拳銃の真珠層で飾られたグリップに右手をかけていた。その当時は、白いバンドと小さな赤い羽根のついた、大きな黒い帽子をかぶっていた。これほど他人を意のままに操っているように見える男はかつていなかったが、ぼくがキンダム郡におけるポーターフィールド保安官の存在の重さを身に沁みて感じたのは、殺人事件のあとだった。留置場の廊下を弟の監房へ歩いていくとき、ぼくは自分にずっしり重い視線がつきまとっているのを感じた。それからすでに二十年以上経っていたが、この老保安官が古いフォードのなかに虚《うつ》けたように坐っていたアーチーを、その頭上の丘の上に建つ家の、磨き上げられた白いドアの背後に隠されていた殺戮の世界を忘れているはずはなかった。

「洗車は終わったのか、ロニー？」と彼は荒っぽいどら声で訊いた。

父親のそびえるような姿の前で、ロニーは縮んだみたいに見えた。容赦ない眼差しの強烈な光線に照らされて萎れてしまったかのように。「まだ完全には終わってません」と彼は言った。

「じゃ、いつやるつもりなんだ？」

「帰ってきたらすぐやります」とロニーが答えた。

ウォレス・ポーターフィールドがポーチに進み出ると、その重さで床板がかすかにきしんだ。髪はすっかり真っ白になっていたが、短く刈り上げた髪が逆立って、地中から黒々と噴き出した体の天辺から後光が射しているかに見えた。「汚れた車を運転している保安官は尊敬されないぞ」

「わかっています」とロニーは答えた。「しかし、見にいかなきゃならないものがあるんですよ」

「何だ?」

「ウェイロードでちょっとした問題が起こったんです」

ポーターフィールドは笑ったが、その笑いには陽気さのかけらも含まれていなかった。

「ふん、ウェイロードにはいつでも問題があるじゃないか」

「ジェサップ川のあたりで急死した男がいるらしいんです」

ポーターフィールドの目がふいにさっとぼくに向けられた。「知り合いだったかな?」

「ロイ・スレーターです」とぼくは言った。

彼はなにも言わなかったが、頭のなかに陰惨な光景がよみがえっているにちがいなかった。階段を転げ落ちる死体、片隅にうずくまるもうひとつの死体。

「弟のアーチーがあんたに逮捕されたんです」とぼくは言った。

ぼくの弟の名前が聞こえたそぶりも見せずに、彼はロニーのほうを向いた。「日暮れ前に戻ってきたほうがいい。おれたちは山では好かれているとは言えないからな」

たしかに好かれてはいなかった。実際、キンダム・シティを取り巻く山の住人に、これほど憎まれている人間はいなかったろう。彼は恐怖によって人々を支配し、鉱山の所有者やその代理人から大金を受け取っているという噂だった。もっとも、キャントウェルから一キロ半ほどのところに建てたこの大きな家を除けば、その大金がどこへ消えたのかは見当もつかなかったが。

ポーターフィールドは、枝にとまった小鳥を見るように、ふたたびぼくをちらりと見た。それから、その巨体をゆっくりと家のなかに引っ込めかけた。が、戸口で立ち止まると、分厚い首のしわの上の巨大な頭をぐるりとまわして、まっすぐにぼくの顔を見た。

「あんたもいっしょに行くのかね?」

ぼくはうなずいた。

ぼくが行こうと行くまいと、それには関心がなさそうな顔をした。

「ショットガンを持っていけ」と、ロニーに注意を戻して、彼は言った。「ショットガンほど人を思い止まらせるものはないからな」

3

ウェイロードはキンダム郡の北東の隅に渦を巻く小さな山々と谷間の地域だった。こども時代のぼくにとって、そこは電気も電話もラジオもなく、百年前から同じ家にあったもの以外ほとんどなにもない、人里離れた謎めいた場所でしかなかった。そこに住む人々は井戸から水を汲み、薪ストーヴで炊事をして、こどもや自分たちが風呂に入るのと同じ金属製のたらいで洗濯していた。夏になると、女たちは色鮮やかな幅広い帽子《ボンネット》をかぶって顔を日射しから隠し、飼い葉袋や通販カタログで選んだ生地で作ったドレスを着て、畑仕事をした。

ぼくの父はウェイロードの生まれだった。それだけに、ぼくはこれまでずっと、そこは血族同士の争いと炭坑戦争に揺り動かされた原始的な土地、スコットランド高地の戦士の子孫が痩せた土地を掘り起こし、漁業や狩猟で口を糊して、自分たちでウィスキーを作り、ときには自分たちで法律をつくる土地だと思っていた。

自分の家系がウェイロードに深く根を下ろしているにもかかわらず、父はこの土地を懐かしがるようなことはけっして言わなかった。実際、この土地に関する父の意見はウォレス・ポーターフィールドのそれとたいして変わらなかった。土地の名前が話に出ると、父はとたんに「あそこには値打ちのあるものなどなにひとつない」と言い放ち、それほど苦々しくはない別の話題にさっさと変えてしまうのだった。

父はウェイロードを心から憎んでいるようだったが、ロニーはただ苛立たしいと思っているだけらしかった。

「また車をすっかり洗いなおさなきゃならないぞ、ちくしょう」幹線道路を出て、エズラ・ロギンズの農場に通じる無舗装の道路を走りだすと、彼はつぶやいた。すでにボンネットに積もりだした薄い土埃の膜を見ながら、彼は首を振った。「おれはできるだけ山には足を踏み入れないようにしているんだが、まさに親父が言うように、ここの連中は年中問題を起こすんだ」彼は草の萎れた野原に目をやった。「おれに言わせれば、常識が通用するのはビショップ峠までだ。そこを過ぎれば、あとは完全に狂った世界だからな」

生い茂る草むらを掻き分けて、ウルシやブライアーの茂みを迂回し、ブユをたたき、ズボンに刺さった棘を抜きながら四十分ほど歩いて、ようやく死体のある場所に到着した。ずいぶん苦労して歩いたにもかかわらず、ぼくの注意をひいたのは野の花だった。そこここに咲き乱れる赤や白の花が、もっと香《かぐわ》しかった人生の一時期を思い起こさせた。幸せへの道がこんなに落とし穴や罠だらけではなく、すべてがもっと簡単に思えた日々を。ひとつの声が記憶によみがえったが、その声の主を思い浮かべる勇気はぼくにはなかった。〈わたしたちはやり遂げられるわ。そうでしょう、ロイ?〉

「あそこだ」と、エズラが遠くのこんもり盛り上がったものを指さした。そのすぐ向こうには浅い溝があり、そのなかをジェサップ川が流れている。「ぼろ切れの山みたいに見えるだろう、保安官？　おれが言ったみたいに」

死体は前屈みになって、胴体の下に脚を折り曲げ、尻を上げる恰好で倒れていた。すぐ後ろにある切り株につまずいて、顔から地面に突っこんだような恰好だ。青いフランネルのシャツに日射しがまだら模様をつけ、ジーンズは古いデニムの褪せた色、茶色い革のブーツの底はひび割れて、泥だらけだった。

「あの銃に気づいていたかね？」ロニーが指さした場所に目をやると、死体から数十センチのところに、なかば草に隠されて、二二口径の単発ライフルがころがっていた。

エズラは首を横に振った。「あまりそばに寄って見なかったからね」

ロニーは死体のまわりを歩いて地面を調べ、立ち止まって、エズラが気づかなかったものを拾い集めた。実弾入りの箱と何発かの空の薬莢。さらに、ほかのものにも目をとめた。彼が地面から男の頭を持ち上げると、顔面に血糊がべったりついていた。

「これじゃ、だれだかわかりゃしない」と言って、彼が手を放すと、頭がふたたび地面に落ちた。

死人のジーンズの尻ポケットが財布でふくらんでいた。ロニーはそれを抜き取って、パラリとあけ、運転免許証を取り出した。「クレイトン・スパイヴィか」

「だれなんだい、クレイトン・スパイヴィって？」とぼくが訊いた。

「なに、このあたりに住んでいるやつさ」とロニーは言って、エズラの顔を見た。「こいつはどうやって暮らしを立てていたのかね？」

エズラは肩をすくめた。

「ウィスキーを作っていたのか？」

「おれはそうは思わないね、保安官」

「正確にはどこに住んでいたんだ？」

エズラは川沿いに北に広がっている森の方角を頭で指した。「あっちのほう、だと思う。四、五キロのところだ」

「四、五キロか」とロニーは繰り返すと、ぼくの顔に視線を移した。「じゃ、あんたにとって面白いことになりそうだな、ロイ」

「ぼくにとって？」とぼくは訊いた。「どうして？」

彼は問いかけるようにぼくの顔を見た。「まあ、考えてみろよ。ジェサップ川を四、五キロ遡ったところなんだぞ。それが何を意味するかわかるだろう？」

「わからないね」

「しょうがないな、ロイ、それはこのクレイトンがライラ・カトラーの土地に住んでいたってことを意味するんだ」とロニーは言って、エズラにウィンクした。「このクレイトンについてはロイはあまりよく知らないかもしれない」ちらりと笑みを浮かべて、彼はつづけた。「しかし、ライラ・カトラーのことは非常によく知っているはずだ。違うかね、ロイ？　あんたはライラのことは知っているんだろう、ええ？」

明るい夏の日の午後、彼女の顔が近づいてきた。解けた髪が冷たい流れのなかでキラキラ輝き、彼女はぼくのほうへ泳いできた。

「少しは知っている」とぼくは言った。

「少しは？」と、ロニーは笑った。「少ししか知らないのなら、あんたはおれが思っていた男とは別人だね」彼はあたりを見まわして、青々とした森を眺めた。「きれいだったよ、ライラは」

彼女は泳ぎながら、ぼくに近づいてきた。髪が背中に流れ、すらりとした白い脚が青い水を切るように動いていた。

「彼女はウェイロード高校を出たんだ」とロニーがエズラに説明した。彼はスパイヴィのジーンズからポケット・ナイフを抜き取った。「おそらくカトラー家では、学校を卒業したのは彼女が初めてだったんじゃないかな。そうだろう、ロイ？」

彼女は輝くような笑みを浮かべていた。角帽の金色の房をちょっと右に振って、落ち着き払った、誇らしげな顔をしていた。

「ほんとうに初めてだった」とぼくは言った。

ロニーは立ち上がって、ズボンの膝から森のゴミをはたいた。「ライラ・カトラーか。きれいな子だったよ」彼はエズラの顔を見た。

「ここからあまり遠くないところに古い炭坑用の道路があったな、エズラ？」

エズラの目はクレイトン・スパイヴィに向けられていた。「ああ、あるよ」と彼は答えた。「むかしはウェイロード炭坑からずっとここまでつづいてたんだ」

「おれの考えでは、クレイトンはあの道を下りてきたんだ」ロニーはちょっと考えてから、またつづけた。「おそらくカトラーの家の後ろの牧草地をまっすぐ横切って歩いてきたんだろう。こいつが車をもっていたんでないかぎりはだが。クレイトンは車をもっていたのかね、エズラ？」

「彼の車は故障中だと思うよ、保安官」

「どうしてそう思うんだ？」

「何度か行き来するのを見かけたからさ。歩きでね。山を下りていったんだ――」

ロニーは肩をすくめた。「それじゃ、ここが終わったらすぐ、こいつのところを調べに行こう」いかにも調査の手順を考えているプロの保安官らしく、彼は言った。それから、ちらりと死体に目をやった。「クレイトン・スパイヴィは仙人みたいな暮らしをしていたんじゃないか？　女房もこどももなしに」

「おれが知っているかぎり、独身《ひとり》だった」

ロニーは笑った。「ここにいるロイとちょうど同じで、独身生活を送っていたわけだ。くそ、おれなんか女房がいなかったころのことなんか思い出すこともできないよ。あんたはどうだい、エズラ？　女房やこどもがいないなんて？」

ロニーとエズラが、結婚している男たちが、子持ちの男たちがいっしょにクスクス笑いだすと、ぼくは奇妙な虚しさにおそわれた。

「ライラは結婚していないのかい？」とぼくは静かな口調で訊いた。

ロニーはその質問にびっくりした顔をした。「おい、あんたはほんとうに古きよき故郷と全然音信がなかったんだな、ロイ？」

「ああ、そうだ」

「いや、結婚はしていない。ライラは一度も結婚しなかった」とロニーが答えた。「いまでも母親といっしょに、娘のころと同じ古い家に住んでるよ」

一瞬、かつて少女だったころのライラの姿がロニーの頭に浮かんだようだったが、それはすぐに消えたのだろう、彼はクレイトン・スパイヴィの死体を見下ろした。

「さて、それじゃ、この哀れな男に何が起こったのか調べなきゃならない」

エズラ・ロギンズの農場に郡病院の救急車が到着したときには、すでに昼になっていた。クレイトンの死体をもう一度見たいとは思わなかったので、ぼくは森へは戻らなかった。ロニーとエズラが救急隊員を案内して山へ出かけているあいだ、ぼくは農場に残っていた。二時間ほど経ってから、彼らはふたたび現われた。森のなかからぎごちない手つきで担架をにぎって現われて、救急車の後部まで運んだ。

「クレイトンの家へ行ってみた」重い足取りで近づいてきながら、ロニーがぼくに言った。「掘っ立て小屋みたいなものだったがね。小さいテーブルと椅子がひとつ。それに古い薪ストーヴがあるだけだった」彼は軽蔑するように首を振った。「獣みたいな生活だ」

「貧しかったんだよ」とぼくは言った。

ロニーにはぼくの言葉は聞こえないかのようだった。「やつに何が起こったのかは依然としてわからない。ライフルには血はついてなかったが、だれかが拭きとった可能性もあるからな」

「だれかに撃たれたと思うのかい？」

「そうとも言えない」とロニーは答えた。「少なくとも、もっと詳しく調べてみるまでは。あんな小口径の銃だと、たとえ撃たれても、髪の毛を剃らないかぎり穴が見つからないこともあるんだ。ウェルチの男のときがそうだった。頭を二発撃たれていたのに、救急室で医者が診るまで、だれも穴を見つけられなかった」

「自殺の可能性は？」とぼくが訊いた。

ロニーは肩をすくめた。「同じことさ。仮にクレイトンがあの銃を口に入れて、引き金を引いたんだとしても、反対側に穴はあかないだろう」

「でも、銃に血がつくんじゃないかね？」

ロニーはうれしそうににやりと笑った。「あんたはなかなかの探偵だな」

「探偵小説はかなり読んだけどね」

「だが、答えはノーだ。かならずしも血がついてるとはかぎらない。あの古い銃がどのくらい戸外にあったかによる。雨で洗い流されたとか、そういうこともありうるからな。要するに、検死官が死体を調べるまでは、確実なことはなにもわからないということだ」彼は山のほうにちらりと目をやった。「ともかく、クレイトンは自分の小屋からジェサップ川まで歩いてきたにちがいない。例のポンコツ・ポンティアックは向こうに、ボンネットをあけたまま置いてあったからな。ときどき、首を突っこんでいたんだろう」彼は体をかがめて、ズボンについていた植物の種を取った。「あんたがもっていたあのおんぼろシボレーを覚えているかね、ロイ？」

「覚えてるよ」

「それから、あんたの弟のポンコツ・フォードも」

それが生け垣の横に駐車しているところが目に浮かんだ。ぼくが隣に車を停めたとき、運転席に坐っていたアーチーは怯えたような顔をしていた。

「ぼろぼろのポンコツだったな、アーチーの車は」とロニーはつづけた。「古いシートが裂けていた」

「あんたがあの車をそんなによく見ていたとは知らなかった」

ロニーは肩をすくめた。「なんせ、親父の事務所の裏に長いこと停めてあったからな」

あの車が何週間も停めてあったのは、ぼくも知っていた。父が車の返還を要求するために保安官事務所に行くことを拒否したからだ。取り戻すための手続きをするくらいなら、おんぼろフォードがその場で朽ちるにまかせるほうがましだというのが父の考えだった。〈おれはポーターフィールドにあの車を返してくれと頼むつもりはない。そんなに返してほしけりゃ、おまえが自分で取りにいくがいい〉

「あの車はその後どうなったんだい？」と、いまになってぼくは訊いた。

「親父がだれかにやったんだろう、たぶん。あんなポンコツに乗っているところを人に見られたくはなかったろうからな。親父はいまはリンカーン・タウンカーに乗ってるよ。それにしても、あんたの親父はあんなポンコツをどこで見つけてきたんだい？」

「父が見つけたわけじゃない」とぼくは言った。

「親父さんが買ったんじゃないのか？」

「違うよ。アーチーが買ったんだ。金を貯めて、自分で買ったんだよ」

「そういえば、彼は金物屋で働いていたな？　あんたはキンダム・シティのクラークス・ドラッグズで働いてたが」彼は制服の肩から埃をはらった。「ソーダ水売り場のカウンター《ソーダ・ファウンテン》で」

ぼくはうなずいた。「よく覚えているな、ロニー」

「親父から聞いたんだよ、たぶん」とロニーは言った。彼はズボンの後ろのポケットからハンカチを取り出して、顔を拭いた。「さて、それじゃ、ちょっと厄介だが」彼はハンカチをポケットに戻した。「ライラのところへ行ってこなくちゃならない」

「ライラのところへ？　どうして？」

「クレイトンが彼女の土地に住んでいたからだ。やつには家族はいないから、やつのことをいちばんよく知っているのはたぶんライラだろう」彼は沈みかけた太陽をじっと見つめた。「日が暮れる前には町に戻れるだろう。少なくとも、おれはそのつもりだ」

ぼくたちはまもなく曲がりくねって山にのぼっていく道を走りはじめた。のぼるにつれて、農家はしだいにまばらになり、森は鬱蒼として、しまいには温帯ではこれ以上はありえないほど熱帯のジャングルに近い密林になった。

「あんたが最後にこの道をのぼったのはいつだった、ロイ?」片手でハンドルをにぎり、もう一方の手は窓からだらりと下げて、ロニーが訊いた。

「ここを出ていってからは来ていない」

「それじゃ、ライラと付き合っていたとき以来かね?」

「ああ」

「あのころは、ずいぶん頻繁に来ていたんだろうな」

そういえば、この道を胸をわくわくさせながら走ったものだった。彼女の家までの長い曲がりくねった道のりを。「かなりよく来たよ」とぼくは答えた。

ロニーの半袖シャツの袖が風でハタハタ震えた。彼はさっとぼくの顔に目を向けた。

「ライラが初恋だったのかい?」

〈生涯にただ一度の恋だった〉とぼくは思った。妻やこどもをもてるかもしれないという一度だけの希望。カリフォルニアに彼女の手紙が届いた日に、その希望は消えた。彼女の手紙の最後の言葉が、いまでもぼくの頭のなかでこだましていた。〈わたしはあな

たとは結婚できないわ、ロイ。わたしのために帰ってこないで〉

「最後に彼女に会ったのはいつだった?」と、ぼくが答えなかったので、ロニーが訊いた。

「ここから出ていった日さ」

「大学に入ったときってことかね?」

「そのとおり」

「彼女があんたを振ったとは聞いていたが、なぜそうしたのかは聞いてない」

「ぼくも聞いてないんだ」

たぶんぼくの声になにかを聞きつけたのだろう、ロニーは言った。「だれにでも忘れられない女がいるものさ」

たしかにロニーの言うとおりだったが、ぼくはなんとも答えなかった。最後にライラの姿を見てからすでに二十年経っていたが、彼女のことを考えない日は一日もなかった。ぼくは憤激にかられて彼女の写真を捨て、手紙も処分して、いっしょに過ごした時間のほのかな思い出さえ捨て去ろうとしたが、長年のあいだ彼女の面影につきまとわれていた。野の花を見るだけで彼女の姿がよみがえり、球場やソーダ・ファウンテンでは彼女を見かけたような気がしたし、映画館の暗闇のなかでも背後で彼女の笑い声が聞こえたような気がした。

「おれの場合は、シャーロット・ベシューンだった」とロニーは言った。「シャーロット・ベシューン。覚えてるかい？」

ぼくは覚えていた。教室で一度も手を挙げたことがなく、記憶に残るようなことを言ったこともなかったが、それにもかかわらず、シャーロット・ベシューンは紛《まご》うかたなき成熟した女の匂いを発散していた。真っ赤にふくらんだチェリーみたいな女の子だった。

「シャーロット・ベシューン」口のなかでその名前を味わうかのように、ロニーは繰り返した。「ランディ・ラフェイヴァーと結婚して、オクラホマに引っ越したよ。たぶん、いまごろは六人くらいこどもを生んで、体重が一トンになっているだろう」彼は笑った。「男が夢見る女はけっして歳をとらないし、肥らない。ずっと脳のなかにいて、時間の影響も受けない。完璧なんだ」

むかし炭坑のために使われていた道路にいるライラと自分の姿が目に浮かんだ。年若いカップル。手をつないで、暗闇のなかをゆっくり歩いている。ふたりはたがいに相手のことしか考えていなかったが、やがて遠くから車のエンジン音が聞こえ、トラックの黄色いライトがちらつきだして、夜のなかをぼくたちのほうに近づいてきた。

「つらかったろうな、ライラを失ったのは」と、しばらくしてからロニーがつづけた。いまだに穿鑿《せんさく》好きなティーンエイジャーだったころと少しも変わらず、他人のぶざまさや傷口を見つけると、すぐにつつこうとする。この男にとって、他人の苦しみは蜜の味がするのだろう。

ぼくが答えようとしなかったので、彼は道路に視線を戻した。それから、ギアをセカンドに落として、最後の坂をのぼりだした。「ほら、あそこだ」まるい尾根を越えると、彼は言った。

ライラの家は広々とした牧草地の端に建っていた。ペンキを塗っていない農家で、高いトタン屋根は細長い溝が錆びついて変色していた。大きな木造の納屋の横にタイヤがすり減った緑色のトラクターが停まり、泥のこびりついた耕作具のブレードが背後の地面に重たそうに垂れていた。その隣には埃だらけの黒いピックアップが停まっていたが、ほとんど溝のなくなったタイヤは泥だらけで、フロント・バンパーは肩が痛い人みたいに右側に傾いていた。

「ライラのところは、あまり暮らし向きがよくなっていないようだ」ロニーはブレーキを踏んで、ドライヴウェイに車を停めると、家の裏手に伸びている牧草地に目をやった。セイタカアワダチソウがゆっくり風に揺れている。それから家に視線を移して、その荒廃した様子をじっくりと眺めた。木の階段の下の大桶には錆びついた農具が入れてあり、ポーチの端近くには旧式の洗濯機が置いてあって、そのハンドル式の絞り器から油だらけのぼろ切れがぶら下がっていた。「ライラの暮らしは最高とは言えなさそうだな」

「むかしからずっと同じさ」とぼくは言った。そして、彼女がどんなに貧しかったかを思い出した。手製のドレスが二、三着しかなく、靴は一足しかもっていなかった。

ロニーがドアの取っ手に手をかけた。「来るかね?」

「いや。ここで待っているよ」

「むかしの恋人に一言挨拶したくないのかい？」

「いや」

ロニーはにやりと笑った。「まだ彼女に腹を立てているのかね、ロイ？　それとも、歳月のもたらす結果を見るのが怖いだけかな？」


埃だらけのフロントガラス越しに見ていると、ロニーはすっかり剝げかけた芝生を大股に横切り、木の階段を勢いよくのぼって、クレイトン・スパイヴィの死を知らせにきたというよりはライラの逮捕状を持ってきたかのように、荒々しくドアをたたいた。ドアがあいたが、あけた人の姿は見えなかった。暗い家の戸口にほっそりした人影が立った気配がしただけだった。

「やあ、ライラ」とロニーが言うのが聞こえ、彼は家のなかに入っていった。ドアはあけ放したままだった。

牧草地の向こう側に、もつれた緑色のバリケードみたいに、森が迫っていた。ぎらつく白い光のもと、老いたラバが首を垂れて、丈高く生い茂った草むらを鼻先で掻き分けていた。牧草地に沿って無塗装の柵の支柱がならび、錆びついた針金が垂れ下がっている。前庭の端には、オレンジ色の猫が体を低くしてうずくまり、一メートルほど先でなにも知らずに跳ねまわっている雀をじっと見つめていた。

こんなに長いあいだ離れていたいまでさえ、ウェイロードの重苦しさが、人の目をくらますほどの濃密さが感じられた。なにもかも押しつぶしてしまうこの土地の引力。このうえなく軽やかな翼でさえ鉛の薄板に変えてしまう力。あんなに溌剌とした、意志の強いライラでさえ、結局はこの山々の鋼鉄の腕にとらえられて身動きできなかったが、それも驚くことではなかった。ここから抜け出すのは男にとっても容易ではないが、女にとってはまさに不可能に等しいのだから。

網戸がバタンと閉まる音がして、ぼくは視線を家に戻した。

ロニーがポーチに出てきていた。網戸越しに見える女は、茶色く錆びついた網の背後の白っぽい人影でしかなかった。

一瞬ののち、ロニーは黙ってうなずくと、階段を下りて、早足に車に近づいてきた。その足取りにはたったいま陰気なニュースを知らせてきたという雰囲気はなかった。

「さあ、これでよし」と言いながら、彼は運転席に乗りこむと、エンジンをかけて、車をバックさせた。「彼女はたいしたことは言わなかったよ。おしゃべりじゃないからな、ライラは」

ぼくはちらりと家に目をやったが、網戸の背後にはもう人影はなかった。

「クレイトンの遺体はキンダム・シティの葬儀社に運ぶと言っておいた」車を方向転換させて道路に戻りながら、ロニーが言った。「遺体の身元確認に来てくれるということだ。公式にね」彼がアクセルを踏むと、小屋は濃い緑色の潮流に乗る小舟みたいに背後に流されていった。「母親の姿は見かけなかったな。たぶんそうとう具合が悪いんだろう」

ぼくの記憶では、小柄で、ふくよかで、妙に肉感的な女性だった。あのころはまだ四十代だったはずだが、当時のぼくには年寄りに見えた。

細い轍に沿って揺すられながら、車は道路をくだっていった。

「ライラはただ腕を組んで突っ立っているだけだった」とロニーは言った。「彼女のことは知ってるだろう。何を訊いても、一言ぼそりと答えるだけだからな」

彼女の声がぼくの脳裏を走り抜けた。熱っぽい、生気にみちた声。悪いサイクルを断ち切れるという確信にみちた声。彼女の前の世代まで連綿とつづいた貧困や萎えた希望のサイクルを……。〈わたしはウェイロードから抜け出す道を見つけるわ、ロイ。あなたも見つけなくちゃ〉

そのときまで、ぼくは見つけたと思っていたのだが。

4

家に帰ると、父はベッドの上に坐りこんでいた。髪はいつものようにぼさぼさで、一枚きりのシーツはまるめて、隅に放り投げてあった。

「どこに行ってたんだ、ロイ?」と父は刺々しい口調で訊いた。

「ロニー・ポーターフィールドのところだよ」

「あんなやつに何の用があったんだ?」

「べつに用はなかったけど、ちょっと寄ってみただけさ」

「ずいぶん長く寄ってきたものだな」

「ちょっとした事件に巻きこまれてね」

「やつは女房に逃げられたんだ」と父は満足げに言った。「それ以来、どんな女もやつとは関わりをもとうとしない」

父がロニーの結婚の失敗を喜ぶのは純粋な悪意からだとしか思えなかった。自分自身の不幸な結婚に慰めを見いだせるのは、ほかの結婚がそれに劣らず惨めなものだったことが判明したときだけであるかのように。

「出ていったときには、女房はやつのことなどもうなんとも思っていなかったようだ」

と父はつづけた。「たぶん女房に手を上げたんだろう。だから、出ていったんだ」

「どうしてそう思うんだい？」

「やつらはそういう人間だからさ、ポーターフィールド家の連中は」ぼくがなにか言う前に、父はさらに付け加えた。「痩せこけた娘がいて、クリスピー・コーンで働いている。ひどくふしだらな娘だという噂だ」

「どこからそんなことまで聞いてくるんだい、父さんは？」

父はその質問に憤慨したような顔をした。「おれは世間の動きを見失わないようにしているのさ」

「とくにポーターフィールド家の人たちの動きを、らしいけど」

「おれがだれの動きを見張ろうと、おまえになんの関係があるというんだ？」

「べつに関係はないけど――」

「本のなかの人間だけなんだろう、おまえが興味をもっているのは」

ぼくはシーツを拾い上げて、たたみだした。「夕食になにかお好みのものでもある？」

「お好みだと」と父は言った。そんな言葉は自分の面前で口にされるには高級すぎる、ごつごつした自分の背中に絹のシャツを着せられるようなものだと言いたげだった。父はベッドのそばのテーブルから雑誌を取り上げた。『ボクシング・ニュース』とかいう代物のよれよれになった残骸だった。「レモネード一杯だけでいい」

一瞬、ぼくは好奇の眼差しで父を見つめた。こどものときにもよくそんなふうに見つめたものだった。父のなかの底知れない深みにひそんでいて、ときどき鮫の背びれみたいに水面に一部だけ現われるものをあらわにできないものかと思いながら。

父は雑誌のページから目を上げた。「何だ？」ぼくの目をまともに見据えて、どなった。

ぼくは首を横に振った。「なんでもない」

父は雑誌に視線を戻した。「レモネードにはたくさん氷を入れてくれ」と彼はぶっきらぼうに言った。「それから、砂糖もたくさんだ」そう言うと、彼はごろりと横になり、これ見よがしにぼくに背中を向けた。

ぼくはキッチンに行くと、母がグラス代わりに使っていたジャムの空き瓶を取り出した。真っ赤なチェリーの絵がついている瓶である。これを母は自分の〈コレクション〉と称して、価値があるようなふりをしていたが、実際には、それはわが家にはどんなに物がないかを示す証拠でしかなかった。皿や、より糸や、アルミフォイルや、紙袋の〈コレクション〉。それこそ困窮と欠乏の賜《たまもの》だった。

母が集めたものの大半は本人が死んだあとなくなっていた。古い木製の食器棚にはいまやグラスがいくつかと、縁の欠けた皿が何枚かあるだけだった。ブックマッチやボタンや輪ゴムでいっぱいだった引き出しも、いまではほとんど空だった。母の服は、数年前に、父が山積みにして燃やしてしまった。父が棒きれで所在なげにつつくと、洗い流したような空に悪臭のする煙が立ち昇ったものだった。

母が祖母から結婚祝いにもらった古い水差しを取り出して、水と砂糖とレモンジュースを入れ、冷蔵庫から氷のトレイを引き剝がして、蛇口で水をかけてから、軽くたたいてキューブを落とした。

父はあぐらをかいて、窓の外を眺めていた。一度も日にさらしたことがないかのように真っ白な、剝きだしの両脚。編み目のように青い静脈が走っている。

「はい、レモネード」とぼくは言った。

「砂糖をたくさん入れたか？」

「これ以上溶けないくらいね」

彼はグラスを受け取って、頭上に持ち上げ、底に白い粉がたまっているのを確かめた。それから、長々と一飲みすると、グラスを脚のあいだに挟んで、ふたたび窓の外に目を向けた。「おまえは最後までここにいるつもりか、ロイ？　おれが死ぬまで」

「そのつもりだと言っただろう？」

牧草地の上を飛んでいくカラスを目で追いながら、父はもう一度レモネードを飲んだ。

「その必要はないんだぞ」

「必要がないのはわかっているよ」

父はもう一度飲んでから、グラスを膝に下ろした。「じゃ、秋までもたないんだな。もう長くはないんだろう？」

「ああ、そうだね」

「どこかで聞いたんだが、ナンキンムシの寿命は一カ月くらいらしい」父は笑った。黄色い歯がちらりと見えたが、何本か欠けたり曲がったりしていた。ほかのすべてと同様に、父は自分の歯もひどく投げやりにしか扱わなかった。「おれに残された時間はナンキンムシと同じくらいなんだ。そうだろう、ロイ?」

「それはどうとも言えないな」

父は苛立たしげにぼくの顔を見た。「学校で生徒たちにそういう答え方をするんだろう? はっきり『わからない』とは言えないから、気取った言い方をするんだ。『それはどうとも言えないな』」

「ちょっとした言い方の問題に過ぎないじゃないか、父さん」

「教師のしゃべり方なんだよ、おまえのしゃべり方は」

父はむかしからぼくの仕事を軽蔑していた。教師などというものはオールドミスがやることで、ぼくが教師になったのは、ぼくには男として重要な部分が欠けている証拠だと考えていた。大学に進学する野心を抱くようになっても、一度も励ましてくれたことはなく、ぼくがなんとか卒業しても、それを誇りにすることもなかった。そして、いまや、ウェイロードを離れてからのぼくのすべてを攻撃した。ぼくの選んだ職業だけでなく、ぼくがこの国の反対側に住んでいることや、ぼくの文法や言葉遣いやなにもかも。

だが、それだけではないにちがいない。父のなかでもっと別のことが起こり、古い悪霊に心を掻き乱されているのだろう。ぼくの〈気取った〉言い方がきっかけになって、過去の泥沼からなにか不穏なものが引きずり出されたのかもしれない。

レモネードの残りを飲み干すと、父は空のグラスを差し出した。「いずれにせよ、死ぬときには、おれはむしろナンキンムシみたいに死にたい。死についてぐだぐだ考えたりしないでな」父の目がゆっくりと動いて、ベッドに斜めに立てかけてある古い野球のバットに止まった。最近では、立ち上がるとき、これを支えにするようになっていた。「おれはアーチーみたいにくたばるつもりはないということだ」

「ひとつだけ確かなのは」と、バットのグリップに手をふれながら、父は言った。「おれはアーチーみたいにくたばるつもりはないということだ」

そうだったのか、とぼくは思った。父はアーチーのことを考えていたのか。アーチーの生と死が真っ赤に焼けた鉄みたいに、父の肌に押しつけられていたのだろう。

「アーチーみたいに取り乱して、小便を洩らしたり、うめいたりするつもりはない」

その瞬間、父が一度だけ面会に行ったときの、留置場での弟の姿が目に浮かんだ。アーチーは発作を起こして、監房のコンクリートの床に倒れて体をまるめ、弱々しくすすり泣いていた。そんなことは予想もしていなかった父は、ブーツでそっと小突いて、起き上がれと言った。床にまるまったアーチーの体と、鉄格子のすぐ外で巨大な胸の前に腕を組み、目にいかにも軽蔑した光を浮かべているウォレス・ポーターフィールドをチラチラ見較べながら。

「あんなふうにブルブル震えたりするつもりはない」と父はつぶやいて、悔しそうに唇を歪めた。「人生にはそんな価値はない。そこにある電灯のスイッチみたいに消せるものなら、おれはいますぐスイッチを切っちまうだろう。人生なんかなんの意味もないんだから」

「若いときは違うんだよ。まだ生きるべき人生が残されているときには」

父はさっとぼくに目を向けた。「それはどういう意味だ?」

「アーチーは父さんとは違っていたという意味さ。まだ死ぬ覚悟ができてなかったんだ。若いときは、違うんだよ」

「いや、そんなことはない」と父はピシャリと言った。「なんの違いもありはしない。若かろうと年取っていようと、問題じゃない。初めから同じことなんだ。なぜかわかるか? なぜなら、人間はけっして変わらないからだ。おまえがいい例じゃないか、ロイ。おまえはこどものときから、これっぽっちも変わっていない。いまだにむかしから同じ顔をしている。いかにも軽蔑しきっている顔を。この土地も、このおれも、なにもかも」

「ぼくは父さんを軽蔑してなんかいない」

父は声を立てて笑った。「ほう、それはけっこうだな。おまえは口に出しては言わないが、おれにはわかるんだぞ、ロイ。ほんとうはおまえがどう思っているか。おれを山で生まれた無知な老いぼれだと思ってるんだ。だが、これだけは言っておく。おれはおまえが考えたこともないことを知っているんだぞ。おれがそんなことを考えていたとは、おまえには信じられないようなことを。どうでもいいことだが」

「たとえばどんな?」

父はなにかをぶちまけようとしていたようだったが、途中で思い止まった。

「たとえばどんな?」とぼくは繰り返した。

「たとえどれだけのものを手に入れようと、いっしょにいる者がいなければ、なんにもならないということだ」

父が何を言おうとしているかはあきらかだった。ぼくが家庭を——父の場合みたいに不運で惨めな家庭すら——築けなかったことをまたもや攻撃しているのだ。

「ぼくはそうしたいから独りで暮らしているんだ」と言って、ぼくは立ち上がったが、ドアまで行かないうちに、父の質問がぼくを引き止めた。

「ところで、何だったんだ、きょうの午後、おまえが巻きこまれた事件というのは?ロニー・ポーターフィールドのところで」

「いっしょにウェイロードへ行ったんだ」

「ウェイロード?」名前を聞いただけでも虫酸が走ると言いたげな顔をした。「何であんなところへ行ったんだ? 災難以外にはなにもありはしないのに」

「ジェサップ川の近くで死体が見つかったんだ。ぼくがロニーのところにいたとき、たまたまそういう報告が入ったんだよ。だから、彼といっしょに行ったんだ。いわば、ちょっと一まわりしてきたのさ」

父はベッドわきのパックから煙草を一本振り出した。「だれの死体だったんだ?」

「クレイトン・スパイヴィさ」

父はなにも言わなかったが、名前は知っているようだった。

「そのあと、ライラ・カトラーの家まで行った」とぼくはつづけた。「ライラは覚えているだろう?」

「もちろん、覚えている。おまえがこの家に連れてきたただひとりの娘だからな」

あの夜、彼女が父に歩み寄ったときの姿が目に浮かんだ。父は挨拶のために立ち上がって、手を差し出し、そっと彼女の手をにぎった。あたかも、その瞬間、自分がなることに失敗したもっと別の男になろうとあがいているかのように。

「一時は、おまえはライラと結婚するのかと思っていたよ」と父はつづけた。「こどもをつくって、まともな暮らしをするようになるのかと。家庭をもって」

「そんな期待してくれていたなんてうれしいよ、父さん」とぼくは言った。

「家庭をもって」と、焦げたマッチの先端をじっと見つめたまま、父は繰り返した。

「そうはいかなかったが」

「ぼくの人生だって、実際、そんなに悪くはないんだよ」とぼくは言った。

ぼくがそんな結論をくだしたことに父は驚いた顔をした。

「だが、おまえにはだれもいないじゃないか、ロイ。妻もいなければ、こどももいない。それが正常だと言えるのかね?」

「ぼくは自分でそうすることを望んでいるんだ」

「しかし、なぜそんなことを望むんだ？　ひとりで生きていくなんて。だれともいっしょにならずに」

「ぼくの人生なんだ。放っといてよ」

「しかし、なぜそんな人生を望むんだ？　家族もいない人生を？」

ぼくは父の目をまっすぐ見つめた。「家族がいたとき、ぼくの人生がどうだったか思い知らされたせいかもしれないよ」

父はふいに顔をしかめた。「ちくしょう、またぐだぐだ泣き言を言いだすんじゃないだろうな、ええ、ロイ？」

「ぼくたちは幸せじゃなかったからね、父さん。アーチーも。母さんも。ぼくたちのだれひとり幸せじゃなかった」

「ぐだぐだ泣き言ばかりならべやがって、ちくしょうめ、ロイ。おまえは車に飛び乗って、とっととカリフォルニアへ帰ったらどうなんだ？」

「そうするかもしれないよ」とぼくは刺々しく言った。

父の目の奥でなにかが炸裂した。「じゃ、そうするがいい」と彼はどなった。「ここにいてもらう必要はないんだ。ふん、とんでもない。おれが来てくれと頼んだわけでもないし、いてくれと言ったわけでもない。おまえはあの……何だろうとかまわないが……向こうへ帰ればいいんだ。おまえの小さな部屋へ。そうして、自分のこどもでもない生意気なガキどもの世話をするがいい」さも軽蔑したように首を振った。「哀れだよ、ロイ。おまえの人生は哀れなものだ」

ぼくはけっして怒りを爆発させまいと心に決めて、冷静に父を見つめた。「これだけはよく頭にたたき込んでおいてほしいな、父さん。ぼくの人生によけいな口出しは無用だってことを」

父は肩をすくめた。数秒前にいきなり噴き出した激情は、噴出したときと同じくらい唐突にしぼんだ。

「そりゃそうだな」妙に打ちひしがれたような声だった。「忘れてくれ、ロイ。おれが言ったことはなにもかも。そのテレビをつけてくれ。おれはもう話したくない。そろそろテレビを見る時間だ。おまえは本でもなんでも読みにいくがいい」

しかし、ぼくはその場を動こうとしなかった。正体のはっきりしない父の怒りの、少なくとも原因の一部くらいはなんとしても探り出したかった。「ぼくが知りたいのは、こんなことをして何になるのかということなんだ」

「こんなこと？」

「こんなふうにぼくを侮辱することさ。ぼくが何をしたというんだい？」

父はうんざりしたように長々とため息をついた。一瞬、父がぼくをこんなふうに哀れむ理由の一端が明かされるのではないか、とぼくは思った。「おまえのどこが問題かわかるか、ロイ？　冗談がわからないということだ。おまえには少しも冗談が通じない」

父はぼくの顔を見守って、待ちかまえた。何を待っているのかは、ぼくにもわかった。

ぼくがかっとして言い返すのを、猛り狂って吠えたてるのを待っているのだ。

だが、ぼくはそうはしないで、正面から父を見据え、ぼくが知っているかぎり最悪の事実を告げた。「父さんはぼくが嫌いなんだ。ぼくという人間や、ぼくがやっている仕事や、ぼくが選んだ人生を尊重する気は少しもないんだ」

「もうすべてをあきらめちまった男みたいな言い方だな、ロイ。闘争心がこれっぽっちも残っていない男みたいだ」

「キンダム郡を出たとき、ぼくは〈闘争心〉を捨てたんだ」とぼくはかっとして言った。「だから、その話はもうやめにしよう」ぼくは後ろを向いて出ていこうとしたが、父がぼくを引き止めた。

「逃げだして、本に鼻を埋めるがいい」と彼は言った。「だが、戦わなければ、何者にもなれないという事実は変えられないぞ」

ぼくはさっと振り返った。「何のために戦えというんだい、父さん？」

「それは自分で考えることだ」と父は切り返した。「だが、これだけは言っておこう。自分を侮辱した相手は忘れないことだ。きょうおまえがロニーとやったのはとんでもないことだ。まったく胸くそ悪いかぎりだ、ロイ。あんな生意気な小僧のところへ行くなんて。いったいどういうつもりなんだ。よりによってあんなやつのとこへ行くなんて。あの夜、やつが何をしたか、何を言ったか忘れたのか？」

「何を言いだすんだい？　あれは彼がまだこどもだったときのことなんだよ。十八だったし、酒に酔っていたんだ」

「あいつには自分が何をやっているかわかっていたし、おまえにもわかっていたはずだ。酔っていようがガキだろうが、自分がやっていることはよくわかっていたはずだ」

「もう二十年以上も前のことじゃないか、父さん。いまさら、それがどうしたって言うんだい？　あの当時だって、どうってことはないことだったのに」

「あの当時だって？」と父は叫んだ。「あの当時、そのせいでどんなことになったのか、わからないのなら、教えてやろう。ロニーがあんなことを言わなければ、ライラはおまえに手紙を書いたりしなかったかもしれないんだぞ」

「いったい何を言ってるんだい？」

「どうしてロイがなにもしなかったのか、彼女は気づいたのかもしれない。どうしてロイが見逃したのか？」

「それがもとでぼくを振ったというのかい？　そうは思わないね」

「確かなのは、ライラはいい奥さんになっただろうということさ、ロイ。まともな人生が築けただろう」

「それはもう完全に終わったことなんだよ、父さん」とぼくは言った。

父はなにも映っていないテレビの画面に目をやった。「なにひとつ完全に終わることなどないんだよ、ロイ」

「ぼくはもうこれ以上この問題については議論したくない」とぼくは言った。

「『この問題については』」と父は口真似をして言った。「もうこれ以上『この問題については議論したくない』か」

ぼくたちはしばらく冷やかににらみあっていたが、やがて父は肩をすくめた。「彼女なら、おまえを一人前の男にできたかもしれないと思っただけさ」

父の口調には怒りもなく、非難の色もなかったが、それでもぼくは小さな爆弾を投げつけられたように感じた。

「でも、できなかった」とぼくは言った。「そして、彼女のあとは、ぼくは二度と試す気になれなかった。ただそれだけのことさ」

そう言い捨てると、ぼくは部屋のドアをピシャリと閉め、廊下から庭に走り出して、きれいな空気を肺の奥深く吸いこんだ。その瞬間、もし意志の力で父親を殺せるものなら、スイッチをひねるだけでそうできるなら、ぼくはそうしていたにちがいない。

しかし、自分の父親の死を願うのはそんなに簡単なことではなかった。自分のまわりに夜の帳《とばり》が下りてくるとともに、ふと気づくと、ぼくは足を引きずって部屋を歩きまわる音に耳を澄ませていた。なにか困っている気配はないか、ぼくを必要としている気配はないか気になりだした。そうしなければならない理由はなかったが、窓からそっと覗いて、父の瘦せ衰えた体を盗み見ずにはいられなかった。右の肩が曲がり、袖無しのアンダーシャツから突き出している腕は、皮膚がたるんで締まりがなかった。これまで五十年以上も石炭を掘り、木材を切り出してきた波打つような筋肉は、もはやどこにも残っていなかった。

これが息子の宿命なのだ、とぼくは思った。依然として夜のなかに佇んだまま、ぼくはコオロギやキリギリスの低い鳴き声を聞き、冷たくなってきた空気で頭を冷やそうとした。黙って空を見上げると、月が永遠に変わらぬ軌道をたどりはじめていた。逸れることをけっして許されない軌道を。さまざまな義務に縛られながら、たったひとりで、ライラ・カトラーがいっしょならなれたはずの、一人前の男になろうと苦闘しているぼくみたいに。

5

翌朝は吹きなぐるような夏の雨が降っていた。ぼくは母が使い古したブリキ製のパーコレーターでコーヒーをいれた。母はいつも朝早くからレンジの前に立っていた。髪を頭の後ろで引っつめにして、まだ四十にもならないのに、すでに老女みたいに見えたものだった。

ぼく自身も孤独な人生を送ってはきたが、いまでさえ、母の孤独の冷え冷えとした深さはうかがい知れなかった。自分を愛していない、一度も愛したことのない男と暮らす深い孤立感。ぼくの両親が恋仲だった時期があるとは、颯爽とした若者の父が母の前を気取って歩いたり、母を追いかけたりしたことがあるなどとは想像もできなかった。ふたりの人生にもそういう時期があったはずなのに。そういう初めのころを想像できず、黒変してふくれた果物の悪臭を放つ残りかすしか思い描けないということこそ、ふたりの結婚がいかに無味乾燥な、愛のない結婚だったかを示す証拠だとぼくは思っていた。

ぼくが八歳になったころには、父にはすでに夫らしいところはほとんどなかった。夕食はしばしば無言で食べ、まっすぐ大股で居間に移動して、一晩中たてつづけに煙草を吸っているだけだった。

朝はできるだけ寝室でぐずぐずして、何を着ていくか決められない人みたいに、引き出しをあけたり閉めたりしていた。父の持ち衣装は《ワードローブ》――そんなものをワードローブと呼べるとしてだが――せいぜいシャツが二、三枚と作業ズボンが三、四本でしかなかったのに。

父が朝食をぼくたちといっしょに食べることはなかった。重たい足取りでキッチン・テーブルの横を通るときに、コーヒーのマグをつかんで、そのまま玄関のドアを出ていき、網戸をバタンといわせて、自分のピックアップに乗りこむだけだった。

エンジンがうなりをあげ、タイヤをきしらせて車が出ていく音がすると、家のなかにはほっとした空気が流れたものだった。父が自分の重苦しい不幸を――まるで重たい袋を担ぎ出すみたいに――運び去ってくれたかのように。

父が出かけてしまうと、いちばんほっとしたのはぼくだった。母よりも、アーチーよりもはるかに敏感に、ぼくは父の内側深くに爆弾が埋もれているのを感じていた。父のなかにはいつか突然すべてを破壊する暴力が炸裂する可能性がひそんでいて、毎日毎時間、父はそれを抑えつけるのに精力を使い果たしているように見えた。父がなにも言わないときでさえ、いや、むしろそういうときこそ、ぼくは恐ろしい危険が差し迫っているのを感じた。それだけに、彼がとうとう口をきいたときには、とりわけそれが乱暴な言葉だったときには、ぼくは心からほっとしたものだった。ぼくが用事を言いつけられてぶつぶつ言ったり、小用を足すのに〈坐る〉必要はないと言われて驚いたりすると、父は〈ぐだぐだ言ってるんじゃない〉とどなりつけたり、ぼくを女みたいに軟弱だと決めつけたりしたが、そういうときには、たとえそれがどんなに辛辣な言い方だったとしても、ぼくには刑の執行猶予を告げられたように聞こえたものだった。
だが、この雨の朝、少年時代の仕事を再開したとき、ぼくがいちばんあざやかに思い出したのは、長年にわたる父の怒りではなかった。それは父とはいつもまったく正反対だったアーチーのことだった。親切で、やさしくて、おとなしかった弟は、人生にごくわずかしか期待しなかったのに、それすら手にすることができなかった。
掃き掃除をしていると、その弟がぼくのすぐそばにいるような気がした。弟が擦りきれた革のベルトで束ねた本を抱えて、道ばたに停まっている黄色いスクールバスへと歩いていく。そのバスのなかで、ある晴れた九月の朝、弟は長い金髪の、内気そうな、ほっそりした少女の隣に坐ったのだ。少女は、ほかのどんな少女もかつてしたことがなかったような仕方で、彼に微笑みかけて、自己紹介した。〈おはよう。わたしの名前はグロリアよ〉
少女はその秋高校に入ったばかりで、すらりと背の高い十六歳のアーチーが、キンダム・カウンティ・ハイスクールの謎めいたしきたりに通じた、如才ない経験ゆたかな少年に見えたらしい。ほかの生徒の大部分は、法律で認められた年齢に達するとすぐに退学して、木材を切り出す作業員や石切り工やパルプ材やくず鉄の運搬業者といった父親たちと同じ暮らしに入っていったが、彼は卒業をめざす生徒に見えたのだろう。

そういう有望な見通しにくわえて、アーチーはギターを弾いたり低い声でうたったりした。どちらもとくにうまいわけではなかったが、ずっと庇護されて育ち、しかも父親から馬鹿にされて萎縮していたグロリアのような少女にとっては、世にもすばらしいことだったにちがいない。「アーチーに見初められる前は」とライラはある晩ぼくに言ったものだった。「グロリアはだれの目にも見えなかったのよ」

しかし、一度見初められると、彼女はぼくの弟の目には、夜空に忽然と現われた彗星のような存在になった。ふたりが実際にたどったのとは別の運命をたどったら、どうなっていただろう、とぼくは想像した。もしもアーチーがグロリアと出会わなかったとしたら？　彼女と知り合ったとしても、あんなふうに道を踏み外してしまわなかったとしたら？　あの雪の夜、ぼくが暗い生け垣のそばに弟の車が駐車しているのを見かけて、その横に自分の車を停めなかったとしたら？

「コーヒーはまだはいらないのか？」閉めきった寝室のドアの背後から、父がどなった。その声が鉤みたいに引っかかって、ぼくを現実に引き戻した。

ぼくはコーヒーをマグに注いで、父に持っていった。

父は椅子に坐っていた。椅子にかけてあるパッチワークのキルトはぼろぼろだった。父の髪の毛が朝日のなかに揺らめいて、情け容赦のない顔つきとは対照的に妙に柔らかそうだった。

「おまえにもあの犬の声が聞こえただろう。一晩中吠えつづけやがって」父は待ちかねたようにコーヒーをゴクリと飲んで、手で口を拭いた。「むかしアーチーが飼っていた犬とそっくりだ」

ぼくの頭のなかに、牧草地の外れの杭につながれたスクーターが浮かんだ。朝からの暑さで舌をだらりと垂らしていた。父の黒い影が草の上を流れるように進んでいき、アーチーとぼくはそれについていった。〈いいか、おれたちはこれから狩りにいくんだぞ〉

「おれの銃を取ってくれ」と、いま、父は言っていた。

「あの銃はもうここにはないんだよ」とぼくは言った。父はかつて古い拳銃をもっていたが、いまやそれは〈ケロッグ殺人事件〉という札をつけられて、どこかの保管室にしまい込まれているはずだった。

「いや、おれは銃をもっているんだ。二二口径のライフルだ。そこのクローゼットのなかにある。二、三カ月前に買ったんだ。それを取ってくれ」

ぼくは動こうとしなかった。「それでどうするつもりなんだい？」

「おまえはおれがどうすると思うんだ？　あのキャンキャン吠える犬にはもう我慢できないんだよ」

ぼくは首を横に振った。「犬を殺すわけにはいかないよ」とぼくはそっけなく言った。

ひと月も前だったら、父は椅子から立ち上がり、ぼくを押しのけて、自分で銃を取っただろう。だが、いまは、ぼくを脅すようににらんだだけで、その表情もまもなく消えた。「ふん、どうせおれは眠りたくないんだ。時間の浪費だからな。おまえの母親は四六時中眠っていた。なにかというと、すぐに眠って、眠って、眠ったものだった。たちまち寝室に走りこんで。なにひとつまともに立ち向かおうとしなかった。とりわけ、アーチーのことにはな。少しもまともに立ち向かおうとしなかった。覚えているか？」

ぼくはよく覚えていた。終わりのころには、母はいつも毛布の下でまるくなっていた。ベッドがすでに彼女の墓になったようなものだった。

父は窓に目を向けて、埃っぽい道路をぼんやり眺めた。「それで、きょうはどんな予定なんだ、ロイ？」

「べつに予定はないよ」

「なにかに巻きこまれる以外にはってことかね？」

「ぼくにわかっているかぎりではってことさ」

父はコーヒーの残りを飲み干すと、そのカップをいきなりそばに立っていたぼくに突き出した。ぼくは思わず一歩後ずさった。

「まるでガラガラヘビを見たような態度だな」彼は頭を横に振った。「びくびくして。どうしていつもそんなにびくついているんだ、ロイ？」

ぼくがなんとも答えずにいると、父は言った。「じつは、ライラのことを考えていたんだがね」

「またその話を蒸し返すつもりじゃないだろうね？」

「いや、きのう話したことじゃない。ただ、おれはライラの兄貴を知っていたということだ。死んだ兄貴だがね。マルコムという名前だった。ほとんどいつも青白い顔をしていたよ。ゲロ野郎って渾名《あだな》だった。年中ゲーゲー戻していたからだ。職場でも、教会でも。それこそだれもやつの隣には坐りたがらなかった。結核だって噂だった。結局、結核で死んだんだがね。もちろん、まだライラが生まれる前のことだ。死んだといえば、向こうで死んだという男はどうしたんだ？　スパイヴィとかいう男は？」

「わからないよ」とぼくは答えた。

父は疑り深そうにぼくの顔を見た。「まったくわからないのか？」

「そばに銃があった。それから、顔と口が血だらけだった」

父はふいに体の動きを止めた。「ライラはそいつを知っていたのか？」

「たぶん知っていたと思う。彼女の土地に住んでいたんだから」

「ふたりのあいだに関係があったわけじゃないんだろう？」

「ぼくが知っているかぎり、なかったようだ」

「それじゃ、どうしてわざわざ彼女の家へ行ったんだ？」

「ロニーがそうしようと言ったんだ」

彼の名前が出ると、父は妙に疑いをもつようだった。「やつは何と言ったんだ？　ライラの家へ行くことについて？」

「スパイヴィは独りで暮らしていたってことだけさ、ライラの土地で。だから彼女が──」

「——その死んだやつとなにか関係があるはずだと言ったんだな？」

ぼくは首を横に振った。「ロニーはべつにそういうことは——」

「醜聞を嗅ぎまわっているんだ」と言って、父はぼくをさえぎった。「やつの親父もむかしからウェイロードで同じことをやっていた。人々の醜聞を嗅ぎまわっていた。ロニーもライラに悪い噂をなすりつけようとしているにちがいない」

「なぜロニーがライラに〈悪い噂〉をなすりつけようとするんだい？」とぼくが訊いた。

「ポーターフィールド家の連中は、人をつけねらうのに理由など必要としないのさ」

「彼は自分の仕事をしているだけだよ、父さん」とぼくは言った。できるだけ早く話題を変えて、父の人生の根幹にある憎しみを避けて通りたかった。

「ロニーはライラをつけねらっている」と父はいかにも確信ありげに言った。「ライラに会いにいったほうがいい。ポーターフィールドが何を企んでるか教えてやるんだ」

「ロニーがなにか企んでいるという証拠はないんだよ」とぼくは指摘した。

「そうかもしれないが、ロイ、それでもライラにちょっと話しにいっても害になるわけじゃない」

「何を考えているんだい、父さんは？　ぼくにライラに会いにいかせて、どうしようというんだい？」

父は適当にはぐらかす答えを探したが、見つからなかったのだろう。だから、ほんとうのことを言ってしまうことにしたのかもしれない。「ひょっとすると、おまえたちは縒りを戻せるかもしれないと思ったのさ。おまえはそうしたいんじゃないかね、ロイ？本気で彼女をあきらめたわけじゃないんだろう、え？」

むかしからいつも驚かされるのは、父がときとしてずばりと急所を突いてくることだった。父ははっきりと的を見定めて、たったひとつの言葉や目つきでそれを射抜いてみせる。父はぼく自身ですらほとんど意識していなかった考えを読み取った。たしかに、ぼくはライラを完全にあきらめたわけではなかった。だが、実を結ばない恋は心の痛みを増やすだけだと知っていたので、ライラのことは小説の登場人物みたいに遠い非現実的な存在として考えるようにしていたのだ。ところが、父は一瞬のうちにそういうすべてを——ぼくがどんなに細心の注意を払って自分のなかからライラを消し去ろうとしてきたか、しかも、どんなに完璧にそれに失敗してきたかを——見抜いてしまった。

「おまえにとっても彼女にとっても、まだ遅すぎるわけじゃないだろう……いっしょになるのに」と彼は言った。

「いや、もう遅すぎるんだ、父さん。ぼくはもうライラ・カトラーと関わりをもつつもりはないし、いつか結婚しようというつもりもない。ぼくはカリフォルニアの学校で教えながら、小さなアパートで独りで暮らしていくつもりだ。それがぼくの将来なのさ。父さんは気にいらないだろうけど、認めてもらうしかないね」

父はかすかに目を伏せて、ふっと息をもらした。「わかった」と彼は言った。「おれはただ、彼女がまだおまえを愛してるんじゃないかと思っただけさ。一生に一度しかないやり方で」

「彼女が一度でもそんなふうにぼくを愛したことがあったのかどうか、ぼくには確信がもてないんだ」

「おれにはそう見えたがね」と父は言った。「彼女がおまえを見る目つきから」

彼女を紹介するため家に連れてきた晩のことを言っているのだろう。ぼくたちがいっしょにいるところを父が見たのは、そのとき一度だけなのだから。

「おまえが大学のために出発したときには、ひどく泣いたにちがいない」と父は付け加えた。

「どうして放っておいてくれないんだい、父さん？　ライラとぼくのことを」

父はその質問になんだか侮辱されたような顔をした。「なぜならおれはおまえの父親だから、影響を与えるのが親のつとめだからだ。おまえはいまのような生き方をする必要はないのかもしれないと言ったり、まだ遅すぎないかもしれないとか、おまえとライラが――」

「ライラをぼくと結婚させることや、ぼくのこどもの母親にすることに、父さんはどうしてそんなに熱心なんだい？」

「それは彼女がいい女だとわかっているからだ。妻としても母親としても。いい血統を受け継いでいるから」

「いい血統？　彼女は雌牛じゃないんだよ、父さん」

「そんな小生意気な口の利き方をするんじゃない、ロイ」

「ぼくの言いたいことはわかっているだろう？」

「いいかね、おれが言いたいのはこういうことだ」と父は言った。「おれはライラがいい家の娘だと知っている。なぜなら、おれはむかし彼女の母親を知っていたからだ。ベティ・カトラーを。ベティはおれが知っていたもうひとりの女の子の親友だったんだ。むかしちょっと付き合っていた子の。デイドラという名前だった。デイドラ・ウォーレン。で、いま言ったように、ベティは彼女のいちばんの親友だった。いつもいっしょだったんだ、あのふたりは。みんなからまるでひとつの名前みたいに、ふたりでひとりの人間みたいに言われていた。『ほらベティとデイドラが来た』とか。すると、ふたりがやってきた。ベティとデイドラが散歩にいったり、ベティとデイドラが売店でアイスクリームを食べたりしたものだった」

「それは父さんが炭坑で働いていたころのことなの？」

「そうさ。ベティは鉱夫の娘だった。当時、おれといっしょに働いていた鉱夫のな。ハリーという名前だった。大男で、年中悪態をついていた」父はまた自分の手を、指がつぶされて、にぎりしめられなくなった手を見下ろした。「おまえがライラに会いにいくようになったとき、おれは相手がだれか知っていた。ベティ・カトラーの娘だと知っていたんだ。さっきも言ったが、いい血統だ。地の塩なんだ」ちょっと考えてから、つづけた。「たぶん、スパイヴィのことを聞いたからだろう。やつがライラの土地に住んでいたというから、いろいろと思い出したんだ。ウェイロードでのむかしのことを」

ぼくたちが付き合っていた長い夏のあいだ、父はライラについては一言も悪口を言わなかった。むかしから、その理由はあきらかだとぼくは思っていた。ライラは山の、あのウェイロードの出身であり、名前を聞けば父が即座に思い出せる家の娘だった。かわいい娘だったし、頭がよくて、生気にあふれていた。初めて彼女を見たときから、父はいかにも彼女と会えてうれしそうだったし、彼女に紹介されたのが誇らしげでさえあった――その当時から、ぼくがなぜわざわざ彼女を父に紹介したのか見抜いていたのかもしれないが。ぼくはかつての母より美しい娘を手に入れたことを、もっと頭がよくて、野心もある娘をわがものにしたことを、父に見せつける必要があったのだ。ぼくは父の面前で、闘牛士が赤いケープをひらつかせるように、ライラを見せつけた。〈これでもくらえ〉と、ライラを自分の腕のなかに引き寄せながら、ぼくは思ったものだった。〈これでもくらえ、この老いぼれめ〉

その夜、彼女はダーク・グリーンのドレスを着て、髪を肩まで垂らしていた。彼女に挨拶するために、父は椅子から立ち上がった。

「じゃ、あんたがライラなんだね」と父は言った。口の端に煙草をくわえたまま、突き出した腹から煙草のかすを払った。「こんな恰好で失礼するよ。まさかロイがお客さんを連れてくるとは思わなかったものだから」

「気にしないでください、ミスター・スレーター」とライラがやさしく言った。

「あんたはとてもきれいだ」妙に物欲しげな目つきだった。

「ありがとうございます」

父の目の奥で穏やかな火が燃えていた。「彼女を大切にすることだな、ロイ。チャンスは一度しかないんだから」

「いい人みたいね」と、あとで、ライラが言った。

彼女がそう言ったとき、ぼくの目に浮かんだのはアーチーに拳銃を渡したとき、草の上に染みみたいに映っていた父の影だった。スクーターは猛烈に尻尾を振りながら、狂ったように吠えていた。それを思い出すたびに、ぼくは体中の神経に毒が流されたような気がしたものだった。

だから、ぼくはライラに打ち明けた。数年前に、アーチーとぼくがどんなふうに家出したか、それに対して父がどんなに恐ろしい罰を考え出したかを詳しく教えた。「いい人だって?」それを話し終えると、ぼくは容赦なく言い切った。「冗談じゃない、ライラ、きみは父を知らないんだ」

しかし、ぼくも父を知らなかった、といまになってぼくは思った。一日の最初の煙草に火をつけて、マッチを振って火を消すと、ふたたび自分のなかに引きこもろうとする父を見守りながら。

「さあ、もうひとりにさせてくれ」と父は言った。

ぼくはうなずいて、部屋を出た。父の過去という謎を、父を生みだした石炭のように黒い岩の塊をあとに残して。

6

居間に腰をおろして、父の寝室から絶え間なくもれる低いテレビの音を意識から閉め出そうとしながら、ぼくはカリフォルニアから持参した本を読んでいた。そのとき、電話が鳴った。

父が出ようとしないのはわかっていたので、ぼくは立ち上がって、電話に出た。

「おはよう、ロイ」

「おはよう、ロニー」

「親父さんは夜はよく眠れるのかね？」

「どこかの犬が吠えて眠れなかったようだ」

ロニーが父の病状を確かめるために電話してきたわけでないのは、声の調子からあきらかだった。なにか魂胆があるにちがいない。

「ところで、ロイ」と彼は言った。「おれはいまキンダム・シティの事務所にいるんだが、ライラ・カトラーがここに来ているんだ」

最後に会ったときの彼女の姿が目に浮かんだ。十八歳で、ブルーの長い飾り帯つきの白いドレスを着て、濃い赤毛の髪を肩まで垂らし、笑うと鼻にしわができたものだった。

「彼女はあまりしゃべってくれないんだよ」とロニーはつづけた。「クレイトンのことについてなにひとつ話そうとしない。だから、電話しているんだ。できたら午前中にここに寄って、彼女にちょっと話をしてもらえないかと思ってね」

ぼくが抗議するより早く、彼は付け加えた。「いや、ロイ、口を滑らしちまったんだよ。ライラにという意味だが。けさ、彼女と話しているとき、あんたがキンダム郡に戻ってきていると言っちまったんだ。エズラが死体を発見して、ジェサップ川に見にいった話をしたときに。あんたもいっしょに行ったとつい口から出ちまったんだが、彼女の目つきが変わったぞ」

「ロニー、ぼくは――」

「ちょっと寄ってもべつに害はないだろう？　少し彼女と話をしたって？」

断ることもできただろう。あまりにも長い年月が経ちすぎている、とロニーに言えばよかったのだから。だが、ぼくのなかでなにかに火がついた。あるいは、それはぼくたちがときとして抱くあの妙な、説明不可能な気分――はるかむかしにクローゼットの隅に押しこんでしまった本をひらいて、もう一度一枚の写真を見てみたいという気分――にすぎないのかもしれないが。

「わかった」とぼくは言ったが、そうする気になったほんとうの理由はこれっぽっちも匂わせなかった。

「ありがとう、ロイ。じゃ、すぐに」

ぼくが部屋に入っていくと、父は『ペチコート作戦』の再放送に夢中になっているような顔をしていた。

「ちょっと出かけてくる」とぼくは言った。

父の目は画面に張りついたままだった。

「行く前に、なにか必要なことはないかい？」

父は視線を手元に落とした。手の指を伸ばして、それからまた曲げた。「あのな、ロイ」と彼は言った。「おまえには当分どこかに行ってもらっていたほうがいい。おれはひとりになりたいんだ」

「わかったよ、父さん。ぼくが必要ないというのが確かなら」

「絶対確かだ」


郡庁所在地とはいっても、キンダム・シティは一本の通りに沿って、大部分は地味な赤レンガ製の店舗や事務所が、何軒か立ちならんでいるだけだった。くるくる回転する棒状の看板のある床屋があったが、動く看板はそれくらいで、そのほかはブリキか木製の板にいい加減なピンクや淡いブルーのネオンサインがついているだけだった。ぼくがむかしアルバイトしたミスター・クラークのドラッグストアは健在だったが、アーチーが釘を選り分けたり、ペンキの缶を積んだり、床にモップをかけたりして働いたビリングズ金物店は経営者が替わっていた。アーチーが逮捕されたあとのミスター・ビリングズの顔を、いまでもぼくは忘れない。無数の小さな命令に従って、自分の下でおとなしく働いていた少年が、あんなふうに突然爆発するなんて、どうしても理解できないという顔だった。

だが、この朝、ぼくが考えていたのはアーチーのことではなかった。それはぼくの記憶のなかにあるライラ、人生をひとつの挑戦だと考えていた娘のことだった。

〈信じてないんでしょう、ロイ？　わたしがやるとは信じてないんでしょう？〉

初めのうち、彼女は向こう見ずなだけだと思っていたが、実際、彼女はどんな障害にも打ち勝ってかならず前に進んでみせるという、凄まじいほどの信念を抱いていることがわかった。その娘がいまどうなっているのだろうと思わずにはいられなかった。

ぼくが到着したとき、ロニーは事務所の外で、金属製の折りたたみ椅子にふんぞり返り、その右側で赤いコカコーラの自販機が低いうなり声をあげていた。数メートル離れたところには、磨いたばかりのピカピカのパトカーが停まっており、そのリア・バンパーの下のアスファルトには、鮮やかな黄色で〈保安官専用〉と書かれていた。

「ほんとうは書類を作らなきゃならないんだが、なかはくそ暑いものでね」と、ぼくが近づいていくと、彼は言った。「郡にエア・コンをつけてもらおうとしているんだが、つけてくれないんだ」彼は椅子のなかで体を起こした。「来てくれてありがとう、ロイ。感謝しているよ、ほんとうに」

「たいして役に立てるとは思えないけど」

「そうは断言できないと思う」とロニーは言って、にやりと笑った。「小さい火花が見えたような気がしたからな。あんたのためにまだ小さい火花が燃えてるんだ」

「どうかな」とぼくは言った。「彼女はどこにいるんだい？」

「右側のいちばん手前の房だ」

「拘留されているのか？」

ロニーはクスクス笑った。「いや、もちろん、そうじゃない。監房のなかにはいるが、鍵はかかっていない。家に帰るまで坐ってもらっているだけだ」

「それじゃ、帰りたければいつでも帰れるんだな？」

「いや……しかし……そういうわけでもない。ま、いわば保護拘束みたいなものだがね。なにひとつ言おうとしないんだよ、スパイヴィの件について。死体の身元は確認したが、彼に関する質問にはいっさい答えようとしない。一言も。しかも、どう見ても、クレイトン・スパイヴィは奇妙な死に方をしている。ということは、プール先生が詳しく死体を調べるまでは、なにかしらの犯罪があったと想定せざるをえないからな」

「それがライラを留置場に入れておくこととどういう関係があるんだ？」

「いまも言ったが、ロイ、鍵はかかっていないんだぞ。もちろん、そのほうがよければ、彼女を逮捕することもできるが」

「何の容疑で？」

「不審な行動という容疑だ」

「そんなのは罪にならない。知っているくせに」

「必要ならもっといい理由を見つけるが、それまでの間に合わせにはなるだろう」彼はウィンクした。「非常に怪しい、とおれがクロー判事に言えばいいんだ。森で死んでるのを発見されたやつがいて、そいつが彼女の土地に住んでいたんだからな」

「だが、それだけじゃないか」とぼくが言った。「単なる居住者で、それ以上のつながりはないんだから」

「ともかく、男が森で死んでいたのに、彼女はおれとはどんな関わりももとうとしない。正当な権限をもつ当局者なのに。判事には彼女が非協力的だと報告するだけで十分だろう」

それ以上議論しても意味がなかった。キンダム郡は少しも変わっていない。ロニーのやり方は彼の前に父親がやっていたのとそっくりだった。裁判所から州知事まで切れ目なくつながっているえこひいきの旧態依然たる命令系統に自分はしっかり守られている、と彼は信じきっているのだろう。

「ぼくが来ることをライラは知っているのかい？」

「いいや」とロニーは答えた。「さぞかしびっくりするだろう」

ライラの顔に浮かんだのは、ぼくの突然の出現に単に驚いたという表情ではなかった。ぼくの存在などはるか以前に頭から消し去っていたらしく、信じられないものを見たような顔だった。

「ロイ」と彼女は静かに言った。

「やあ、ライラ」

彼女は縞模様の薄っぺらなマットレスをのせてあるだけの、金属製の簡易ベッドに腰かけて、両手を膝に置いていた。髪の色は濃くなっていたが、それでもまだ燃え立つような光を放っていた。いまでは目尻にしわがあり、額にもかすかなしわが交差していたが、それ以外は驚くほど変わっていなかった。かつての山の美少女とほとんどなにも変わらなかった。

監房の扉はひらいていた。ぼくはなかに足を踏み入れた。

「こんなこと、馬鹿げているよ」とぼくは言った。「ロニーがきみをこんなところに坐らせるなんて。たぶん違法にちがいない」

彼女は短く笑った。「わたしを脅かそうとしているのよ。でも、効き目はないわ」それから、やさしい笑みを浮かべて、「あなたが帰ってきていることはロニーから聞いたわ」と彼女は言った。落ち着いた目つきだったが、妙に探るような光があった。「あなたは友だちだって彼は言っていたけど」

「ぼくはそうまでは言わないね。ぼくがたまたま彼の家に寄ったとき、クレイトン・スパイヴィに関する報告が入ってきたんだ」

彼女はうなずいた。「けさ、彼の身元を確認したわ」

「知ってるよ。ロニーはそのあときみを解放すべきだったんだ。なんの理由もないんだから、きみをこんなふうに——」

「わたしを拘留できないのはわかっているわ」とライラはきっぱりとした口調で言った。「あなたはなぜここにいるの、ロイ？　なぜキンダム郡に帰ってきたの？」

「父が死にかけていて」とぼくは答えた。「最期を看取るために帰ってきたんだ」

「ご家族といっしょに？」

「ぼくには家族はいないんだ」

彼女の目の奥をちらりと影がよぎった。「長年のあいだ、あなたのことをずいぶん考えたわ」

ぼくは笑みを浮かべた。「あのころは楽しかったね？」

ぼくのなかにある光景が浮かんだ。ぼくとライラだけでなく、アーチーとグロリアもいっしょで、むかし石切場だった場所の端にならんだコンクリート製の小さなテーブルのひとつに坐っていた。アーチーは愛されていることに有頂天で、完全に夢見心地になっており、暖かい春の空にいまにも浮き上がりそうだった。それから、アーチーひとりの姿が目に浮かんだ。留置場の監房のなかに坐って、ぼくのほうに手を差し出している。〈保安官にはなにも言わなかったよ、ロイ。これからも言わないつもりだ〉

彼女の瞳がなぜか暗くなった。心のなかに暗雲が湧きだしたかのように。「あなたは自分が何をもとめているか知っていたわ」

だが、ぼくが他のなによりももとめていたのはライラだった。いま、彼女を見ていると、その瞳のなかに若いころの自分が見えるような気がした。ダンス・パーティで彼女に目をつけ、勇気を奮い起こして声をかけた谷間の少年。

彼女は深々と息を吸いこんだ。瞳のなかの黒い雲は消えていた。「それじゃ、あなたは大学を卒業したあと、カリフォルニアに残ったのね」

「州の北部の小さな町だ」とぼくは彼女に説明した。「そこの学校で教師をしているんだ」

「それはよかったわ」とライラは言った。彼女は目を伏せて自分の手を見たが、それからまた目を上げた。「それじゃ、寄ってくれてありがとう、ロイ」

もう帰ってくれと言われているのはわかっていたが、ぼくは監房の入口に立ったまま動かなかった。「ロニーの話では、きみはほとんどなにも言わないそうだね。クレイトンのことについて」

彼女の声が冷たくなった。「わたしは言いたいことだけしか言わないつもりよ」

「ロニーは自分の仕事をしているだけなんだよ、わかるだろう？　ただいくつかのことをあきらかにして――」

「彼はクレイトン・スパイヴィが殺されたと思っているふりをしているのよ」とライラ

が鋭い口調でさえぎった。「でも、わたしはそんなはずはないことを知っている。クレイトンは長年病気だったのよ。しかも、最近はひどく悪くなっていたんだから」

「しかし、死体のそばに銃があったんだ」ロニーのやり方にぼくの推理小説的な理解の仕方でできるだけ光を当てようとして、ぼくは言った。「だから、プール先生が調べるまで、彼はいちおう――」

「わたしは遺体の身元を確認しにきたのよ」とライラは言った。若いときの炎がふいに戻ってきたかのようだった。「わたしはクレイトンへの敬意からやってきたの。それ以上のことをするつもりはないわ。わたしはロニー・ポーターフィールドの言いなりには動かないし、これからもけっしてそうするつもりはないわ」彼女は娘時代と同じような目つきでぼくを見た。ぼくの薄皮を一枚ずつ剝がしていくような目つきで。「わたしはロニー・ポーターフィールドのやり方に合わせるつもりはないの」

「それはわかっている」

「ならいいわ」と彼女は言った。「わたしはロニーにはなにも話したくないし、ロニーのことを話したくもないわ」

彼女がそれ以上なにも言うつもりがないのはあきらかだった。いまにも立ち上がって、監房を出て、ロニーのオフィスを横切って出ていくのではないかと思ったが、彼女はその場を動かなかった。まるで光が射しこんだかのように、彼女の顔がいくらか明るくなった。

「テイラーズ渓谷に行った日のこと、覚えてる？」と彼女が訊いた。

地面に敷いた毛布から彼女が跳ね起きた姿が目に浮かんだ。

〈信じてないんでしょう、ロイ？　わたしがやるとは信じてないんでしょう？〉

「わたしたちがやったことを覚えてる？」

いまや彼女は走っていた。全速力で、張り出している絶壁に向かって。キラキラ光る水面のはるか上に張り出している灰色の崖に向かって。

「うん、覚えているよ」

ぼくは彼女につづいて走りだした。驚いて目をみはりながら。彼女は森のなかを駆け抜ける鹿みたいにしなやかに、猛スピードで走っていくと、崖の向こうの目のくらむような明るい光のなかに飛びだした。

「あのときの何がいちばんよかったかわかる？」とライラが訊いた。

彼女は一瞬もスピードをゆるめずに、キラキラ光る空気のなかに飛びだした。彼女の白い足が岩棚から飛びたった二羽の小鳥みたいに見えた。

彼女はあの午後と同じいかにも強情そうな目でぼくを見た。「あなたも走りだして、わたしのあとから崖を飛び降りたことよ」

ぼくは大地が剝がれ落ちるのを、自分をしっかりつなぎとめていた力から解き放たれるのを感じた。眼下に黒い水面が見えた。

彼女はぼくの顔を正面からじっと見た。「いまではあんなことはできないでしょうね？」

「そうだね」

彼女は肩をすくめた。「わたしだってできないと思うわ」

数分後、ぼくが彼女のもとを辞したとき、ロニーは事務所のなかに坐っていた。細い葉巻をくわえていたが、白い吸口にさんざん噛んだ跡がついていた。「で、彼女はどんなことを話したのかね？」

「なにも。少なくとも、クレイトンについてはなにも話さなかった」

「しかし、話はしたんだろう？」

「むかしのことだけさ。むかし高校に通っていたころのこと。あんたがいくつかのことをはっきりさせたがっているとは言ってみたがね。死体のそばに銃があったこととか。しかし、彼女は遺体の身元確認にきただけで、それ以上のことをするつもりはないそうだ」

ロニーは葉巻を靴底に押しつけて揉み消した。「なぜいくつか質問に答えて、おしまいにしてしまわないのかわからないな、ロイ」

ぼくにはその答えはわかっていた。ぼくの隣にいたライラが目に浮かんだ。彼女がぼくの手をにぎり、ぼくたちはゆっくり道を歩いていた。そこへピックアップが近づいてきて、ガタガタ通り過ぎていった。酔っぱらった若者の一団がだらしなく乗りこんで、夜空にウィスキーのボトルを掲げて振りまわしていた。

「まったくわけがわからない」とロニーが繰り返した。

「彼女はなにも隠してはいないよ」とぼくは言った。

彼はそれについてちょっと考えていたが、やがて言った。「この件についてもうちょっと手伝ってくれないか、ロイ？」頭上に突き出している山の方角を頭で指した。「ウェイロードに行って、訊いてまわるんだ。クレイトンについて。近所の連中に。あんたになら話すだろう、あそこの連中も。あんたのルーツはあそこにあるんだから」

「ウェイロードに？　ぼくのどんなルーツが？　ぼくはずっと谷間で育ったんだよ」

「しかし、あんたの親父さんはあそこの生まれだ。あんたがジェシー・スレーターの息子だとわかれば、それで十分さ。あそこの連中はみんなあんたの親父さんのことを覚えているだろう」

「なぜぼくの父のことを覚えているんだい？」とぼくは訊いた。「十六のときにウェイロードを出て、ぼくが知っているかぎり、それ以来一度も戻っていないのに」

「そんなことは問題じゃない、ほんとうさ」とロニーは言い張った。

ぼくは肩をすくめた。「ぼくは教師なんだ、ロニー、警察官じゃない。こういうことはやり方がわからないよ」

「ちょっと嗅ぎまわってみるだけさ」なんの問題もないという口調だった。「もっとも、そうしたければ、公務にすることもできるが」彼は机のいちばん上の引き出しをあけて、メモ帳や鉛筆やペーパークリップのあいだからなにか取り出した。

「ほら」と言って、保安官バッジをぼくに渡そうとした。

ぼくは受け取らなかった。「まだ引き受けたわけじゃない」

「いいか、ロイ、これはライラのためになるんだぞ。あんたが向こうに行って、ちょっと訊いてまわってくれれば、彼女をここにとどめておく必要はなくなるだろう」

ぼくの耳のなかにライラの声が響いた。かつて彼女のために喜んで崖から飛び降りたことを思い出させた声。だが、同時に、もう二度とそんなことはやらないだろうと確信している声。

ぼくはバッジに目をやった。「すぐに彼女を解放してやるつもりかい?」

「もちろんだ」とロニーは言って、にやりと笑った。「さあ、右手を挙げて」

それが終わると、彼はぼくの手をにぎった。「おめでとう、スレーター保安官助手」と彼は笑いながら言った。「法執行の血湧き肉躍る世界へようこそ」

7

ひとつだけ確かなのは、なにをどう調べればいいか見当もつかないことだった。しかし、長年のあいだに推理小説はけっこう読んでいたので、小説のなかの探偵がやりそうなことを模倣して、とりあえずクレイトン・スパイヴィの死体が発見された場所に戻ってみることにした。ひょっとすると、ロニーが気づかなかったものがなにか見つかるかもしれないと期待して。

濃い影で覆われた地面に死体の重みでできた跡が依然として残っていたが、それだけだった。発見できそうな証拠はすべてすでにロニーが収集していた——ライフル、実弾、それが入っていた四角いボール紙の箱。

あちこち見まわしてもなにも目につくものはなかったが、そのうち、ふと、もうひとつ死体があることに気づいた。

それは川岸のそばにころがっていた。近づいてみると、鳩の死骸だった。頭を吹きとばされて、腐りかけた死骸に黒アリが群がっていた。

近くを見上げると、木の枝の股の部分に巣があった。まだらに射しこむ日の光のなかで、完全に剝きだしになっている。

巣は空っぽだったが、一瞬、細い小枝でできたまるい巣のなかにうずくまって、クレイトン・スパイヴィを見下ろしている鳩が見えたような気がした。クレイトンが弾薬の箱をあけて、銃弾を取り出すのをじっと見守っていたのだろう。巣を支えている枝に弾がかすめた跡があった。静かに揺れている木の葉の一枚にも、きれいなまるい穴があいていた。三発目が巣の左側に命中したようだったが、小枝が何本か吹きとばされているだけだった。

そのあいだじゅうずっと、鳩は本能に縛られてじっとしていたのだろう。巣ごもりしている鳩はいつもそうだが、飛びたとうともせず、やがてスパイヴィがようやく正確にねらいを定めるまで、じっと銃弾に頭を射抜かれるのを待っていたのだろう。

「こんにちは、旦那」

振り返ると、二、三メートル離れたところに老人が立っていた。オーバーオールにフランネルのシャツという恰好だが、どちらもこの土地の赤い土埃まみれだった。ウェイロードの人たちはたいていそんなふうにするのだが、話しかける前に脱いだ帽子を両手で持っていた。

「クレンショーってもんだがね」と老人は言った。「ネート・クレンショー。この川沿いのちょっと先に住んでるんだ」

どこにも人を脅すようなところはなかったが、それでもふたりのあいだには、賭博台にのせた拳銃みたいに、脅威がぶらさがっているような空気があった。

「あんたは警察かね？」と老人が訊いた。

そういえばそうだった、と思うとなんだかほっとした。ぼくはバッジを取り出した。「ロイ・スレーターだ」死体が横たわっていた場所を頭で指して、「ここで見つかったのはクレイトン・スパイヴィだった。そのことはもう聞いていると思うが」

クレンショーは依然として油断なくぼくを見守っていた。「ああ、それは聞いたよ」

「彼を知っていたのかね？」とぼくは訊いた。

老人は首を横に振った。「いや、よくは知らなかった。不運な目にあったらしいが」

〈不運〉

それは父がさまざまな災厄をひとくくりにして、口癖のように使っていた言葉だった。こどもが溺れたのは不運だったからだし、赤ん坊が百日咳や髄膜炎で死んだのも同じだった。男が刑務所行きになったり、落盤事故で圧死したときも、不運のせいだったし、女がお産で死んだり、重労働で苦しんだりするのもそのせいだった。あるとき、なぜウェイロードを出たのか訊いたとき、父はただ肩をすくめて、「あそこには不運が多すぎるからだ」と言ったものだった。

「クレイトンはときどき見かけたが」とクレンショーはつづけた。「あまり頻繁には会わなかった。付き合いのいい男じゃなかったからな。森に住んでいたんだよ。ひとりきりで」

「どうやって暮らしを立てていたのかね？」

クレンショーは肩をすくめた。「物々交換をしていたんだ。ちゃんと働けるほど調子がよくなかったからね」

「友だちはいたのかね？」

「ときどきライラ・カトラーを訪ねていた。彼女が自分の土地の小屋に住ませてやってたんだよ。気の毒に思ったんだろうね、たぶん」

「ふたりのつながりはそれだけだったのかね？」とぼくが訊いた。「彼が彼女の土地に住んでいたという」

クレンショーはうなずいた。「わしが知っているかぎりはだがね。ライラからほかになにかあると聞いたことはないからね。もちろん、ライラは口数の少ない人だが」

だが、ぼくの記憶のなかの少女はダンスのときには楽団といっしょにうたいだし、いつも鼻歌をうたっていたし、暗くなった映画館や、学校の満員の講堂や、フットボール場の木製の階段席から大声でぼくを呼んだものだった。〈こっちよ、ロイ〉

「ぼくが知っていたときには、彼女は活発だったけど」とぼくは言った。「高校のときには」

「そうかもしれない」とクレンショーは言った。彼はちらりと流れに目をやって、なにごとか考えているようだった。「クレイトンは狩りに来たんだと思う」と言って、彼は鳩の死骸を顎で示した。

「たぶんそうだろうな」

クレンショーは川岸に歩み寄り、棒をひろって、そっと水のなかに差しこんだ。「飢えているやつの狩りの仕方だ」

彼は水中から棒を抜いて、濡れた先端をじっと見てから、もう一度水中に差しこむと、水面にだんだん小さくなる輪を描くように動かした。

「鹿やウサギを待っていられなかったんだ。腹が減っていて。獲れるものならなんでもよかったんだろう」

「クレイトン・スパイヴィはそんなに困っていたのかね？」とぼくは訊いた。

クレンショーは棒を川に投げこんだ。「だろうな。さもなければ、鳩なんか撃ったりしないだろう」彼はゆっくりと破壊された巣を見上げた。「鳩は逃げないんだよ、あんた。撃たれるまでじっとしているだけで」依然として巣を見上げたまま、時間が経つにつれてますます困惑が深まっていくような顔をした。やがて、謎の解明をあきらめたかのように、老人はゆっくり首を振った。「クレイトンはわざと鳩をねらったのかもしれない。ほかの獲物を追いかける体力がなかったのかもしれないな」

ぼくは鳩を見下ろした。血だらけの羽にアリがうようよたかっていた。「彼は病気だったとライラは言っていたが、死にかけていたのかね？」

「ああ、そう聞いていたよ」

「何の病気だったんだい？」

「塵肺さ」

それで、クレイトン・スパイヴィに何が起こったのかはっきりした。突然の発作におそわれて、まず膝まで崩れ落ち、それから前に倒れて、顔を地面に押しつけるような恰好になり、喉から血が間欠泉みたいに噴き出したのだろう。

「一度かかると治らないからな」とクレンショーが付け加えた。

この病気は治る見込みはなく、いつか自分自身の血に溺れる瞬間がやってくるのを待つしかなかった。

これで一件落着だ、とぼくは思った。


山を半分ほど下りたとき、一軒の家が目についた。はるかむかし、ライラに連れていかれた家だった。その家はあまりにも強くライラと結びついていたので、その建物に近づくにつれて、自分の車のなかに彼女が現われそうな気がした。あのころみたいに、赤毛の娘が自分の隣に坐っているような気分だった。「あそこに車を入れて、ロイ」と言って、彼女は轍だらけのドライヴウェイを指さしたものだった。「わたしの二人目の母に紹介したいのよ」

彼女の名前はフアニータ・ハー=メニー=ホーシズ《彼女のたくさんの馬》で、すごい年寄りだと思っていたが、考えてみれば当時はせいぜい四十五くらいのはずだった。褐色の肌はまだすべすべで、落ちくぼんだ目が黒く光り、髪も真っ黒で、その名に劣らずいかにもインディアンらしい面構えだった。

「なかなかハンサムな子じゃないか」と、ぼくが目の前で車を停めると、ファニータは言った。「あんたはライラと付き合っているのかい？」

「ええ、そうです。ぼくらは付き合っているんです」

あの日からすでに二十年以上経っており、その古い家の前を通り過ぎてしまうのは造作もなかった。その前日、ロニーといっしょにライラの家に行ったときにも、そうしたように。しかし、いまや過去から伸びてきたロープに絡まれて、ぼくは忘れていた日々のほうに引き寄せられた。

「聖書は要らないよ」ぼくが車から降りると、ファニータがどなった。「必要な聖書はもう全部もってるんだから」

「聖書を売りにきたんじゃありませんよ」とぼくはどなり返した。

「薬も要らないよ」

「なにも売りにきたわけじゃありません」と請け合ってから、ぼくは楡の大木の木陰に坐っている彼女に近づいていった。彼女は紙のうちわで顔をあおいでいた。うちわには流れるような衣をまとったイエスの絵が描かれていた。

ファニータはスカートの前のポケットを探って、眼鏡を取り出した。「あんたは下のほうから来たんだね」

〈下のほう《ダウン・アラウンド》〉眼下に横たわる谷間を彼女はむかしからそう呼んでいた。

「ぼくを覚えていませんか、ファニータ？ ロイ・スレーターです」

思い出したらしく、目がキラリと光った。「下のほうから来た子だね。むかしライラと付き合っていた」

「そうです」

彼女は大きくにっこり笑って、前歯の隙間をのぞかせた。「あの年の夏には、よくいっしょにここへ来たものだった」

太陽のぎらつく暑い夏、冷たい川だけがほっと息をつける場所だった。ライラはカットオフ・ジーンズに、白いブラウスの裾を腰で結んでいた。ぼくはライラにすっかり熱を上げ、あまり頻繁に会いにきたので、アーチーに冷やかされたものだった。〈そんなふうにしていると、いまに彼女が破滅のもとになるよ、ロイ〉しかし、あのころ、彼はぼくに負けずに夢中になっていた。全情熱をひたすらグロリア・ケロッグにそそいでいて、それ以外のことはなにひとつ考えられないようだった。

ファニータ・ハー＝メニー＝ホーシズは感慨深げにうなずいた。「あんたが学校へ行ってしまった子だね。とうとうライラを迎えにこなかった」

「彼女から迎えにくるなって言われたんです」とぼくは静かに言った。

ファニータは百メートルほど離れたところにある、悪臭のする濃厚な靄に包まれた豚小屋に目をやった。ちょうどまんなかあたりの、湯気のたつ泥のなかに巨大な雌豚が寝そべっている。豚が体を動かしたり脇腹をひくつかせたりするたびに、わっとハエの群れが飛びたつが、すぐにまた舞い降りて周囲の汚物にたかっていた。

「エーモスとアンディと呼んでおくれ」ぼくがその豚を見ていることに気づくと、ファニータが言って笑った。「なぜかというと、もう二頭分の大きさになっているからさ。略してエーモスでいいけど」

ぼくは彼女の向かい側に積み重ねてある石炭殻を混ぜた軽量コンクリート・ブロックを頭で指した。「二、三分坐ってもかまいませんか？」

「ああ、かまわないとも」とファニータは言った。「帰ってきてから、ライラには会ったのかい？」

「ええ、会いました」

「けさ、山を下りていくのを見かけたが」

「キングダム・シティへ行ったんです。まもなく戻ってくるでしょう」

「どうして下のほうへ行ったんだろう？」

「遺体の身元確認のためです」とぼくは答えた。「クレイトン・スパイヴィの。ジェサップ川のそばで死んだんですよ。きのう、森で死んでいるのが見つかったんです」

ファニータはちょっとそのことについて考えていた。「すぐに埋葬するんだろうが、わたしは葬式には行けないね。それだけのエネルギーがないんだ。あんたはライラの手伝いをしにきたのかね？」

「いいえ。ぼくは山から下りてきたところです。ちょっと調べることがあって来たんですよ。保安官のために」

ファニータは顔をしかめた。「あの保安官は嫌いだ」

「このあたりじゃ、だれにも好かれていませんね」

「親父のせいさ」とファニータは言った。「むかし保安官だった。むかし、ここの住人にした仕打ちのせいだよ。大きな車に乗って、いつも道路を行ったり来たりしていた」

道路に目を向けると、何年も前にファニータ・ハー＝メニー＝ホーシズが見たにちがいないウォレス・ポーターフィールドの姿が見えるような気がした。パトカーの運転席に重たい巨体を押しこんで、飢えた狼みたいにウェイロードをうろついていたのだろう。

「いつも人のあらを探しまわっていたんだ。あんたも聞いているだろうが」

「なぜぼくが聞いていると思うんです？」

「あいつはライラの母親の悪い噂を探していたからさ」

「それはいつのことです？」

「あんたがライラに会いにきた夏のことさ。一夏中ずっとだ。秋になってもやめないで、冬になってようやくやめた。なにも見つからないと観念して、あきらめたんだろう」彼女は狡猾そうな目でぼくを見た。「それとも、もう十分トラブルに巻きこまれていると思ったのかもしれない。ライラがひどい目にあっていたからね。例の、あんたの弟のことで。あの人殺しのことで」

ぼくの脳裏に郡道に接する暗い生け垣が浮かんだ。ぼくの車のヘッドライトが生け垣に沿って動いていき、やがてそのなかにアーチーの古いフォードが浮かび上がった。

「ともかく、それっきり保安官はわたしにベティのことを訊きにこなかった。彼女にはかまわなくなって、なにも訊きにこなくなったんだ」

「殺人事件のあとは二度と来なかったんですか？」

「ああ、わたしのところへはね」とフアニータは言った。「探していたものを見つけたんだろう。それとも、見つからないと観念したのかもしれないが」

8

キンダム・シティの町はずれに着いたときには、まだ正午だった。フアニータ・ハー＝メニー＝ホーシズと話したあと、ぼくはいきなり断ち切られた何人かの人生のことをふたたび考えだしていた。もちろん、アーチーの人生もそのひとつだったが、同時にあの惨劇の夜、殺されたふたりのことも思い出した。当時のぼくには年寄りに見えた男と女。すでに片足を墓場に突っこんでいる人間だと思っていたが、実際には、ホレスとラヴィーニアのケロッグ夫妻はいまのぼくとあまり変わらない年齢だった。

ミセス・ケロッグは、後頭部を銃弾に射抜かれたとき、死について考えている余裕はなかっただろうが、何発も撃たれた夫のほうは、腕や脚や腰の後ろを撃たれながら、自分の人生の歳月が吹きとばされていくのを感じたかもしれない。

日暮れまでにはまだだいぶ時間があったが、どうやって時間をつぶせばいいかわからなかった。もちろん、町をぶらついて、まだむかしのぼくを覚えている人たちとおしゃべりすることもできるだろう。しかし、そんなふうに人々と行き逢うと、あとでかならず落ち着かない気分にさせられた。暖かい笑顔やさりげない言葉のなかに、無言の問いかけを聞かずにはいられなかったからだ。だれもがアーチーについて訊きたがっている

ような気がした。〈どうしてあんなことをしたのかね、ロイ？〉

だから、その午後、ぼくはキンダム・シティには行かなかった。その代わり、むかしアーチーといっしょに行った釣り場や泳げる場所に行ってみた。

カルヴィン池では、あどけない金髪のアーチーがよくトンボを捕まえたものだった。まるで池の上にふんわり浮かんでいる羽根みたいに、アーチーはいとも簡単に飛んでいるトンボを捕まえた。そして、翅を持ってゆっくりまわしながら、日の光のなかでそれが玉虫色に変化するのを観察したものだった。〈見て、ほら、虹の色になるよ〉

フルトン川では、アーチーは竹竿で作った竿を持ち、水面でコルクの浮きがヒクヒク動くのを見守ったものだった。弟はむかしから土手の陰に〈大物〉がひそんでいると信じていて、そのマスにセシルという名前をつけていた。そのうちいつかそいつを水中から釣り上げてみせる、と彼は言っていた。そうしたら、その場にしゃがみ込んで、「ボブキャットみたいに」生でむさぼりくってやるんだと。

日がかなり傾いたころ、ぼくはひとりでサドル・ロックの上に立った。アーチーとぼくがとうとう家出を決行した夜、ぼくたちが夜を過ごした平たい大きな花崗岩の岩である。日暮れまでかかっても、家からせいぜい八キロしか離れられなかった。夜の帳が下りると、ぼくたちは岩の上によじ登り、ふたりのあいだで〈寝袋《ベッドロール》〉と呼んでいた一枚きりの毛布の上に坐りこんで、夜が明けるのを待つことにした。

二時間後には、父に見つかってしまったのだが……。家からぼくたちのあとについてきた忠実な犬、スクーターが道路にいるところを父に見つかってしまったのだ。夜のあいだスクーターがそばを離れないようにしておこうとは考えなかったので、犬はのここ岩を下りて、父さんのトラックが通りかかったとき、大岩のふもとにおとなしく坐っていた。数秒後、かんかんになった父が岩を駆け上ってきたが、スクーターはその足下でうれしそうに跳ねまわっていた。父は眠っていたぼくらをたたき起こし、ぼくたちを何度も小突いたり、背後で悪態をついたりしながら、羊みたいに車へ追い立てた。父の悪態のほとんどはぼくに向けられたものだった。というのも、逃亡を企てたのはぼくであり、なにも知らない愚かなアーチーをぼくが計画に引きずりこんだのはあきらかだったからだ。〈まだ十歳なんだぞ。いったいどこへ行けると思っていたんだ、ロイ？　しかも、アーチーを連れて。まだ断るだけの分別のないのをいいことに〉

家に戻ると、空腹で疲労困憊しているぼくたちを、父はそのまま自分たちの部屋に送りこんだ。どんな罰が与えられることになるのか、ぼくたちは一晩中あれこれ考え、これから長いあいだ毎日父に嘲笑されることを覚悟した。父に軽蔑されるのは頭から酸を浴びせられるような気分で、それと比べれば、ベルトで五十回打たれるほうがまだましだった。

だが、そのむかしアーチーと抱き合った場所に立ったとき、そういうことについてはあまり長くは考えなかった。それよりもぼくが思い出したのは、その夜、流れ星を見たことだった。アーチーはこどもらしい畏怖にうたれた顔つきで、夜空を流れていく星をいつまでも目で追っていた。

その次に彼が驚嘆して夢中になった顔をしたのは、何年も経ってから、グロリアが現われたときだった。彼の不器用さや内気さ、頭の回転の鈍さ、自分のまっすぐな心以外なにも与えるものをもたないという事実。そういうすべてを超えて、グロリアはアーチーに愛を捧げた。弟が絶対に彼女を手放すまいと決意したときのことを、ぼくはいまでも覚えている。〈ぼくはどんなことでもするつもりだよ、ロイ。どんなことでも〉

彼がそう言ったとき、ぼくたちは家の外の暗闇のなかに立っていた。松の木に冷たい風が吹きつけ、ライラは分厚いウールのコートにくるまって、二、三メートル離れたところで、赤毛を肩まで垂らして、ぼくの古いシボレーに寄りかかっていた。ぼくが車に戻ったとき、彼女はひとつだけ質問した。

〈ロイ、彼はどうするつもりかしら?〉

ぼくは一度答えを口から出すと、それを最後まで変えようとしなかった。

〈わからないよ〉

〈でも、彼はとても……〉

〈車に乗って、ライラ〉

〈彼をこんな状態で放っておくわけにはいかないわ、ロイ〉
〈車に乗ろう〉
〈でも……〉
〈さあ、行こう〉

ぼくたちがこどものとき通った学校は小さな赤レンガ建てだった。最初から最後まで失業対策事業として建築された、頑丈なだけの、なんの面白みもない建物だった。アーチーにとって、学校は刑務所のようなものだった。彼は学校が大嫌いだったし、学校ではしばしば屈辱を味わわされていた。しかし、ぼくにとっては、学校は安心できる場所であり、ひとりで図書館に坐って、本に読みふけることのできる避難所だった。周囲の少年たちは、学校は人間を腐らせるだけであり、スポーツは男らしさを培うのに役立つが、読書は人間をめめしくするだけだと信じていたが、そういう少年たちのあいだで、自分は孤独な〈インテリ〉なのだと考えていた。

運動はアーチーにまかせ、彼が教室ではできないことを野球場でやってくれることを期待した。試合があるたびに、ぼくは彼が全力を振り絞ってプレイする姿を見にいった。試合を見にいくのはずっとぼくだけだったが、最後の年には、ときおりグロリアがぼくの横に坐り、アーチーが少しでも活躍すると――ヒットを打ったり、センター・フライをかろうじてキャッチしたりすると――さかんに手をたたいたものだった。

この晩にも、学校の後ろの球場で、こどもたちのグループが試合をしていた。そのまま父の家の蒸し風呂のような空気のなかに戻るよりはましだと思ったので、ぼくはしばらく試合を見物することにした。

外野席は半分しか埋まっていなかった。観客の大半は、自分の息子たちが打席に立つのを待ちかまえている若い親たちだった。フィールドに立っているこどもたちは、パリッとした白いユニフォームを着て、ダーク・ブルーの帽子をかぶり、むかしのこどもたちとは大違いだった。あの当時、ぼくたちにはユニフォームもなければ、こんなに立派な用具もなかった。

親たちが歓声をあげたり手をたたいたりするのを見ているうちに、ぼくは父がめったにアーチーの試合を見にこなかったことを思い出した。道路工事やパルプ用木材の運搬の仕事でへとへとに疲れていた父は、毎晩ソファにどさりと坐りこむと、痙攣したりぶつぶつ言ったりしながら眠りこんでしまうのが常だった。

それでも、ときには、少しは父親としての役割を果たそうとすることもあった。たとえば、父はぼくたちの両方に車の運転を教えてくれた――絶えず苛々して、ぼくたちが未舗装の路肩に車をそらせるたびに、刺々しく吠えたてはしたけれど。また、フライ・フィッシングを教えてくれようとしたこともあった。ぼくたちの不器用さに不満を洩らしながら、なんとか投げ方を教えようとしたが、やがてあまりの無能さにあきれかえって、ぼくたちの手から竿をひったくり、足音もあらく車に引き揚げてしまったが。

ときには、ふいに、アーチーが出場するナイト・ゲームを見にくることもあった。とはいっても、飛んでいく球の行方や必死にベースを走りまわる少年をぼんやり目で追っているだけで、アーチーがいいプレイをしても、ほかの父親たちのように立ち上がったりはしなかったけれど。父はただひょっこりと現われて、黙って試合を観戦し、アーチーにもぼくにも話しかけることなしに立ち去った。

あの当時は、父はためらいながらも父親としての役割を果たそうとしているのだろう、とぼくは思っていた。だが、いまあらためて思い出し、父がアーチーを見にきた数少ない試合を振り返ってみると、じつはそのときの気分でひょっこり現われたわけではないことに気づいた。父が見にきたのは特定の試合、アーチーたちがウェイロードのチームと対戦するときに限られていた。

〈ウェイロードのチーム〉

貧しい少年たちのいかにもみすぼらしいチームだった。鉱夫やひどく貧しい農民、山の下層民の息子たちで、兄弟のおさがりを着て、汚れた帽子に破れたシャツ、医療や食事が貧しいせいで歯は黒ずみ、なかには栄養不良で皮膚が青緑色になっているこどもさえいた。にもかかわらず、きわめて生きのいいこどもたちだった。谷間の少年たちのあいだでは、ウェイロードの球場のベースは飼い葉袋に砂を詰めたもので、少年たちはグラヴなしで、ときにはボールの代わりに丸い石を使って、それを鉛管のバットでものすごいスピードで打ち返すのだと言われていた。この少年たちと比べれば、キンダム・シティの少年はじつに軟弱で、甘やかされ、恵まれていて、ウェイロードの少年たちを頑強不屈にし、彼らに不気味なまでのプライドを植えつけたものはなにひとつ体験したことがなさそうだった。山の少年たちの貧困があまりにも深刻だったので、それと比べれば、谷間の少年たちの貧しさなど贅沢に見え、彼らには思わず畏怖の念を抱かずにいられなかった。

その夜、かつて父親が現われて、むっつり黙って坐りこみ、照明で照らし出されたフィールドを見つめていた外野席に坐って、ぼくはなぜ父がウェイロードのチームを見にきたのか考えた。いつもはただ軽蔑しているだけだったようだし、しばしば恐ろしい悪態をつき――彼らがいかにどうしようもない連中か、どんなに弱くて愚かで、どれだけ自分の手で自分の首を絞めているか――口をきわめてけなしていたのに、その当の相手に不可解な忠誠心を示したのはなぜなのか。

長い一日の仕事で疲れきっていたにもかかわらず、いったいどんな呼び声が父をあのオレンジ色のソファから立ち上がらせ、うだるように暑い夏の夜、野球場まで足を運ばせたのか。そして、靄のかかった照明のなか、――家族との生活という人生のサイクルに引き込まれるのを拒否するかのように――ほかの親たちから離れた場所に坐らせたのか。

父にはそんなことは訊けないだろうし、たとえ訊いても、答えは返ってこないだろう。そして、父が死ねば、父がどんなふうにしていまの父になったのか知ることは永遠にできなくなるだろう。だが、謎を解明するための時間がなくなりかけていることは、ぼくにはたいして苦にならなかった。そんなことは解明できるわけがないと、とうのむかしにあきらめてしまっていたからである。父ははるかむかしにドアを閉ざし、そこにはずっと〈立入禁止〉という札がかけられていたのだから。

9

その夜、ぼくが家に戻ったとき、父は玄関のポーチに坐っていた。ぐらぐらする椅子に背をもたせて、裏返しにしたブリキ・バケツに骨張った足をのせていた。ぼくが車から出ると、冷やかにうなずいたが、口をひらいたのはぼくがポーチに歩み寄ってからだった。

「カリフォルニアに帰ったらどうなんだ、ロイ。一日中そのことを考えていたんだが、おれの見たところでは、おまえがここでぶらぶらしている必要は少しもない。おれはだいじょうぶなんだから」

けさまでのぼくだったら、父の申し出を受けいれて、そのまま荷造りして帰ることにしたかもしれない。だが、いまや、ぼくは保安官事務所の留置場にいるライラを見てしまっていた。彼女は依然としてぼくがこれまでに会ったほかのだれとも似ていなかったし、ぼくがかつて愛した娘と少しも変わっていなかった。現在のトラブルが終わるまで、ぼくは彼女を見守る必要がある、少なくともロニー・ポーターフィールドを監視しなければならないと感じていた。彼女をそっとしておくという約束をロニーがちゃんと守るかどうか見届ける必要があるだろう。

「いや、しばらくこっちにいることにするよ、父さん」とぼくは言った。「ぼくがそばにいるのがそんなに迷惑かい？」

「好きなようにするがいい」と父はぼんやりした口調で言い、それから付け加えた。「おい、出かけているあいだに煙草を買わなかったか？」

ぼくは階段のいちばん上に腰をおろした。「あしたの朝、買ってくるよ」

「そうかい、あしたの朝かい」

その口調がぼくをかっとさせた。男が夜をなんとか切り抜けるために何を必要としているか、おまえにはわからないだろうと言いたげだったからだ。

「悪いけど、今夜はもう町に引き返すつもりはないよ」とぼくは言った。「煙草のためであれ何のためであれ」

「だれがそうしてくれと頼んだ、ロイ？　おれは煙草なしでもだいじょうぶさ。それに、煙草が欲しければ、自分で買いにいく」

「それは賢明だとは言えないな」

今度は父のほうがかっとする番だった。「賢明だとは言えないな」と父はいかにも取り澄ました口調で繰り返した。「おまえが大学で習ったのはそれだけなのか、ロイ？　そんなしゃべり方だけなのか？　ミス・ダンフォースそっくりの、おれの担任だったあのクソばばあそっくりの言い草じゃないか。『ガキ《キッド》というのは山羊のことで、こどものことではありません』などと吐《ぬ》かして、いつも気取って歩きまわってやがった。おれたちがいると校舎が臭くてたまらないとでも言いたげに、ツンと鼻を天井のほうに持ち上げて。『キャントというのはそうする能力がないということで』とか『メイというのはそうさせてもらえればできるという意味です』などと言ってやがった。あのクソばばあ。自分はおれたちより高級だと思ってたんだ。キンダム・シティからやってきて、おれたち貧しい、どうしようもないガキどもに正しいしゃべり方を教えてやっていると思っていたんだろう。おまえのしゃべり方はあのばばあを思い出させるんだよ」

ぼくは返事をしかけたが、父が手を振ってそれをさえぎった。

「しかし、あのクソばばあが何と言おうと、そんなことはどうでもよかった。おれは学校に長居するつもりはなかったからな。学校なんかなんにもなりゃしない。おれにはどんな意味があるのかわからなかった」

そのあとしばらくつづいた沈黙を破るために、ぼくは言った。「さっきあの古い球場に寄ってみたんだ。ホルブルックがキンダム・シティと試合をやっていたよ」

「どっちのチームにしろ、一本でもヒットが打てたら驚きだ。新聞で見るかぎり、どっちも青っちろいガキどもだからな」

「父さんが最後に試合を見にいったのはいつだったんだい？」

父は身を乗り出して、前庭に唾を吐いた。「ずっとむかしだ」

「ぼくがこどもだったころ、何回か行ったことがあるよね」とぼくは思い出させた。

「アーチーの試合を見に」

「アーチーは悪くなかった」と父は言った。「けっこうヒットを打ったからな」ちらりと小さな笑みを浮かべて、「ウェイロード相手にあのホームランを打った晩のことを覚えてるか?」

父がそんなことを覚えているとは驚きだった。あのとき、ボールがぐんぐん上がって、センターの頭上を越えて高い優雅なアーチをえがき、観衆が立ち上がって歓声をあげるなか、弟がベースをまわったのをぼくは鮮明に覚えていたけれど。

「ああ、覚えているよ」

アーチーが軽やかな足取りでセカンド・ベースに向かったとき、ぼくは外野席を見上げた。父は数分前に坐っていた席にまだいるものと思っていた。ひょっとしたら、みんなと同じように立ち上がって、手をたたきながら、夢中になって歓声を送っているかもしれない、とぼくは期待していた。

だが、父が坐っていた場所は空席になっていた。

「あれはアーチーにとっては最高の晩だったろう」と、父にはめずらしく、ちょっと懐かしそうな口調で言った。

ぼくは外野席を見まわして、必死に父の姿を探した。ボールが高く舞い上がり、観衆のやんやという喝采を浴びながら、アーチーがゆっくり優雅にベースをまわるのを父が見ていることを確かめたかった。

「あれっきりだったな、アーチーがホームランを打ったのは」と、いま、父は言っていた。「それからは最後まで打ったことがなかった」

ぼくがフィールドに目を戻すと、アーチーはサード・ベースをまわったところだったが、いまやただ足を運んでいるだけだった。彼は目できさほどまで父がいた場所を探していたが、そこはいまや空席で、がらんとしていた。弟の誇らしげな笑みがしだいに薄れ、ホーム・プレートに着いたときにはすっかり消えていた。

父は頰の灰色の無精ひげを無頓着そうに引っ搔いた。「野球に興味をなくしちまったんだろうな、アーチーは」

ぼくがふたたび父の姿を目にしたのは、アーチーがホームに帰ってきたあとだった。父は外野席を離れて、ひとりの女性の隣に立っていた。艶のある青いドレスを着た豊満な女性で、金髪を短いボブ・カットにして、肩越しに振り返った顔の赤い唇がちらりと見え、頰に紅を差していた。それから何年かあとにぼくが見ることになった顔の、若かったときの顔だった。ぼくがウェイロードに行くようになったとき、戸口でぼくに挨拶したのがその顔だった。〈あら、まあ、あなたがロイ・スレーターね。ライラはまだ支度ができていないのよ〉

「あの試合のとき、ベティ・カトラーが来ていたね」とぼくが言った。

「そうかね？」父はそんな名前は知らないとさえ言いたげだった。

「彼女と話したのを覚えているだろう、父さん？」

「なんでおれがそんなことを覚えているんだ？」

「きのうの晩、知り合いだったと言ったじゃないか。ベティとディドラ。覚えているだろう？」

「あの当時、ウェイロードには大勢知り合いがいたからな」

「ぼくはただ――」

「試合のときにもいろんな人と話したし」

「いや、そんなことはなかったよ」とぼくは言った。「父さんはひとりで坐っていたんだ。父さんがだれかと話すのを見たことはなかった。ただひとりの例外は――」

「試合のときおれがだれと話そうが、それがどうしたというんだ？」

「ぼくはただ事実を言っただけだよ、父さん」

ちょっと沈黙が流れたあと、父が言った。「きょうライラに会ったのか？」

「ああ」

「彼女は何と言っていたんだ？」

「たいしたことは言わなかったよ」

父は肩をすくめた。「話したくないのなら、そう言ってくれ」

「むかしのことを話しただけさ」とぼくは言った。「高校時代のことを。彼女はあまり話すことがなかったようだ」

しかし、父はぼくとライラとの会話にはもはや興味を失って、もっと陰鬱なことを考えだしているようだった。「死は人の口を閉ざしてしまうものだ。おまえの母さんがそうだった」

もちろん、父はアーチーのことを言っているのだった。彼が死んでから、母は死ぬまで自分の薄暗い部屋に閉じこもったきりだった。だが、もしかすると、同じように打ちのめされたほかの人たちのことも言っていたのかもしれない。こどもの死は親の世界を取り囲み、それ以後の人生はすべてその暗いプリズムを通してしか見られなくなるのだから。

「ロニー・ポーターフィールドはライラをそっとしておくべきだ」父の目がさっとぼくに向けられた。「ライラが話したがらないのなら、話させようとするのはよけいなお世話だ」

「彼から協力してくれと頼まれたんだ」ぼくはロニーから与えられたバッジを取り出した。「公式に任命してくれたんだよ」

ぼくがポケットからガラガラヘビを取り出したかのように、父はとっさに上体を後ろへ引いた。「おまえがそんなものを持って歩く筋合いはないだろう」

「なぜだい？　ロニーはぼくを保安官助手に任命してくれたんだよ」

そう言いながらも、いまになってもまだ、こどもみたいに父を感心させようとするなんてまともじゃないかもしれないと思った。

「保安官助手なんてものはバッジをつけて銃を持っているゴロツキにすぎない」父の目のなかに炭坑戦争時代の炎が燃え上がった。「鉱山経営者に抱き込まれているんだぞ」

「郡保安官助手はもう鉱山経営者のために働いているわけじゃない」とぼくは言ったが、いまやバッジを見せびらかしたことを後悔しはじめていた。

「このあたりで保安官助手が何をして何をしないか、おまえがどれだけ知っているというんだ？」

「ぼくが知っているのは、もう状況が変わったということだよ、父さん」

「状況が変わることはないし、人間も変わらない。とくにあのポーターフィールド家の連中はな。ちょっとでも油断すれば、ロニーはすぐおまえに向かってくるぞ。やつの親父がおれに向かってきたように」

「ウォレス・ポーターフィールドが父さんに何をしたと言うんだい？」

父は手を振った。「おまえはなにも知らないんだ、ロイ。学校へ行って、本を読んでも、相変わらずなにひとつ知りやしない」

ぼくは父の手を見たが、少しも震えていないのに感心せざるを得なかった。

「それじゃ、教えてほしいな」とぼくは挑むように言った。「たとえば、ぼくがどんなことを知らないのか」

父の目が燃え上がった。「よし、いいだろう。たとえば、おまえが知らないのは、血は争えないということだ。血のなかにあるものは永久になくならない。けっして拭い去ることはできないってことだ」

ぼくは黙って父を見つめた。

「どうだ？」と、しばらくしてから、父が言った。

「それだけ？　それがぼくが知らないことなの？」

「そうに決まってるじゃないか。なぜなら、もしもおまえがそれを知っていたなら、ロニー・ポーターフィールドにもらったバッジを持ち歩いたりするはずはないからだ」父は荒々しく鼻息を吐き出した。「だが、おまえはすぐに教訓を学ぶだろう、絶対に間違いなく」どんな議論も不要だと言わんばかりに、腹立たしいほど確信に満ちた声で断言した。「ほんとうは、ロニーはおまえを利用しているだけなんだぞ、ロイ。自分でやりたくないことをおまえにやらせているだけだ。やつの親父がみんなを利用したように。ブリキのバッジを与えて、自分たちの仲間に立ち向かわせるんだ。やつらはまるでウェイロードやそこの住人がすべて自分のものだと言いたげな顔をしてやってきた。キンダム・シティからあのでかい車に乗って、立派な恰好をしてやってきた。なにからなにまで、おれたちより自分たちのほうが優秀だと言いたげだった。そして、おれたちを鞭打って、屈服させようとしたんだ」

父の目が暗闇のなかでメラメラ燃え上がった。その瞬間、はるかむかしの夜、なぜ父が野球場へ来たのか、なぜウェイロードのこどもたちがキンダム・シティと対戦するときだけ、山と谷間が対戦するときだけやってきたのかをぼくは悟った。父は山のこどもたちがぼくたち谷間のこどもたちをたたきのめすのを見にきたのだ。キンダム・シティのチームをこてんぱんにやっつけ、面目をつぶして恥をかかせ、たこのできた足で踏みにじるのを見にきたのだ。父はそれほど谷間の息子たちを忌み嫌っていた……あるいは、それほどあとに残してきた山の息子たちを愛していたのだろう。

「ふん、ロニーがおまえをここに引き留めておきたがるただひとつの理由は、それがやつには刺激的だからさ」と父は何気ない口調で言った。

「ぼくを引き留めておくことがなぜロニーにとって刺激的なんだい、父さん？」

「どうしておまえはなんでもしつこく聞き返すんだ、ロイ？　噛みついては引っ掻き、噛みついては引っ掻く。まるであの疥癬にかかった老いぼれ犬みたいに」

あの老いぼれ犬。スクーター。

そのとき、ぼくは悟った。

「アーチーのせいなんだね」とぼくは言った。「あの殺人事件のせいで、ぼくを引き留めておくのがロニーには刺激的だと思っているんだろう？」

なんだか非難されているように感じながら、ぼくは父の答えを待った。しかし、父はふいに前に身を乗り出すと、シャツのポケットからしわくちゃになった煙草のパックを取り出して、一本口にくわえただけだった。

「煙草は切らしているのかと思ったけど」とぼくは言った。

「そう言った覚えはない」父は同じポケットからマッチを引っ張り出して、靴底で擦って火をつけた。「朝までにはそうなるだろうが」

そう言いながらマッチを煙草に近づけたが、その明かりで照らし出された顔を見て、ぼくは初めて父の白目が黄ばんでいることに気づいた。プール先生によれば、それは肝臓が働かなくなってきた兆候だという。

「おまえといっしょに行かなくてよかったよ、あの最後の晩」と父は言った。父の顔はふたたび暗闇に包まれていた。「最後にあいつに会いにいかないでよかった」

またもやアーチーのことを言っているのだった。

「あの晩はいっしょに行きたくなかった。その前おれが会いにいったとき、あんなふうにぐじゃぐじゃ言いだしたあとだったからな。おれのせいだったのかもしれないと思ったんだ。あんなふうにしゃべりだしたのは。またあんなふうに狼狽させたくなかった」

父は居心地悪そうに椅子の上でもぞもぞ体を動かした。「だから、行かなかったんだ」

「だから、行かなかったんだね」とぼくは静かに言った。

「おれが最後に会いにいったときのあいつの態度のせいだ」と、父はただ一度だけ留置場のアーチーに面会にいったときのことに戻って、つづけた。「あんなふうになるのは二度と見たくなかったんだ」

一月の冷たい雨の降る夜だった。幹線道路までの道は泥道になっていたが、母は日曜日のいでたちだった。黒いドレスに小さな円形の縁なし帽、顔の前に黒いネットを垂らして、擦りきれた聖書を抱えていた。アーチーはその日の明け方に逮捕され、留置場で初めての夜を過ごそうとしていた。それでも、父は初めは面会に行くことに抵抗したが――〈鉄格子のなかのあいつの顔は見たくない〉――最後にはぼくたちといっしょにキンダム・シティに行くことに同意した。町に着いてからも、父はふいに立ち止まって、保安官事務所のなかには入らないと言いだしたが、母が涙を流して懇願してようやく折れたのだった。

「家に残っていればよかった」父はマッチを前庭に投げ捨てた。「あんなアーチーを見たくはなかった。泣きながら、くどくど言いわけするのは」

「留置場での初めての夜だったんだよ」

「あんなふうに哀れっぽく泣くなんて。あんなふうにウォレス・ポーターフィールドにあやまって、ズボンを濡らすなんて」

「ズボンを濡らす？　何を言ってるんだい、父さん？　アーチーはズボンを濡らしたりはしなかったよ」

「そうしたにちがいないと思ったのさ。その前に。ポーターフィールドがあいつに襲いかかったときに。何が起こったのかを知ろうとして、あいつを脅したり、怖がらせたりしたときに」

「どうしてポーターフィールド保安官がそんなことをしたと思うんだい？」

「女房は一言も口をきかなかった」と、父は急に言いだした。父の頭はふいにアーチーのことから離れてしまったようだった。「最後におまえたちが会いにいったあと、アーチーが自分自身にしたことについて、あいつは一言もなんとも言わなかった」

その代わり、母はベッドに逃げこんで、二度とそこから離れようとしなかった。キルトの下に体をまるめて、何時間も、何日も、宗教的な熱病にますます深く沈みこみ、残された数週間、ただ心を擦り減らしていくだけだった。

「それがわかったとたんにベッドに直行したんだ」と父は言った。「一言もなんとも言わずに、ただベッドにもぐり込んだだけだった」

母が自分の部屋から出てきたはっきりとした記憶があるだろうか？　父とぼくといっしょにテーブルについたことがあっただろうか？　いや、二度とふたたび縫い物もしなかったし、かぎ針編みをすることもなかった。そして、数週間もしないうちに永久に去っていった。イエス・キリストのそばへ旅立っていった。

「アーチーの死に耐えられなかったんだ」とぼくは言った。

父に目をやると、彼は石みたいに黙りこんで、じっとなにか考えていたが、やがて言った。「なぜあいつがあんなことをしたのか結局わからなかった。あんなふうに首を吊るなんて。ベッドシーツしかなかったのに。そんなに死にたいと、すべてを終わりにしたいと思っていたなんて。だれにもなんにも説明しないで。アーチーがあんなことするなんて理解できなかった」

「でも、彼はやったんだ」とぼくはきっぱりと言い切った。こんな実りのない憶測やそれが自分の頭のなかに呼び起こすイメージ——寝棚の上部からぶらさがっている、目が飛びだし、舌が黒くふくれているアーチー——にはけりをつけたかった。

「女房はむかしからあいつを甘やかしていた」と父が言った。「おまえもだ。いつもアーチーを甘やかしていた。昼も夜も。ああしろこうしろといちいち教えて」

「そうする必要があったんだよ、父さん。アーチーは――」

「アーチーは一人前の男になる必要があったんだ。男らしく死ぬ必要が。みんなにあやまったり、どんなに後悔しているかとか、そんなつもりはなかったとか、ふいに訳がわからなくなったんだとか、泣き言を言うべきじゃなかった。赤ん坊みたいに泣きじゃくって、世界中にあやまるなんて、哀れなやつだ」父はなにかを押し殺すように長々と息を吸った。「ポーターフィールドがそばに立って、ずっとにやにやしていたというのに」

「アーチーはあんなつもりじゃなかったことをみんなに理解してもらいたかっただけなんだ」とぼくは言った。「ただ……あれは……なにかの間違いだったんだということを」

父は暗闇の向こうに目を向けた。「すべてはホレス・ケロッグの娘のためだった」

〈ホレス・ケロッグの娘〉

父はグロリアのことをそんなふうにしか呼ばなかった。

グロリアは町から一、二キロのところに建っている大きな家に住んでいた。この地域の柱石とも言える商人、ホレスとラヴィーニアのケロッグ夫妻の長女で、濃いブルーの目をした、肌の白い、ほっそりした、か弱そうな娘だった。ときおり、彼女は暗い将来の予感にとらわれて身動きができなくなるようだった。そういうとき、アーチーはなんとかそういう状態から引き出そうとして、彼女のすぐそばに顔を近づけ、じっと目を覗きこんで、ふざけたように首をかしげて笑みを浮かべた。〈出ておいでよ、グロリア。

そんなところに閉じこもっていないで〉

「彼はグロリアを愛していたんだ」とぼくが言った。

「それなら、彼女を奪って、けりをつけるべきだった」

「だから、そうしようとしたじゃないか」

「ああ、そうだな」と父は言って、ふいに妙に考えこんだ。「たしかにあいつはそうしようとした」父は口から煙草をもぎとって、それを地面に投げ捨てた。「驚いたよ。あんなことをするなんて。あんなふうに自分ひとりで、という意味だが」

ぼくには弟の声が聞こえるような気がした。〈いっしょに来てくれるかい、ロイ？〉

父は暗闇をにらみつけた。「もとはといえば、ホレス・ケロッグが原因なんだ。自分の娘をあんなふうにひどく扱ったからだ。アーチーみたいなクズと付き合うなんてどうしようもない女だとかなんとか言って。アーチーはケロッグがどんな人間か知っていた。だから、あの銃を持っていったんだ。自分の娘がアーチーみたいなのと駆け落ちするのを、あの男が黙って見逃すはずはないのを知っていたからだ」

「どうしてアーチーがそんなことを知っていたんだい？　ホレス・ケロッグとほとんど話したこともなかったのに」

「ホレス・ケロッグがどんな男かはだれだって知っていたんだよ、ロイ。ホレス・ケロッグやウォレス・ポーターフィールドのことは。同じ穴のムジナなんだから」

「どんなところが同じなのさ？」

「アーチーみたいな者を毛嫌いするところさ。アーチーがあの貧弱な小娘と結婚するのをホレス・ケロッグが黙って見ていたと思うかね？　ふん、とんでもない。そんなことは絶対に認めるわけがない。それでも、おれはアーチーにあきらめろとは言わなかっただろう。おまえがライラ・カトラーをあきらめたようには」

それ以上は言わないほうがいいぎりぎりの線まで来ているのを悟ったのだろう。父はそこで話すのをやめた。

「さて、そろそろなかに入るとしよう」うめき声をあげて立ち上がり、「おやすみ、ロイ」と言った。

「おやすみなさい」とぼくは歯切れよく言って、父が戸口に向かうのを見送った。沈みかけた舟みたいにぐらぐらした歩き方だった。

なにも言わないほうがいいのは百も承知だったが、どうしても気にかかることがあった。口に出さずにいれば、何年経っても消え去らず、いつまでも耳元でささやきが聞こえることになるだろう。雨によって運ばれるささやき。はっきりとは知らないが、そうではないかという疑念は、やがて知らぬ間に人生を狂わせ、破滅させてしまうかもしれない。

だから、ぼくは言った。「ぼくがアーチーにグロリアをあきらめろと言ったと父さんは思っているのかい？　ぼくがいつそんなことを言ったと思うんだい、父さんは？」

「あの晩さ」

「なぜ、あの夜、ぼくがアーチーに会ったと思うんだい？」

「ポーターフィールドが訊きにきたからさ。翌朝。事件のこととアーチーがキンダム・シティの留置場に入れられたことを女房に知らせにきたときに」

「保安官がここに来たとき、ぼくはどこにいたんだろう？」

「おれもそうだったが、おまえももう仕事に出かけていた」と父は答えた。「ドラッグストアへ」

ぼくはその朝のことを思い出した。土曜日で、夜の雪は暖かい朝日でとうに解けだしており、キンダム・シティの道路はてかてか光って滑りやすかった。

「保安官は何を知ろうとしていたんだい？」とぼくは訊いた。

「おまえがどこにいたかってことさ」と父は答えた。「アーチーがあれをやったとき。たぶんウェイロードに行っていたのだろう、と女房は答えていた。あの晩、おまえはライラと出かけていたとね」

クラークス・ドラッグズのウィンドーの前をツカツカ通りすぎていくポーターフィールドの姿が目に浮かんだ。あの朝、ぼくがソーダ水売り場のカウンターのなかに立って、グラスを拭いていると、彼はぼくをじっと見つめたものだった。

「あの朝、ポーターフィールドはぼくを見たんだよ」とぼくは言った。「ドラッグストアにいるところを。でも、店に入ってこようとはしなかった。あの晩ぼくがどこにいたかなんて、結局一度も訊かれなかった」

その二日後、ポーターフィールドが黙ってぼくをアーチーの監房に案内したのも覚えている。それがアーチーと会った最後になったのだが。そのときも、保安官は一言も口をきかずにくるりと後ろを向いて、事務所に戻っていった。ぼくの耳に残っているのは鍵がジャラジャラいう音だけだった。

「ぼくがアーチーに面会にいったときも、事件のことについてはなにも訊かれなかったんだ」

父はうなずいた。「アーチーは悪い子じゃなかった。ただ、おれに似すぎていただけさ。あまりにも運が悪かったんだ」

10

朝のコーヒーをいれているとき、寝室のドアのすぐ向こう側で父が目を覚ましているのはわかっていた。ぼくが出かけて、いまや父がほんとうに堪能できるただひとつのもの、石のような孤独を味わえるようになるのを待っているのだ。

ぼくは閉じたままのドアをたたいて、ちょっと待ってから声をかけた。「コーヒーがはいっているよ」なんの返事も返ってこなかったので、父の茶色いマグをキッチン・テーブルの上に置いた。「五分もすれば冷めてしまうからね」

それで朝の務めは果たしたと思ったので、いちおうロニーに報告する必要があるだろうというちょっと堅苦しい義務感から、町に向かった。

ぼくの顔を見ても、ロニーは少しも驚かなかった。「約束したとおり、ライラは解放してやったぞ」と言って、彼は親しげにウィンクした。「あとで会ったかね？」

ぼくの表情を見ると、彼はいかにも思わせぶりに笑った。そういえば、この男はむかしからこんなふうに嫌らしかった。「会わなかったのか？　とっくに借りを返してもらっていると思っていたよ。なんせ、あんたは彼女にちょっぴり貸しができたわけだからな」

父が警告する声が聞こえるような気がした。〈血は争えない。ポーターフィールド家の連中は人を利用するだけなんだぞ〉だれもがみんな生まれつきという杭に縛りつけられ、その杭は何世代にもわたって沈殿した軟泥《ヘドロ》に深く打ち込まれているという暗鬱な世界が脳裏に浮かんだ。人は広々とした明るい世界に生まれ出るのではなく、蜘蛛の巣のなかに無造作に投げこまれるのだろうか。

「じつは、彼女をここに引き留めておく意味がなくなったのさ」とロニーはつづけた。「クレイトンの遺体の引き取りも許可した。保管しておく理由がなくなったからな」

「ぼくが調べたところでは、クレイトン・スパイヴィは――」

「死にかけていたんだろう？」とロニーはぼくをさえぎって、勝ち誇ったような笑みを浮かべた。

「そうだ」

「それはあんたより先にわかっていたよ」と彼は言った。「あんたが立ち去ったすぐあと、プール先生の検死が完了したんだ」

ぼくが机から報告書を取り上げると、彼は驚いたような顔をした。

「プール先生によれば、自然死だ」と彼は言った。「クレイトン爺さんはただ血を吐いて、死んだんだ」

「綿肺症《ビシノーシス》か」とぼくは言って、報告書に目を通し、プール先生が記録した基本的な事実を確認した。近親者を書きこむ欄には〈なし〉と記入されていた。

「そう、これで終わりだ、ロイ」ぼくが報告書を返すと、ロニーが言った。「一件落着というわけだ」

「ライラには教えたのかね？」とぼくが訊いた。

ロニーは首を横に振った。「いいや」

「ぼくが教えてもかまわないかね？」

唇に薄ら笑いが浮かんだ。「まったく、よくやるよ、あんたも」と彼は言ったが、ぼくはイエスという意味だと解釈した。

ぼくがドアに向かいかけたとき、ロニーがぼくを呼び戻した。「あのバッジだが」と彼は言った。「あれはもう返してもらっておいたほうがいいだろう」

ぼくはポケットからバッジを取り出して、ロニーの机の上に置いた。

「いいかね、ロイ、あんたはもう公式な立場で行動しているわけじゃないんだぞ」ロニーは狡猾そうに横目で目配せをしながら言った。「ウェイロードでむかしのガールフレンドのために何をするつもりにせよ、という意味だが」

「ぼくが何をするつもりだというんだい、ロニー？」

ロニーはにやりと大きな笑みを浮かべた。「ちょっと慰めてやるつもりじゃないのかね」と彼は言った。「べつに少しも悪いことじゃないが」

数分後、ぼくはライラの家のドライヴウェイに車を入れた。

階段の上まで行ってから、ドアの外側でぼくはためらった。なんだかひどく馬鹿なことをやっているような気がした。ハイスクール時代の恋物語からいまだに抜け出せない中年男。あまりにも滑稽に思えたので、そのときふいにライラが現われなかったら、まわれ右して逃げだしていたかもしれない。

「ロイ」彼女は野菜を入れた籠を片手に持って、家の角に立っていた。「菜園から戻ってきたところなの。ママは眠っているわ」家のほうに向かってうなずいて見せて、「もう自分で自分の面倒をみられなくなってしまったの」

「プール先生がロニーに検死報告書を出した」とぼくは言った。「クレイトン・スパイヴィは塵肺で死んだんだ。ロニーに関するかぎり、これで調査は終了だ」

彼女はふいに背筋をぴんと伸ばした。「ロニー・ポーターフィールドが何をしようと、わたしはかまわないわ。彼にとっては、わたしはクズなんだから。むかしからずっと」

暑い夏の夜だった。ライラとぼくは手をつないで、いっしょに道路を歩いていた。そこへピックアップ・トラックが轟音をあげて通りかかった。後部に谷間の若者たちが乗りこんでいて、酔っぱらってわめきながら、ボトルを振りまわしていた。ロニーもそのなかにいて、ほかの連中よりも大きな声で、通りすがりに嘲笑した。〈気をつけろよ、ロイ、ウェイロードの女に初物はいないからな〉

「彼は酔っぱらっていたんだよ」ぼくは前の日に父に向かって持ち出したのと同じ言いわけをして、ロニーを弁護した。「若かったんだし」

「そう、そうだったわね」とライラは答えた。「いずれにせよ、あれであの人がわたしのことをどう思っているかわかったわ。あの人の父親と同じだったのよ。この女の子はただ利用するだけのもの、遊び道具にすぎないと思っているんだわ」

「ぼくの父と同じような言い方だね。父はポーターフィールド家の人たちを毛嫌いしているけど」

「わたしはあなたのお父さんと似ているのかもしれないわ、ロイ」

「きみはちっとも似てやしないよ」

彼女は笑みを浮かべた。「あなたはほかの男の子みたいな目ではわたしを見なかった」

「ぼくは内気だったんだ」とぼくは言った。

ぼくがじっと見つめていると、彼女は身じろぎもしなくなった。

「ぼくは戻ってくるつもりだったんだよ。大学を卒業したあと。きみを迎えに戻ってくるつもりだった。もしもきみが……」

「いまではもうどうでもいいことだわ」とライラが言った。

そのとき、ぼくにはふいにライラの人生がちらりと見えたような気がした。彼女が自分の人生をどんなふうに見ているかということが。十代の恋物語につづくぞっとする流れ。明るくきらめいているはずだったのに、暗くどんよりしたものになってしまった流れ。

「ライラ……ぼくは……」

家のなかから彼女を呼ぶ声が聞こえた。

「母だわ」とライラがあわてたように言った。「行かなくちゃ」

ぼくは彼女の腕に手を伸ばした。「ライラ……」

一瞬、ぼくたちの視線が絡み合ったが、そのとき網戸がきしりながらあいて、薄暗い家のなかから痩せた、骨の浮き出た女が現われた。それはぼくが初めて外野席で見たメタリック・ブルーのドレスを着た女の影でしかなかった。

「だれなんだい、それは？」と彼女がわめいた。

「お客様よ」とライラが言った。「紳士的なお客様と言えるかもしれないわね」母親の顔から目を離さずに、ぼくの前を通りすぎた。「彼を覚えている、ママ？」

ベティ・カトラーが身を乗り出して、懸命に目をほそめると、目が細い切れ目みたいになった。その唇からこぼれた名前を聞いて、ぼくは背筋がぞっとした。

「ジェシー」と彼女はささやいた。

「違うわ、ママ」ライラは母親の腕をとった。「これはロイよ。ロイ・スレーター。ジェシーじゃなくて」

そのとたんに、老女はぼくから目を離した。

「わざわざ訪ねてきてくれたのよ」ライラは母親をドアのほうに引っ張っていった。

「すてきなことじゃない？」

老女は両手をだらりとわきに垂らしていた。その目が陰鬱な、なじるような光を帯びた。「あんたはお父さんみたいな男じゃない」

「ママ！」とライラがたしなめた。「静かにしてちょうだい」

老女の声がいちだんと冷たくなった。「ジェシーなら黙っていなかっただろう」

「ママ、やめて」とライラが鋭い声で言った。

だが、ミセス・カトラーはやめなかった。「ジェシーならなにかしら手を打ったにちがいない」

「なかに戻りましょう、ママ」とライラが懇願した。

ミセス・カトラーの目はじっとぼくを見据えていた。「たとえウェイロード鉱山であんな目にあわされたあとでも」

ぼくは困惑して彼女の顔を見た。「ウェイロード鉱山で？」

「さあ、早く、ママ」とライラが強い口調で言って、老女をぼくから引き離した。そして、戸口に引っ張っていきながら、「ごめんなさい、ロイ、ごめんなさい」と小声で言った。

ぼくは前庭で待っていたが、ひどく心を掻き乱されて、ほとんど酔っぱらったような気分だった。ライラの母親の言葉が頭のなかでいつまでも反響していた。窓を通して、ライラが母親を木製のロッキングチェアのところに連れていくのが見えた。ずっとやさしく叱りつけながら。

老女はなにかつぶやいているようだったが、何と言っているのかは聞こえなかった。

「ママは口からでまかせを言ってしまうのよ、ロイ」ぼくのところに戻ってくると、ライラが言った。

「何のことを言っていたんだい？」とぼくは問い詰めた。

「知らないわ」とライラ。「母はなんでも混同してしまうの。ひとつの記憶が別の記憶と混ざったりして、いろんなことがぐるぐる渦巻いているのよ」

彼女はぼくがそれを、彼女の目のなかの嘘を見て取ったことを知っていた。「そろそろなかに入らなくちゃ」と彼女は静かに言った。「さようなら、ロイ」

彼女はその場から後ずさりした。穏やかな笑みを浮かべながら。口元に淡い小さな花が咲いたような、いい香りがしそうな笑みを浮かべながら。「あなたがいい人だということはむかしからわかっていたわ」と彼女は言った。それがぼくに向かって言う最後の言葉だと思っているのはあきらかだった。「なにがあってもそれは変わらないわ……なにがあっても」

11

谷間へ戻る途中、かつてウェイロード炭坑とそれを取り囲む石炭で真っ黒になった企業城下町へ通じていた一本の道路が目についた。道路の入口の木に木製の看板が打ちつけられていた。鉱山はすでに閉鎖されているが、炭坑と周辺の町は依然としてウェイロード鉱山会社の私有地である、とそれは警告していた。

ライラの家へ通っていたころ、何度もここを通りすぎたものだったが、一度もこの道に入ったことはなかった。しかし、ベティ・カトラーの言葉が胸に突き刺さって——〈たとえウェイロード鉱山であんな目にあわされたあとでも〉——いったい何が父をいまのような父にしたのか、何が父の性格を歪め、それでいて、ぼくがその影に過ぎないと彼女が思うような存在に変貌させたのか、どうしても知らずにはいられない気持ちになっていた。

炭鉱町までの道には雑草が生い茂り、絡み合う草のなかに二本の轍がかろうじて見分けられるという状態だったが、それでも車で走れないことはなかった。その曲がりくねる道を眺めながら、ミセス・カトラーは父のなかの何にあんなに感服したのだろう、それがどうしてぼくが父の家にいた長年のあいだ垣間見ることもなかったほど深く埋められていたのだろう、とぼくは考えていた。

数分でウェイロードの炭鉱町に着いて、車から降りた。幅広い通りに沿って、三日月形に建物がならんでいた。炭坑はその三日月形の東の端にあり、山腹に穿たれた四角い洞窟みたいに見える。言うまでもなく、はるかむかしに廃坑になり、いまや会社の事務所や商店などといっしょに見捨てられていた。

無塗装の木の柵で閉ざされている坑道の入口のすぐ後ろには、真っ黒な太い木の支柱やそれを固定している鋼鉄製のルーフ・ボルトが見えた。この炭坑がまだ活気に満ちていた当時の情景を想像するのはむずかしくなかった。鉱夫たちに交替時間を告げる鐘の音、デニムのカバーオールを着て、頭にプラスチックのヘルメットを被り、カーバイド灯を持って、長い列をつくって行き交う鉱夫たちの足音。

父は九歳のときからウェイロード炭坑で働いていた。ぐらつく木製のエレベーターにもぐり込み、多くの鉱夫が下りていくときするように、頭上を見上げて、暗闇に吸いこまれる前に最後の陽光をむさぼるように吸いこもうとしたにちがいない。

ウェイロード鉱山会社の堂々たる事務所は、緩やかな斜面に山腹を背にして建っていた。高い木の支柱に支えられた幅広いデッキが張り出している。鉱山の経営者たちはそこから、鉱山や商店やあくせく働く群衆を見下ろして、この狭い世界に詰めこまれた自分たちの領地を見渡したのだろう。列をつくってその下を通りすぎながら、父は彼らを見上げたにちがいない。金属製のランチ・バケットを振りながら、小声で悪態をついたり、冗談を言ったりしたのだろう。サスペンダーに親指をかけて、葉巻をくゆらせながら、自分の頭上でふんぞり返っている金持ちたちを揶揄する冗談を。

「なにか用でもあるのかね、あんた？」

制服こそ着ていなかったが、人を震え上がらせる絶大な権威を全身の毛穴から噴き出させている男だった。たとえ片腕にショットガンを抱えていなかったとしても、この男の正体はくすぶる煙みたいに外に洩れていただろう。ぼくの目の前に立っていたのは、父の陰鬱な少年時代の、あの銃をもつゴロツキ——にこりともせずに、無法な権力を振りかざして人を傷つけたり殺したり、よほど剛胆な男でもなければどんな人間でも震え上がらせる類の男だった。

「ここは私有地なんだぞ、あんた。立入禁止の看板があっただろう？」

ぼくはちょっぴり恐怖を覚えた。「ええ、知っています」

「じゃ、看板を見たんだな？　道路わきの」

「見ました」

男は一歩ぼくに近づいた。「それなら、引き返したほうがいい。いまも言ったように、この土地は立入禁止なんだから」

ぼくはすぐに自分の車に退却しかけたが、そのとき、かつて会社の売店だった建物の階段の上にもうひとり別の男が現われた。

「どうしたんだ、フロイド？」とその男が大声で言った。

ゴロツキの肩が、主人に呼ばれた犬の耳みたいに、ぴくりと跳ね上がった。「いや、なんでもありません、ミスター・ホッパー」彼は階段の上の老人に大声で返事をした。

「おれになんでもないなんて言うんじゃない」と老人はがなり立てた。「そいつは何者なんだ?」とぼくを指さした。

ゴロツキは問いかけるような顔でぼくを見た。「あんた、名前は何ていうんだね?」ふいにていねいな口調になって、叱られた子犬みたいにちょっとしょんぼりした顔をした。

「ロイ・スレーターです」とぼくは答えた。

「ロイ・スレーターだと言っています」と彼は老人に大声で言った。

「スレーター?」と答えた老人の口調には、この名前に聞き覚えがあるような響きがあった。「ここへ連れてこい、フロイド」と老人は命令した。

ぼくは胃がギュッと締めつけられるのを感じた。「あの、ぼくはただ……」

ゴロツキは頭で老人のほうを示して、「あの階段だが……」と言いはじめた。

「あの、ぼくはなにも……」

ゴロツキは物問いたげな顔をしてぼくを見た。「あんた、気分でも悪いのかね?」

「いいえ」

その答えを額面通りに受け取ったらしく、男はついてくるようにぼくに身振りで示すと、階段に向かった。「あの階段だが」と男はあらためて言った。「上るとき気をつけるんだ。抜けそうな段があるからな。ちゃんとおれのあとについてくれば、あいだから落ちることはないだろう」

ぼくは男について階段を上った。男が避けた段は慎重に避けて、老人が待っている場所にたどり着いた。老人は骨格が曲がって、だれかがハンマーでたたいた空き缶みたいにひしゃげた形になっていた。

「ウェイロードでなにか探しているのかね？」と老人が訊いた。

「いいえ。ただ、父が働いていた場所を見たかったんです。それだけです」とぼくは答えた。「ウェイロード炭坑の夜勤組でしたが、父が働いていたのは」

老人はにやりと笑った。「それじゃ、夜間鉱夫だったんだな」ぼくの顔立ちを観察しながら、「名前はスレーターだと言ったな？」

「父の名前はジェシーです。ジェシー・スレーター。ご存じですか？」

老人はさっとゴロツキの顔を見た。「フロイド、おまえはゲートに戻っていろ」

ゴロツキはゆっくりとうなずいて、のそのそ階段を下りていった。怪我をした熊みたいに巨体を揺らしながら。

「あいつは二歩先のことも考えられないんだ」と老人はつぶやいてから、ぼくのほうに向きなおった。「あんたはここの出身には見えないな。しゃべり方もそうじゃないし」

「いまはカリフォルニアに住んでいるんです」

老人はほとんど懐かしんでいるかのように廃墟になった町を見渡した。それまでの威圧的なやりとりは影をひそめて、顔に柔らかな光が浮かんだ。「ここにはもうなにも残っていない。むかしは活気があったんだがね。わたしの名前はホッパー。エイサ・ホッパーだ」彼は手を差し出した。

ぼくはその手をにぎった。「初めまして」

「いまも言ったように、ここを訪ねてくる者はあまりいないんだ」

ぼくはしばらく黙って相手の顔を見ながら、話の糸口を探したが、いっそ単刀直入にぶちまけてしまうことにした。「じつは、答えを見つけたいと思っていることがあるんです。ある老女から言われたことなんですが」

「ほう」

「ぼくは父みたいな男じゃないと言われたんです。そんなふうに言われたのは、たぶん、父がなにかをやったからだと思うんです。炭坑と言っていたから、おそらくここで起こったことだろうと思います。それがどんなことであるにせよ」

ぼくたちのあいだに沈黙が流れた。ホッパーの頭がおもむろに回転して、はるかむかしの記憶の底を探っているのがわかった。「いまからでは、もうどうすることもできないだろう」と、しばらくすると彼は言った。穏やかな、落ち着いた口調だった。「連中の大部分はだいぶ前に死んでるんだよ。それをやった連中は」

ふいに、ぼくが何のためにウェイロードに戻ってきたとホッパーが思っているか、ぼくは理解した。ぼくが父の復讐をするためにきたと思っているにちがいない。この山の住人なら、だれでもそういう感情を心の底に抱いていても不思議ではないのだから。

「ぼくはだれにもなにもするつもりはありません」とぼくは答えた。「ぼくはただ――」

「ここじゃもっぱらの噂だった」とホッパーは言った。その目に陰鬱な驚きの色が浮かんだ。「だれも助かるとは、あんたの親父さんが助かるとは思っていなかったんだ。だが、キンダム・シティから若い医者がやってきて、リンチのあと手当をした」

「どうしてリンチを受けたんですか？」とぼくは訊いた。

「生意気な態度をとったからだ」とホッパーは答えた。「生意気なことを言ったからだよ、まだガキだったのに。十六かそこいらの。ほんのガキだった。だから、連中は一言言えば、すぐに降参すると思ったんだ」彼はうなずいた。「すぐそこだった。そのキャンディのカウンターのところだ。そこで生意気な口をきいて、連中にやられたんだ」

「あらかじめ計画していたのはあきらかだった」とホッパーはつづけた。「というのも、連中はそれぞれ店の別々の場所に立っていたからだ。あんたの親父さんが入ってきたときに。いわば、もう位置についていたんだ。待ちかまえていたんだよ。保安官と保安官の手下どもが」

「保安官？」とぼくは訊いた。「ぼくの父をリンチにかけたのはウォレス・ポーターフィールドだったんですか？」

「やつとふたりの手下だった」とホッパーは答えた。「保安官助手さ」

ぼくは埃だらけのガラス越しに、建物のなかを覗きこんだ。ホッパーはつづけて、保安官と手下が立っていた場所を示した。ひとりはおもてのドア、ふたりめは裏のドアのそばに立ち、ウォレス・ポーターフィールドはその真ん中あたりにいた。その巨体が支点になって、手下はその命令で動いていた。そして、最後に、店の経営者が横手の奥に立って、積み重ねたダンボールの後ろからそれを見守っていたのだという。

「当時、会社の売店を経営していたのはミスター・ウォーレンだった」と老人は言った。「彼がすべてを取り仕切っていたんだ」大きく咳払いして、こぶしのなかに咳をした。「口火を切ったのはポーターフィールド保安官だったようだ。あんたの親父さんに歩み寄って、肩に手をかけるかなにかしたんだな。『ちょっと来てもらおうか』とかなんとか言って」

父がウォレス・ポーターフィールドの花崗岩のような巨体のほうを向くところが目に浮かび、地元の伝説になった言葉を言うのが聞こえた。


〈どこへ?〉

〈行ってみればわかるさ〉

〈ぼくはどこにも行かない〉

〈いや、来るんだ〉

〈あんたにそんな権利は……〉

〈おれには必要などんな権利でもあるんだ〉

「それから、ポーターフィールドはあそこのガラスの容器に手を突っこむと」とホッパーが言った。「キャンディを一個取り出して、あんたの親父さんのシャツのポケットに突っこんだ。そして、その目をまっすぐに覗きこんで言ったんだ……」

〈あんたを逮捕する〉

〈何でだい？〉

〈キャンディを盗んだ容疑だ〉

ホッパーは首を横に振った。「そのときだった、あんたの親父さんが生意気な口をきいたのは」

〈あんたは嘘つきだ〉

「それだけではやめなかったんだ、あんたの親父さんは」ホッパーの顔が驚きでこわばった。「やめなかったんだよ。店にいたみんながそれを聞いたんだ」

〈そして、泥棒だ〉

「たぶんそのときポーターフィールドは気づいたんだろう。みんながじっと立ち止まって、自分たちを見つめていることに。それで、やつはあんたの親父さんの腕をつかんだが、親父さんはその腕をさっと引き抜いて、さらに言ったんだ」

〈しかも、あんたは卑怯者だ〉

ポーターフィールドの目が冷たく燃え上がるのが見えるような気がした。彼がかすかにうなずくと、ほかのふたりがぼくの父に近づいてくる。

「ミスター・ウォーレンはあわてて客を追い出しはじめた。店をしばらく閉店すると言って」

そのころには、連中が父を取り囲んでいた、とホッパーは言った。大男が三人で、喧嘩っ早い小柄な少年を見下ろしていた。

「ミスター・ウォーレンが客を全員外に出してしまうと、ポーターフィールドと手下どもは、あんたの親父さんを店の裏の部屋へ引きずっていった」とホッパーは言った。

父がからかわれたり脇腹を小突かれたりしながら、店の裏へ引きずられていく悪夢のような光景が目に浮かんだ。痩せた体を壁に押しつけられ、すぐそばに顔をつきつけられて嘲笑され、それから暴力がはじまる前の不気味な静寂が流れたのだろう。そのとき父がどんな恐怖にとらわれたか、恐怖のあまりどんなふうに全身から力が抜けていったか、ぼくにはとても想像できなかった。殴打がはじまる前には思ってもみなかったほどあっという間に、父は唾と血の塊と化してしまったのだろう。すべてが終わったとき、腫れ上がった目には、自分の上にそびえ立つ男たちの磨かれた靴がかろうじて見えるだけだったろう。男たちは笑いながら、ブーツの先で父の脇腹をつつき、意識を取り戻させてはまた殴りつけて、悪臭のする空気のなかに青い煙を吐き出していたが、やがてようやくやめて、外へ出てきた。

「数分すると、連中はみんな出てきたが、保安官助手のひとりがしびれたみたいに手を振っているのが見えたそうだ。ポーターフィールドは上着を脱いで、シャツの袖をまくっていた。ハンカチでしきりにシャツの染みをたたいていたということだ。そのとき、店の外にいた人たちにポーターフィールドの声が聞こえた。保安官は店のなかを振り返って、依然としてカウンターのところにいたミスター・ウォーレンに向かって、『もう心配ないぞ、ヘンリー、あのガキの恋愛時代は終わったんだ』と言ったそうだ」ホッパーは肩をすくめた。「連中がなぜあんなことをやったのかはだれにもわからなかった」とホッパーは言った。「親父さんはなにも盗んだわけでもないし、店のなかでだれかに迷惑をかけていたわけでもないのに」

ウォレス・ポーターフィールドの声がぼくの頭のなかで重たい鐘みたいに反響した。〈もう心配ないぞ、ヘンリー、あのガキの恋愛時代は終わったんだ〉「デイドラだ」とぼくはつぶやいた。「ヘンリー・ウォーレンの娘が原因だったんです」

ホッパーは首を横に振った。「ま、もしそうだったのなら、よほどその娘が好きだったんだろうな。あんなひどい目にあうなんて」

「ええ、そうですね」とぼくは穏やかに言った。ウォレス・ポーターフィールドが立ちはだかる床の上でうめきながら、父はどんなに打ちひしがれた気持ちになったことだろう。それでもまだ、父は断固として屈服することを拒否して、この襲撃から立ち上がり、父のなかの柔らかい核の部分が鋼鉄と化していったのだろう。「それにしても、彼女と会うのをやめたのは驚きですね」

ホッパーは顎を引っ掻いた。「というより、彼女とは会えるチャンスがなくなったんだ。それからまもなく、ミスター・ウォーレンは娘を遠くへやってしまったからね。キンダム郡の外へ。北部にある学校のひとつへ。こどもたちが寄宿舎に入る学校へ」肩をすくめて、「いずれにせよ、彼女は二度とウェイロードには戻ってこなかった。わたしが知っているかぎり、キンダム郡にも戻らなかった。このあたりでは、二度とあの娘を見た者はいないよ」

十代の少女が車の後部座席に押しこまれる様子が目に浮かんだ。父親が運転席に坐って、エンジンをかけ、車が動きだす。デイドラは二度と見ることのない町を振り返る。遠くに見える山々。その山のあばら屋のひとつに、死にかけた少年が横たわっていた。殴打され、ほとんど廃人同様にされた少年。彼女の出発とともに、その恋愛時代が確実かつ永遠に終わってしまった少年が。

数分後、階段を下りて車に向かいながら、それではこれだったのか、とぼくは思った。ぼくは父の不幸の謎を解明した。長年のあいだ父の心を浸食していた失われた恋を発見した。父はデイドラ・ウォーレンを愛し、彼女のためにリンチを受けたが、それでもあきらめようとはしなかった。ヘンリー・ウォーレンもそれを知ったにちがいないし、暴力による脅しに全幅の信頼をおいていたウォレス・ポーターフィールドも、結局は〈あのガキを止める方法はない〉と言うしかなかったのだろう。だから、彼らはデイドラ・ウォーレンを遠くへやるしかなかったのだ。ぼくの父がどんなに断固たる決意をもっていても、けっして手が届かない場所へ。

ほんの束の間だったが、ぼくは父の謎を解明したことでいい気分になった。父の秘密を暴露できたことが、ちょっとした知的な喜びになった。だが、闇に紛れて何者かが侵入するみたいに、ぼくの夢想に陰鬱な影が忍びこんだ。このはるかむかしのリンチ事件が父に深い傷跡を残し、父という人間を歪めただけでなく、ぼくと父の関係も歪めてしまったという恐ろしい事実に気づいたからだ。それから何年も経ってはいたが、ポーターフィールドの息子に対するぼくの態度は——山道でライラを侮辱されたとき、なにもしようとしなかったことは——父の目にどんなに臆病で情けないものに映ったことだろう。そして、きわめて恐ろしい、破壊的な結果を招いたにもかかわらず、アーチーがグロリア・ケロッグと逃げだそうとした不運な試みは、どんなに英雄的に見えたことだろう。

そう考えてみれば、大人になってからでさえ、父の目にはぼくがけっして一人前の男に見えなかった理由がわかる。ぼくがだめだと思われていたのは、教育のせいでも仕事のせいでもなかった。それは決定的な瞬間に、愛のために戦わなかったという事実のせいなのだ。ぼくはロニー・ポーターフィールドによる侮辱をそのままにしておいて、〈彼は若かったんだよ、父さん、酔っぱらっていたんだし〉などと、彼の残酷さをいい加減な口実で弁護した。ロニーがライラについて言ったことに、彼女にとっては強姦に等しいような言葉に、ぼくは反撃しようともしなかった。父にとっては、まさにそれこそが問題であり、そういう哀れな弱さと失態によって、ぼくには永遠に見下げ果てた男という烙印が押されてしまったのだ。

自分の父親を感嘆させることはもちろん、ちょっぴり感心させることすらできないとすれば、息子にとってこれほど悲しいことはない。その午後、山を下りてくるとき、ぼくはそれをいやというほど思い知らされた。ウェイロードの鉄の爪からは逃れられるかもしれないし、ある程度の名声を得ることもできるかもしれないが、〈哀れなやつだな、ロイ、おまえは哀れなやつだ〉という告発からは永遠に逃れられないだろう。

第二部

12

〈人生ではカードは裏向きに配られる〉

その夏のつづく数週間のあいだに、ぼくは何度もこの言葉を思い出した。

それは一年生のときの英語の教師が、ある日、教室で言ったことだった。すべての作家は結局のところ何を言っているのか、とその教師は質問した。そして、目の前にならんでいる生徒たちのポカンとした顔を見まわすと、自分で質問に答えたのだった。それはただ単に、人生ではカードは裏向きに配られるというだけのことだ。

まさにそのとおりにちがいなく、たとえカードがめくられたあとでも、まるでハートのジャックの薄笑いみたいに、どこか不可解な部分が残されるのだということも、のちになってぼくは学んだ。

その日の午後、ウェイロード炭坑をあとにしてから、ほぼ六週間近く、ぼくはただひたすら父の介護に必要な毎日の仕事に専念した――掃除や、洗濯や、いろんな仕事に時間をかけて、できるだけ父の目につかないようにした。ぼくは父の言う〈三度のおまんま〉を用意して、それを部屋に運んだ。父は、食べる気になったときには、テレビを大きくつけっ放しにしたまま、皿を膝に置いてひとりで食べた。ぼく自身の食事はできるだけ外で、たいていはキングダム・シティのクリスピー・コーンで済ました。家にいるときは、自分の部屋に閉じこもって、ドアを閉め、そこらじゅうに本を置いて、自分だけの世界をつくった。ドアの外に父の足音がするやいなや、ぼくはただちにそこにもぐり込んだ。

ぼくは少しも父を憐れむ気持ちにはなれなかった。父がぼくをどう思っているかはわかっていたので、こちらからも同様にきびしい評価をくだした。父が自分の人生をどんなに貧しいものにしてしまったか、どんなに冷たい愛情の乏しい男になってしまったか、自分が人生から与えられたものにも値しないどんなに無神経な老人になってしまったかなどと、ぼくはつくづく考えた。親に評価してもらえる可能性はなく、自分の核心にあるものを親に軽蔑されていると知ることほど心を凍りつかせることはない。ウェイロードに行ったあと、ぼくはその凍てつく世界に閉じこもって、犬の世話をするように最低限の世話をした。子犬に対するほどの愛情もなく、これっぽっちの喜びもなく、ただ近づいてくる父の死を待っているだけだった。

まれに言葉を交わすときにも、できるだけ当たり障りのないことしか言わないようにした。アーチーのことは話題にしなかったし、母のことも同じだった。ウェイロードやライラのことにもふれず、ベティ・カトラーやデイドラ・ウォーレンの名前も出さなかった。ロニー・ポーターフィールドとはあれ以来没交渉だったので、彼やその父親の話も出なかった。実際には、ロニーはキンダム・シティのメイン・ストリートを闊歩していたし、老保安官は広い芝生のオークの大木の木陰に年老いた君主みたいに鎮座していたので、その両方の姿をぼくはときおり見かけていたが。

ぼくはそういう人たちを自分の人生からすっかり追放していた。父といっしょにそういう全員を追い払って、だれにもぼくの性格や人生について批判めいたことは言わせないつもりだった。ぼくはそういう人たちを黒板のチョークみたいに消してしまいたかったし、しばらくはそれに成功したと思っていた。

ところが、ある晴れた日曜日の朝、ぼくがベッドに坐っていると、父が廊下をノシノシ歩く音がして、すぐそのあとドアをこぶしでたたく音が聞こえた。

「どうぞ」とぼくはそっけなく言った。

ドアがあくと、驚いたことに、父は擦りきれた黒のスーツに身をかためて、ぼくの前に立っていた。一週間以上伸ばしっぱなしだったひげを剃り、頬のたるんだ顔を朝日にテカテカ光らせて、アフターシェイヴの匂いを漂わせていた。

「フアニータが死んだんだ」と、そういう場合にはそぐわないうれしそうな口調で、父は言った。「知ってるだろう、ウェイロードに住んでいたあのインディアンの婆さんだが」

「フアニータ・ハー＝メニー＝ホーシズかい？」ぼくが思い出したのは、最後に会ったとき、コンクリート・ブロックに坐って、キリストの絵が描かれたうちわで顔をあおいでいた、ぼろを着た老女の姿だった。

「そうだ。きのう発見されたんだ。豚小屋のなかに倒れていて、死後何日も経っていたそうだ。老いぼれ豚がちょっと死体をかじったらしい」

「どうしてそんなことを知ってるんだい？」

「ラジオで聞いたのさ」と父は答えた。「きょう埋葬するということだ。状態が状態だったから、急いでやらなきゃならないらしい」彼は上着の襟に指をかけて、下のほうに滑らせた。「きちんとした恰好で葬式に行こうと思ってな」

父はゆっくりとまわって見せた。年老いたダンサーみたいに、しなびてはいるが、ほっそりしたスーツを着たところは、まったく優雅さがないわけでもなかった。「どう思うかね？」

ぼくがなんとも答えずにいると、父は左に首をかしげて、ぼくのタンスの上の鏡を覗き、まんざらでもないという顔をした。「葬式にはいつも女が大勢やってくる。死にかけている男としては、おれだってまだそんなに捨てたものじゃない」ズボンを留めているひび割れた茶色のベルトを指でいじりながら、「実際のところ、おれのいちばんの取り柄はそこだからな。女の目から見た場合にはだが。つまり、おれはもう先が長くないってことだから」

「まさか真面目に言っているわけじゃないだろう？」

父は笑った。「女を口説くってのは冗談だ」と軽く言ったが、依然として妙に明るい口調だった。「しかし、ファニータの葬式には行きたい」

「彼女と知り合いだったとは知らなかったな」

「たいしてよく知っていたわけじゃない」と父は認めた。「だが、ベティ・カトラーに会えるかもしれないと思うんだ。彼女はファニータと親しかったから、葬式に来るだろう。だから、最後にもう一度、ちょっと挨拶しておきたいと思ったんだ」父の目がキラリとやさしく光り、まだ若かった時代の消えかけた光がちらりと垣間見えたような気がした。「おれが頼めば、車で送ってくれるだろう、ロイ？」

ウェイロードに戻りたくはなかったし、ベティ・カトラーやライラに会いたいという気持ちもなかったが、数週間ぶりにぼくがなにかを感じたのは事実だった。たとえどんなに逃れたいと思っても、父親からは逃れられないことを認めざるを得なかったというだけのことかもしれないが。

「わかった」と言って、ぼくは肩をすくめた。「送っていくよ」

「葬儀は十一時からだ」と父は言った。「十時には出たほうがいいかもしれない」

父は後ろを向いて部屋を出ていきかけたが、途中で立ち止まって、もう一度ぼくのほうを振り向いた。「おれはあることをやったんだ。けさ、まだおまえが眠っているうちに。おまえにも興味があるんじゃないかと思う。来てくれ、見せてやるから」

ぼくはしぶしぶベッドから立ち上がって、父のあとについていった。

「ほら、あれだ」とキッチンに入ると、父が言った。

父が指さしたのはテーブルの上の三・八リットルの大瓶だった。瓶の底で数匹のゴキブリが狂ったように走りまわり、触覚でさかんにガラスの壁をさぐって、出口をさがしていた。

「手始めに五匹入れたんだ」と父は言った。「もしもやつらよりおれのほうが長生きしたら、また少し捕まえるつもりだ」ぼくの戸惑った顔をみて、「まあ、実験みたいなものだ」と説明した。「科学だよ」大瓶を持ち上げて、ぼくのほうに向けて見せた。「ほら、ふたには空気穴をあけて、瓶の底には砂糖水を振りかけてある。水分と食糧はそれで十分だろう。ふつうの暮らしのためにはな」

「ふつうの暮らし？　瓶のなかで？」

「やつらにとっては、外側のほうが暮らしやすいってわけじゃない。実際のところ、はるかに悪いだろう。年中鳥や蛇に追いかけられているんだから。だが、瓶のなかにいれば、そんな心配をする必要はない」

「これは昆虫なんだよ、父さん。心配したりはしないと思うけどな」

父はその大瓶を冷蔵庫の上に置いておくつもりらしく、そこに戻した。「ともかく、こいつらに日が当たらないようにして、快適に暮らせるようにしてやるつもりだ。ここなら涼しいからな。楽しめるだろう。瓶のなかの生活を」

「いったいどういうことなんだい、父さん？　この実験というのは？」

長いあいだ隠していた自分の一部をうっかり暴露してしまったかのように、父は妙に剝きだしにされたような顔をした。「おれは興味をもっているんだよ」と彼は言った。「物事全般に。科学と言ってもいいかもしれない。物がどんなふうに動いているかとか、物がどんなふうにできているかについて、本を読んでみたこともある。郡境のすぐ向こうに学校を建てているだろう？　理科系の学校だという噂だが。それで、考えたんだがね――」そこでふと口をつぐむと、言わないほうがいいと思いなおしたのだろう、にやりと笑みを洩らして、冷蔵庫に歩み寄った。「ふん、逃がしてやることにするよ」

「いや、逃がさないで」とぼくはあわてて言った。父にではなく、父の言葉が呼び起こした影のような少年にちょっと胸を突かれたのだ。「しばらく様子を見てみようよ」

「観察する」と、父はぼくの顔をじっと見ながら言った。「と言うんじゃないかね、おまえの言い方では」

「そうだよ」

父はにやりと笑った。「ようし、ロイ、それじゃ、観察してみよう」

ぼくはベーコン・エッグを作り、こどものころ父が好きだったカントリー・ハムのグレーヴィまで作った。ベーコンと油にちょっと手を加えただけだったが、父はおいしそうにパンを浸して食べた。

「すごくうまかった」最後に残ったグレーヴィをきれいにパンで拭きとって食べてしまうと、父は言った。「すごくうまかったよ、ロイ」ナプキン代わりにしている皿洗い用のふきんで口をぬぐって、コーヒーの残りを飲み干すと、皿を押しやって立ち上がった。

「出かける準備ができたら知らせてくれ」

そのあとの一時間、ぼくは窓際の椅子に坐って本を読んだ。ときおり目を上げて、父がいろいろなものを植えたきり、そのまま枯らしてしまった庭を眺めながら。数年前、父は母の衣類をまとめて、自分の結婚生活みたいに無秩序なぼろの山を燃やした。ぼくが見ていると、父は曲がった棒きれでくすぶる小山をつついていた。あのころは、父はもう一年も生きられないのではないかと思ったが、なんとかいままで生き延びてきた。まるで自分の魂がどんなに乏しい栄養で生きていけるか証明してやろうと決意したかのように。仮に父がほんとうにそんな決意をしたとすればだが、ぼくが父から受け継いだと言えるのは、このじつに侘びしい目標だけだったのかもしれない。父が枯らしてしまった庭でもなく、なんの価値もない家でもなく、人間が生き延びていくのにどんなにわずかなものしか必要としないかを証明するという、暗鬱な企てだけだったのかもしれない。

十時きっかりに外に出ていくと、父は車のそばで待っていた。朝食のときの装いをちょっぴり変更して、磨き上げたとまでは言えないが、いちおう濡れた布で拭いた黒靴を履いていた。ネクタイも替えて、細くて赤い蛇みたいなものを首に巻き、矢じり形のその尻尾をベルトの七、八センチ上にぶら下げていた。それをハート形のネクタイピンで留めていたが、それまでぼくはそんなタイピンは見たこともなかった。

「どうだい？」と、父は立ち上がりながら訊いた。「女を口説きにいくのに十分な恰好に見えるかね？」

「葬式なんだよ」とぼくは指摘した。「ダンス・パーティじゃなくて」

父は肩をすくめた。「ウェイロードでは、どっちも同じようなものだ」階段のほうを振り返ったとき、父の目がふいに十二年間乗っていた古い茶色のフォードに止まった。走行距離計がなんの喜びもなく十六万キロ以上も走ったことを示している、埃まみれの遺物である。

「自分で運転していきたいかい？」と、そばに歩み寄りながら、ぼくが訊いた。

「いや」と彼は言った。「いや」と、もう一度繰り返して、「おまえが運転したほうがいい。おれが運転する時代はもう終わった」人の助けを借りなければじきになにもできなくなることを父が実際に認めたのは、このときが初めてだった。

谷間の道路を走っているあいだ、父はまっすぐ前を見つめ、こんなに長年住んでいた世界にあらためて目をやろうともしなかった。通りすぎる農場の家々にも、その周囲の畑や森にも少しも興味がなさそうだった。

一、二キロ走ると、アーチーが事件を引き起こした家の前を通りすぎた。大きな金属製の郵便受けが、いまではトンプキンス一家がそこに住んでいると宣言していた。かつてその家の広々とした部屋を動きまわっていたケロッグ一家は、法律と社会的地位と有力者との友人関係に守られて、自分たちは安全だと信じて疑わず、わずか数秒のあいだにそれがこなごなに吹きとばされるとは夢にも思わなかったのだろう。

車が通りすぎるとき、前庭にこどもたちがいた。まだ幼い男の子と女の子で、少年は八つくらい、少女はせいぜい六つくらいだった。きれいに刈りこまれた芝生をはしゃいで走りまわり、赤い縞のボールを蹴って、それが道路のほうにころがりそうになると、「取って、取って、取って」と興奮して叫んでいた。

父は通りがかりにちらりとこどもたちに目をやった。一瞬、黒い郵便受けにクリスマスのヒイラギが巻きつけられ、雪がちらつきだしていたあの晩を思い出しているようだった。それから、耳障りなため息をもらすと、顔をそむけて、じっと前方の道路を見つめた。

そのほかには、なにひとつ父の目には入らないようだった。やがて、車は曲がりくねってのぼっていく赤土の道に入り、ビショップ峠を越えて、さらに上へとのぼっていった。そのころになると、父は左右を見まわすようになり、そこここにある家や、小さな谷間や流れに目を向けた。ときには、いまにも崩れそうな農場の家のはるかむかしの住人について、ぽつりと一言言ったりした。「あそこにはスタックリー爺さんが住んでたんだ」とか「あそこでモード・カウパーが蜂を飼っていたんだが、人を訪ねるとき、彼女はいつも蜂の巣の瓶を持っていったものだった」

かつての炭坑用道路に入ると、ぼくは頭である方向を示しながら言った。「あの下のほうで、クレイトン・スパイヴィが見つかったんだよ」

しばらく黙って走ってから、父が言った。「彼について詳しいことがわかったのかね、ロイ？」

「ひとりで暮らしていたということだけさ」とぼくは答えた。「妻もこどももいなかったし、友だちさえひとりもいなかった」

「バランスを見つけられなかったんだろう」

「バランス？」

「おれの親父が言っていたことだが」と父は言った。「物事がこれ以上はよくならないだろうと思えるポイントがある。悪いことの側に重すぎるものがひとつもなくなるときだ。おれたちはそれを見つけなきゃならない、と親父は言っていた、そのバランスを」

ぼくは父の顔を横目で見た。「父さんはそれを見つけたの？」

父はかすかに目を伏せた。「近づいたことさえ一度もないね」と彼は言った。「ラジオによれば、葬式はホーリネス教会でやるそうだ。ベティの旦那が埋葬されている教会だ。ビュフォードという名前だった。頼りない男だったが、いい人だった、とベティは言っていた」

ぼくはなにも言いたくなかったし、質問したくもなかったが、父の人生のはるかむかしのこの一隅をどうしても探りたいという気持ちが、消したと思っていたロウソクに火をつけた。

「それじゃ、彼女をかなりよく知っていたんだね」とぼくは言った。「そんなことまで聞いているんだから。旦那がどんな人だったとか。ずいぶん……個人的なことまで」

父はぼくの口調から何を遠まわしに探ろうとしているか嗅ぎとったようだったが、そんなことは問題にもしなかった。

「結婚したからといって、女は口を閉じるものじゃない。ほかの何があっても、口を閉じたりはしないだろうが。結婚したことがあれば、おまえにもわかったはずだ。ともかく、おれはベティ・カトラーと寝たことはない、おまえが言いたいのがそのことならな。おれたちはずっと友だち以上のものじゃなかった。おれたちが話をしていたのなら、寝ていたにちがいないとおまえは思ったのだろうが」

「そんなこと、ぼくにわかるわけないじゃないか」

父はぼくの顔をじっと見て、的を射抜いた。「おまえは女と友だちになったことがないんだろう、ええ、ロイ？　ただの友だちに？」

答えるのは苦痛だったが、それでもぼくはあえて答えた。「ああ、そうだよ」

「男はどうなんだ？　カリフォルニアに少しは友だちがいるのか？」

ぼくは町で輪になって立っていた骨張った男たちを思い出した。彼らはその輪のなかに父を受けいれて肩をたたいたり、黙って敬意をこめてうなずいたりしたものだった。埃だらけのオーバーオールにへなへなの帽子といういでたちの、パルプ材の運搬人や鉱山の木枠を作る男たち。ぼくにはほとんど働く獣にしか見えなかった。だから、ほかのなによりも、そういう肉体労働者の生活だけはしたくないと思ったのだ。だが、ぼくのなかの一部には、彼らみたいになりたいという気持ちもあったのかもしれない。彼らはたがいにとても気楽に付き合っていたし、実際的なことには非常に長けていた。エンジンを分解したり組み立てたり、屋根を修繕したり、小屋や柵を作ったりできた。彼らがほんとうに敬意を抱くのは、そういうことができる人間に対してだけだということを、ぼくはよく知っていた。

「いっしょに働いている同僚だけさ」とぼくは認めた。「仲間とは呼べないと思うけど」

父はすぐにそうとは言わなかったが、どう考えているかはぼくにもわかった。自分の生活がたとえどんなにバランスのとれないものだったとしても、ぼくの暮らしほど空疎ではなかったと思っているのだろう。孤独で、友だちもなく、他人のこどもたちに教えるだけの教師の生活。取り替え可能な知り合いだけに囲まれて、血が水より濃いとは言えないような世界で、他人のなかで、海のそばで暮らしているなんて。

「それじゃ、カリフォルニアというのはずいぶんいいところなんだろうな」と父は言った。「友だちがひとりもいなくても我慢できるのなら」

「ぼくはべつにカリフォルニアが好きなわけじゃない」ぼくはふいに驚くほど率直に答えていた。「たまたまそこに住み着くことになっただけなんだ」

父はぼくのほうに目を向けた。「そのうちキンダム郡に戻ってきたくなったら、家はおまえにやるぞ」

ぼくは首を横に振った。「ぼくはキンダム郡に帰ってくるつもりはないよ」

「それじゃ、売り払えばいい」むかしからのわが家になんの感情も抱いていないみたいに、そっけなく言った。「たいした金にはならないだろうが、ほかにやるやつもいないからな」

教会のなかにはわずかな人数しかいなかった。全員が前方の何列かに固まっていて、ファニータの簡素な木の棺と、その上に置かれた、茎を白いリボンで束ねた野の花の花束を見つめていた。最前列の席に坐っているベティ・カトラーは、灰色の髪を丸くまとめて、頭の後ろにピンできちんと留めていた。ライラは飾りけのない黒いドレスを着て、その横に坐っていた。

父とぼくは後ろのほうの席に坐って、牧師がお定まりの祈りをとなえるのを聞いた。それが終わると、人々はばらばらに中央の通路を歩きだした。ライラが先頭に立って、母親をしっかり脇に抱えていた。

教会の後部の席に近づいたとき、彼女はぼくの姿を認めて黙ってうなずいたが、母親を抱いたまま正面の階段を下りて、墓地に向かった。

「ライラはまだすごくきれいじゃないか」と父が小声で言った。

「ああ、そうだね」

墓のかたわらで最後の祈りが捧げられ、それから棺が地中に下ろされた。ライラと彼女の母親はならんで立ち、茶色い棺がゆっくりと地中に下りていくのを黙って見守った。それから、ライラが前にかがんで、乾いた土をすくい取ると、墓のなかに投げ入れた。

そのあいだじゅう、父はほとんど悩ましげな眼差しでベティ・カトラーを見つめていた。過去がきらめく滝みたいに父の頭上に降りそそいでいるかのようだった。

ライラが母親の腕をとって、ぼくたちの立っているところへ連れてきた。

「こんにちは、ロイ」と彼女は言った。「こんにちは、ミスター・スレーター」

「ファニータのことは気の毒だったね」と父は言った。「元気かね、ベティ？」

ミセス・カトラーは目を細めた。「だれだい？」

「ジェシーだよ」と父が答えた。「ジェシー・スレーターだ」

ふいに一条の光があたったかのように、彼女の顔が輝いた。「まあ、わたしは生き返ったよ」

父はにっこり笑った。「ちょっと歩かないか、ベティ？」と彼は訊いた。明るい、若々しい声だった。父がかつてはそうだった生気あふれる若者の姿がちらりと見えたような気がした。

ミセス・カトラーはなんとも答えなかったが、父はその目のなかになにかを見たのだろう、さっと彼女に歩み寄ると、その腕を取って、自分の腕の下に抱えこみ、ライラとぼくのそばから離れていった。一瞬、なにもできずに、ぼくは黙ってふたりを見送った。父の女性の扱い方に感嘆しながら。父はきっぱりした足取りで歩み寄り、しっかりと腕を取って、じつにやすやすとベティ・カトラーをふたたび自分の愛情の圏内に引き入れたのだった。

「ロイ?」

ライラの声だった。その声がぼくの心のなかにトランペットみたいに鳴り響いた。

「あなたとまた会えるとは思っていなかったわ」と彼女は言った。

「父がファニータの葬式に来たいというものでね」とぼくは説明した。

「お父さんはファニータを知っていたの?」

「じつは、あまりよく知らなかったんだ。きみのお母さんに会いたいから来たんだよ。別れの挨拶をするために」

ライラは墓地の向こうに目をやった。ぼくの父とベティ・カトラーはハナミズキの節くれ立った幹のかたわらの、小さな石のところで立ち止まった。

「お父さんはむかしからずっととてもすてきね」と彼女は言った。「とてもやさしくて」

ぼくたちが見ていると、父は地面にひざまずいて、低い灰色の石の表面の埃を手ではらい、ライラの母を見上げたが、彼女はそっぽを向いた。

「父はやさしくはないよ。ただ年寄りで、病気なだけだ」

ライラの顔を影がよぎり、彼女は言いかけたことをぐっと抑えているようだった。あまりにも必死に抑えていたので、しばらくしてその口から言葉が出たとき、小さな弾丸みたいに飛んでくるのではないかと思ったが、意外にやさしい声だった。「いったいどうしたの、ロイ? あなたはなんだか……」

父がぼくを決めつけた言葉が、苦々しげにぼくの口をついて出た。「哀れに見えるかい？」

彼女はその言葉にも、いかにも苦々しげなぼくの口調にも驚いたようだった。

「いいえ、哀れというより」と彼女は言った。「ひとりぼっちに見えるわ」

ぼくは突き刺すような笑い声をあげた。「それはたしかにそのとおりだ」それから、彼女がなにか言うより先に、さらにつづけた。「ぼくはたいして多くを望んでいたわけじゃないんだよ。こどものときから。むしろ、あまりにもささやかな望みしかもたなかったことに、自分でも驚くことがあるくらいなんだ」いまや言葉がどんどん口からあふれ出た。「きみには、ぼくは野心的で、大きな夢を抱いているように見えたかもしれない。大学へ進学するとか、そういうことだけど。でも、実際には、ぼくは多くを望んではいなかったんだ、ライラ。ただふつうの生活がしたいだけだった。べつに偉大でも、華々しくもない、ただふつうの生活が」

ライラがなにか言いかけたが、ぼくは手を上げてそれを制止した。

「家族とか」とぼくは口にしたが、思いがけなく傷ついた口調になった。「こどもとか」

彼女は恐ろしいほど身じろぎもせずにぼくをじっと見つめていた。「わたしもそれを望んでいたのかもしれないわ」と彼女は言った。「でも、できなかったの、ロイ。わたしは知っていたから――」彼女はふいに口をつぐんだ。

「何を知っていたんだい？」

彼女の喉元になにかがこみ上げるのがわかった。長いあいだ檻に入れられていた動物が必死に這い出そうとするかのように。

「それは不可能だということをよ、ロイ」と彼女は言った。「あの事件のあとでは」

「あの事件のあとでは」とぼくは繰り返した。

事件の三日後、ぼくはライラの家を訪れた。そのときには、アーチーは死んでおり、ぼくは葬儀のことを知らせにいったのだった。弟の墓のかたわらにぼくといっしょに立ってくれることを期待して。しかし、玄関に出てきたベティ・カトラーから、ライラは病気で、眠っている、二、三日そっとしておいてやってほしいと言われた。最後に、彼女が言った言葉がいまでもぼくの耳のなかに残っていた。〈そのうち、時が経てば、よくなるでしょう〉

「あの事件がぼくらとどういう関係があったというんだい?」とぼくは訊いた。

彼女は片手を上げた。「わたしはこれには耐えられないわ、ロイ」

「きみの考えでは、ぼくが――」

「耐えられないのよ、ロイ」と彼女は繰り返した。それから、まるで刑車で痛めつけられた罪人みたいに、後ろを向いて立ち去った。

13

それから数分後、ぼくは父を乗せて山道をくだっていた。ライラとのあいだであったことについてはなにも言わずに、ぼくは黙って考えていた。自分の頭のなかで何度も先ほどの場面を反芻し、ライラがどんなふうに後ろを向いて立ち去っていったか思い返していた。

父は黙ってぼくを見守っていたが、自分の気分もしだいに陰鬱になってくるらしく、その日の朝の陽気さは日に当たって色褪せるように薄れていった。

しばらくすると、父は上着のポケットから煙草のパックを取り出した。「むかしのベティはもうたいして残っていなかった」

「人は歳をとるものだからね」

「それだけじゃない」父は煙草に火をつけると、マッチを振って消した。「ライラのことで苦しんでいるからだ」

「ライラについて何と言っていたんだい？」

父は口の端から煙の柱を吐き出した。「彼女にとっては、なにひとつうまくいかなかったってことだけさ。だから、おれは言ってやった。いいかね、ベティ、実際のところ、こどもがどうなっても、親にはどうしようもない。どんなこどもが生まれてきても、それで我慢するしかないんだってな」

もちろん、ぼくみたいなこどもでも我慢しなければならない、と父は言いたかったのだろう。それが裏向きに配られたカードだったのだから。

「それはもちろんどちらの側からも言えることだけどね」とぼくは憮然として言った。「こども親を選べるわけじゃないんだから」

父はそれには答えなかった。それにつづく沈黙のなかで、父はまた少しずつ自分のまわりに壁を築きだし、やがて、アーチーが埋葬された日の夜にめずらしく見せた、あの悲しみに打ちひしがれた顔をした。そのときまで何日ものあいだ、父のなかでは激しい怒りが荒れ狂っていたが、最後にはひとりでじっと黙りこみ、母やぼくに対しても、ホレス・ケロッグに対しても、そもそもの原因になったあの〈貧弱な小娘〉、グロリアに対しても悪態をつくのをやめた。それから、日が昇りはじめると、自分でウィスキー――それ以外のものを父が飲むのは見たことがなかった――を注いで、腰をおろし、黙ってちびちび飲みだした。父の目の暗さが明け方の空気から光を吸い取ってしまいそうな気がしたものだった。

そのときと同じように、いままた、父は自分のまわりに壁を築いていた。

「かわいそうなベティ」と父は言った。「やさしい心の持ち主なのに。むかしおれが知っていた娘のことで、彼女が助けてくれたことがあるんだよ。おれたちは駆け落ちするつもりだったんだ、おれとその娘は。ベティが彼女を迎えにいって、ウェイロードに連れてくることになっていた」父は長々と息を吸って、地元ではドーソン・ロックと呼ばれている花崗岩の絶壁をじっと見つめた。「ちょうどこのあたりで、おれは彼女を待っていた。しかし、なぜか親父に嗅ぎつけられてしまったんだ。あんなふうに待っているべきじゃなかった。彼女が来ないとわかったら、こっちから行って、彼女を奪って、連れ去るべきだった。そうしていれば、そのあと途方もない災難を背負いこまずに済んだろう」

途方もない災難——というのは、そのあと父が遭遇したうんざりするような生活、父がアーチーやぼくに押しつけた生活という意味なのだろう。

ぼくはギュッと胃をつかまれたような気がした。妻やこどもたちという、ぼくが人生でいちばん強く求めていたものを手にしながら、十代の恋やそのためにリンチを受けたことについていつまでもくよくよ考えこんで、その後差し出されたあらゆる愛を払いのけてしまった父に対する恨みがどっとこみ上げた。

「そうさ、その娘を追いかけて、駆け落ちすればよかったんだ」とぼくは刺すような口調で言った。「そうしていれば、ぼくたちも途方もない災難を背負いこまずに済んだろうからね。母さんも、アーチーも、ぼくも」

ぼくの怒った声を聞きつけると、父は顔をそむけて、崖のふちを見つめた。「いずれにしても、おまえは災難を背負いこまずに済まなかっただろう、ロイ」

「どういう意味なのさ、それは？」

父は黙って肩をすくめた。

「どういう意味なんだい？」とぼくは詰問した。「いずれにしても、ぼくが災難を背負いこまずにはいられなかったというのは？」

父はさっとぼくのほうを振り向いた。「なぜなら、おまえはそれが好きだからだ、ロイ。災難を背負いこむのが。そうすれば自分の頭のよさを見せつけられるかのように」

「頭が狂ってるんじゃないか、父さんは」とぼくは嚙みついた。ぼくはいまや父のほうに向きなおり、プロボクサーみたいに追いまわして、相手をロープ際に追いこもうとしていた。「父さんはぼくを知らないんだ。むかしから一度も知ろうとしなかった。いっしょになにかしたこともないし、侮辱するような話し方でしか話そうとしなかったし、なにひとつ教えてくれなかった――」

「ちょっと待て」と父が反撃した。「いま何て言った？　おまえはおれがなにひとつ教えなかったと思ってるのか、ロイ？　何を言うんだ、おれがやったことには、すべてに教訓が含まれていたんだぞ」

「どんな教訓なんだい？」

「ただひとつの教訓だ。正しいことをやれということさ」

ぼくはあざけるように笑った。「正しいことだって？」ぼくは思いきり反撃に出て、一発の強烈なパンチで相手を倒せる方法を必死に探した。「それがスクーターをあんな目にあわせたことの教訓だったのかい？」父の手からアーチーの手に拳銃が渡されるところが目に浮かんだ。「父さんがアーチーにやらせたことの？」

「おまえはあれに教訓が含まれているとは思わなかったのか？」

「あれには残酷さ以外なにも含まれていなかった」とぼくは言った。「残酷なだけだったんだよ、父さん。アーチーにとっても、スクーターにとっても」

「だが、おまえたちは二度と家出しなかったじゃないか」と父は興奮して言った。「おまえは二度とアーチーを連れ出したりしなかった。あの子は自分の頭では考えられないこどもだった。いつもおまえの言うなりで、どんなことを言われてもそのとおりにした。スクーターのことがあってから、おまえは二度とあの子を連れ出さなかった」

「ああ、それはそうだけど……」

「それがほんとうの教訓なんだ、ロイ。だから、おれはおまえにでなくて、アーチーに銃を渡したんだ。おまえじゃなくて、あの子にやらせたんだ」

最初の銃弾は空を切った。スクーターの体が右に跳ねあがり、恐怖にかられた啼き声が空気を引き裂いた。

「アーチーにやらせることで、おまえに教えようとしたんだ」と父は言った。

二発目の銃弾。またもやねらった脇腹が跳びはねた。脚が血まみれになって、がくりと折れた。

「おれが何を教えようとしたかわかるか、ロイ？　たくさんのことだ」

のろのろとじれったいリズムで、銃撃が何度もつづけられた。父が〈もう一度、もう一度、もう一度〉と繰り返すたびに、アーチーは引き金を振り絞った。

「人を巻きこむ前に考える必要があるということだ。彼らに何が起こる可能性があるか考える必要があるということだ。なぜなら、そうしなければ、その人を傷つけることになるかもしれないからだ。たとえ傷つけるつもりはなかったとしても。おまえといっしょに逃げだしても、アーチーはまさかスクーターが傷つけられるとは思わなかったように」

最後の一発が鳴り響いた。大きな、耳を聾する、周囲にそびえる山々にこだまするほどの銃声だった。スクーターはついに息絶えて横たわった。

「自分が家出するとき、いっしょに連れていくことで、アーチーが傷つけられるかもしれないとは、おまえが考えなかったように。だが、実際には、傷つけられたんだ、ロイ。スクーターは殺されたし、殺したのはおれにやれと言われたアーチーだった。だが、教訓はおまえのためだったんだ」

ぼくは憎々しげに父をにらんだ。「でたらめだ」

「ほんとうさ、ロイ。実際、アーチーは人をトラブルに引きこめるほど頭がよくなかった。しかし、おまえにはそれができた。おまえは頭がよかったんだ。だから、おれはおまえに教訓を与えたんだ。その人が傷つくかもしれないことに人を簡単に引きこんだりしないように。アーチーはおまえの言うことならなんでもやっただろう。なぜなら、あの子はおまえを愛していたからだ、ロイ。だれかがおまえを愛しているとき、おまえはその人を傷つけることができる。ほんとうだ。それをおれほどよく知っている人間はいないんだから」

ぼくは父のやつれた顔を見つめた。あの血なまぐさい教訓がじつはどういう意味をもっていたのかを、ぼくはふいに悟った。

「デイドラ・ウォーレンなんだね」とぼくは言った。「父さんが傷つけたのは」ぼくの頭のなかでホッパーの声が響いた。〈彼女は二度とウェイロードには戻ってこなかった。このあたりでは、二度とあの娘を見た者はいないよ〉「デイドラはどうなったの？」

父の目がやわらいだ。「それはどうでもいいことだ」

「彼女は二度とキングダム郡に戻ってこなかった」とぼくはつづけた。「彼女はどこへ行ったんだい？」

「言っただろう、もう忘れてくれ」

「ぼくは忘れたくない」

父はうんざりしたようにため息をついた。「ボルティモアだよ、どうしても知りたいというのなら。彼女が行ったのは。向こうの学校へ行ったんだ。ものすごく寒い日だった、親父が彼女を連れていったのは。彼女はごてごて着込んでいた」

「彼女が行くのを見たのかい？」

「ウォーレンが彼女を車に連れていくのを見た。たぶん、すでにキングダム郡から連れ出す手筈を整えてあったんだろう。彼女はふつうじゃなかった。顔に傷があるようだった。たぶん、親父に殴られたんだろう」彼の声が冷たくなった。「ポーターフィールドもそこにいた。デイドラの肩に手をかけていた。自分の車のフロント・シートに乗せて、やつが彼女を連れていったんだ」

ポーターフィールドの車の後部ウィンドーから、デイドラの怯えた顔が覗いているところが目に浮かんだ。車は雪のなかに汚い轍を残して、走り去っていく。

「どうすることもできなかった」と父は言った。「車はもう走りだしていたし、おれは怪我がひどくて、走って車を追える状態じゃなかった」彼は首を横に振った。「あとから追いかけていくつもりだった。パルプ材の工場で働きはじめた。そうすれば、金を貯められると思ったんだ。しかし、金が貯まったときには、もう手遅れだった」

「なぜ手遅れだったの？」

「彼女は死んでしまったからだ」と父は穏やかに答えた。その顔になんとも言えないやさしさが浮かんでいた。「親父のウォーレンに送りこまれた学校ですっかり元気をなくしてしまったんだ」父は道路に目を釘付けにしていたが、なにも見ていないようだった。

「おれが近づかなければ、彼女はまだ生きていただろう」

車は山を下りて谷間に入ったが、父はそれきりなにも言わなかった。いまや真昼の太陽がじりじり照りつけ、窓をいっぱいにあけても、蒸し風呂に閉じこめられているようだった。にもかかわらず、ほんとうに熱いのはむしろ父の内側で、そこでは小さな凄まじい炎がけっして消えることなく燃えつづけているようだった。車が家に着くころには、父はほとんど灰になってしまったような気がした。

14

ぼくは車のなかに残ったまま、父が階段をのぼって家に入り、蒸し暑い家のなかを移動しながら明かりをつけては消していくのを見守っていた。キッチンに入ると、冷蔵庫のところへ行き、大瓶を下ろして軽く振ってから、なかを覗いた。てかてかのズボンを穿いたウェイロードの科学者。

そのあと、ぼくはふたたび道路に出て、何時間も走りまわりながら、ライラと最後に会ったときのことを何度も思い浮かべ、殺人事件のあと彼女がひどい悲しみに沈んでいたことを思い返した。あの夜、彼女のなかでなにかが消えた。ぼくのキンダム郡での最後の夜、ぼくたちは古いシボレーのなかに坐って、体にふれあうこともしなかった。彼女がかつて見せた情熱は完全に干上がってしまったようだった。そして、いま、ぼくのバスが発車した日のライラの目を思い出した——ポーターフィールド保安官とそっくりな目つき、心のなかでひそかに同じ疑惑を弄んでいる目つきだった。

だが、なぜなのか？

その問いがぼくの頭のなかでいつまでもぐるぐるまわりつづけた。殺人事件についてライラがなにも知らないのはあきらかだった。ぼくはなにも言わなかったし、アーチーもなにも言わなかったのだから。グロリアとも二度と話すことはなかったし、もちろん、ホレスとラヴィーニアのケロッグ夫妻は死んでいた。

だとすれば、彼女は何を知っていたのだろう？　すべてを変えてしまうような何を？ぼくたちの計画をすべてご破算にして、最後にはのちにぼくが海に投げ捨てたあの手紙を書くことになったどんなことを？〈わたしはあなたとは結婚できないわ、ロイ。わたしのために帰ってこないで〉

ずっとあれこれ考えこんでいたが、夜の八時近くになると、ついに空腹感に打ち勝てなくなった。父はすでにベッドに入っているにちがいなかったので、家に戻る前にクリスピー・コーンに車を停めた。

クリスピー・コーンは背の低いコンクリートの建物で、照明がやけに明るく、市松模様のリノリウムの床に天井の長い蛍光灯が映っていた。カウンターでハンバーガーとフライドポテトとコーヒーを注文すると、正面の窓際にならんだボックス席のひとつに腰をおろした。

数分後に注文の品を持ってきたのは、しわだらけの制服を着た、そばかす顔の少年で、紙製の帽子を危なっかしそうに頭にのせていた。

「三番ですね」と彼は言った。

ぼくは物問いたげに彼の顔を見上げた。

「注文番号ですよ」と少年は面倒くさそうに言った。

ぼくは手のなかで半分まるめかけていたレシートに目をやった。「ああ、そうか。そうだよ」

彼は皿をテーブルのぼくの前に置いた。「クリスピー・コーンをご利用いただき、ありがとうございます」

ぼくは時間を稼ぐためにわざとゆっくりと食べた。家に帰る時刻になって、暗闇のなかに横たわり、窓のほうに顔を向けて、ガラスに映るライラの顔を見つめるのが恐ろしかった。彼女とのいろんな思い出や、長かった夏の日々、ジェサップ川のほとりで何度となく抱き合ったこと、そういうすべてがいまでは最後に会ったときの不気味な薄明かりで輝きを失い、ライラの謎めいた言葉の暗室に封じこまれていた。

〈わたしは知っていたから……〉

ぼくはそのあとにつづくはずの言葉を自分で補った。

〈……あなたがあそこにいたことを〉

いきなりジュークボックスがかかり、ぼくはそちらを振り返った。

部屋の反対側の隅に、二組のティーンエイジャーのカップルがふざけあいながら坐っていた。少女たちは恥ずかしそうにクスクス笑い、男の子たちはたがいに目配せしあって、椅子の上で落ち着きなく体を動かしている。二十年前なら、ライラとぼくが片側に坐り、アーチーとグロリアと向かい合っていたかもしれない。いつものようにダブル・デートをして、キンダム・シティの映画館から戻ってきたところだったかもしれない。

ぼくたちはたぶん三十回はいっしょに出かけただろう。ごくふつうの四人の高校生で、とくに変わったところもなく、もちろん、なにも怖れてはいなかった。

そのころには、グロリアがただアーチーとデートしているだけではなく、彼に恋をしていることに、ホレス・ケロッグも気づいていた。

ぼくが初めてその変化を知ったのは、ある肌寒い九月の夜、アーチーが自分のベッドの横にさも不満げに坐ったときだった。「ミスター・ケロッグはぼくがグロリアと会うのをやめろと言うんだ。ぼくたちは、彼女とぼくはあまり早く進みすぎると言うんだよ」

「グロリアはどう思っているんだい？」とぼくは訊いた。

「父親の言うことなんか聞かずに、いっしょに家出して、結婚しようと言っている」

「それで、おまえはどうするつもりなんだ、アーチー？」

「わからないんだよ、ロイ。ねえ、どう思う？　ぼくたちが駆け落ちするってことについてだけど」

アーチーには、ホレス・ケロッグの娘との駆け落ちどころか、それよりはるかに単純なことでさえ計画することも実行することもできないのはあきらかだったので、ぼくは言った。「しばらくすれば、ミスター・ケロッグももっと冷静になるんじゃないかな」

「いや」と弟は言った。「そんなことはないよ、ロイ」

いま、部屋の反対側の少年たちを眺めながら、ぼくはそのときの弟の断固たる言い方をもっと深刻に受け止めなかったことに、われながら驚いていた。

それからわずか一時間後、ライラといっしょに車のなかにいるとき、ぼくはアーチーが話したことを彼女に説明したが、それがどんなに深刻な事態になるおそれがあるかを悟ったのはそのときだった。

「彼はやるつもりだと思うわ、ロイ」と彼女は言った。「グロリアといっしょに逃げだすつもりよ」

ぼくは彼女の顔を見た。薄暗い車内に浮かび上がった光を放っているような顔に、ぼくはほとんどうっとりしていた。

「一度はじめてしまったら、どうすればやめられるのか彼にはわからないから」と、彼女は重々しい声でつづけた。そのあとに起こることをすでに予感しているような声だった。ケロッグ家の舗装したばかりのドライヴウェイに接する高い生け垣のそばで待つ弟の車。その車から白いドアへとつづく灰色の足跡。ドアがゆっくりとひらいて、ラヴィーニア・ケロッグのすでに命数の尽きた顔が現われる。

ティーンエイジャーたちは立ち上がって、駐車場へ出ていった。そこで束の間ライト・ブルーのフォードのそばに集まった。クリスピー・コーンの閃光を発する看板が、そのクローム色のグリルをキラキラまたたかせた。

レストランの窓越しに、ぼくは彼らがおしゃべりするのを見守った。ふたりの少年は相変わらずふざけて、ちょっかいを出し合っており、少女たちはいつまでもキャッキャッ笑っていた。四人ともなんの屈託もなく、なにも意識していない。目隠しをされた青春そのものだった。

数分すると、彼らはみんなで車に乗りこんで、たちまち走り去った。背後に砂利を跳ね上げて、曲線状のタイヤの跡を残していった。ちょうどぼくがはるかむかしに残したタイヤの跡みたいに。ケロッグ家の前の道路を覆っていた、降ったばかりの雪の上に残した二本の灰色の轍。ぼくを苦しめたその轍みたいに。

「お済みですか？」

甲高い声がしたほうを振り返ると、ケチャップとマスタードと料理油の染みのあるエプロンをした娘が立っていた。

「お済みなら、お皿を下げますけど」と言いながら、彼女はすでに皿に手を伸ばしていた。殺伐とした蛍光灯の明かりのなかで、制服についている金属製の名札が光り、それがぼくの注意をあの夜アーチーがやったことから引き剝がして、ぼくがやったことに引き戻した。

「ポーターフィールド」とぼくは言った。

彼女は不審そうにぼくの顔を見た。「知っている方でしたっけ？」

「ロニー・ポーターフィールドの娘さんだね？」

「そうですが」

赤い制服を着て、小さい紙製の帽子をピンで髪に留めているところを見ると、たぶん実際には十四歳くらいなのだろうが、それよりさらに若く見えた。

「ぼくはスレーター、ロイ・スレーターというんだ。きみのお父さんと高校がいっしょだった」

「ああ、父があなたのことを話していたわ。森で死んでいる人が見つかったとき、いっしょにいた人でしょう？　わたしの名前はジャッキー。初めまして」

「ここにはもう二、三度来ているが、いままできみの顔は見かけなかったな」

「いつもは午前勤務なの。たぶんそのせいね」とジャッキーは言った。「でも、スーが病気になってしまって、今夜は彼女の代わりに出ているの」危険がないかどうか確かめるように用心深くあたりを見まわすと、彼女はぼくの向かい側の席に滑りこんだ。「あなたはカリフォルニアから来たんでしょう？　向こうにずっと住んでいるって、ダディが言ってたけど」

「ずいぶん長く住んでるよ」

彼女はちょっとぼくの顔を観察した。「いまも言ったけど、ダディがあなたのことを話していたわ。死んでいた人のことを調べるのを手伝ってくれたとか」彼女は目を大きく見ひらいた。「その人の顔を見たの？」

「ああ」

「血まみれだった？」

「少し血がついていた」

ジャッキーはちょっとたじろいだ。「ダディは年中そういうものを見ているけど、わたしなら胸がムカムカしちゃうわ」片手で暇そうにもう一方の手を引っ掻いた。ピンクの爪が青白い肌に白っぽい線を残した。「わたしはそういうものは見ていられないの」

彼女はふいに甲高い笑い声をあげた。「あなたやダディといっしょにわたしがそこへ行ったとしたら、そこらじゅうゲーゲーやっていたでしょうね」ふたたびレストランの店内を見まわして、「お客さんとおしゃべりしちゃいけないことになってるのよ」

「それじゃ、やめたほうがいいかもしれない」

しかし、彼女はそれを無視して言った。「ひとつ訊いてもいいかしら？　あなたはハリウッドに住んでいるの？」

「いや。北カリフォルニアに住んでいる」

それを聞くと、あきらかにがっかりしたようだった。「どうしてキンダム郡に戻ってきたの？」

「父が死にかけているからだ」

ジャッキーの目にはどんな反応も認められなかった。「映画に出演するためにハリウウッドに行く人たちについての映画があるのよ」と彼女はつづけた。「あなたはどうして向こうへ行ったの？」

「大学さ」とぼくは言った。

「わたしも大学に行くわ。キンダム・コミュニティ大学だけど。高校を卒業したらすぐに。ホテル経営の勉強をするつもりよ。わたしはカリフォルニアのことを考えているの。向こうにはたくさんホテルがあるでしょう？」

彼女は物問いたげにぼくの顔を見た。「あなたはハリウッドに行ったことがある？」

「いや、ないね」

またもや、彼女はこの答えを苦もなく乗り越えた。「それで、結局、どういうことだったの？　見つかった人のことだけど。そこに行ったときはもう死んでたんだって、ダディが言っていたけど」

「病気だったんだ」とぼくは言った。

「心臓発作とかなにかみたいに？」

「そんなものだ」

「あなたはその人を知らなかったの？」

「会ったこともなかった」

彼女はすばやく「そう」と言うと、さらにつづけた。「でも、その人の身元確認に来た女の人は知っていたんでしょう？　ダディがそう言ってたわ」

「学校が同じだったんだ」

ジャッキーはぼくの肩越しになにかを見て、きらりと目を光らせた。それから、鋭い直感力に顔を輝かせて、ふたたびぼくの顔に視線を戻した。「デートしていたの、その女の人とあなたは？」

「ああ、していたよ」

「ダディはわたしに大学に行く子たちとデートさせたがっているのよ。このあたりの子たちじゃなくて」ぼくが共謀者であるかのようにウィンクした。「でも、わたしはいつもそうするわけじゃない。ときどき、バスターズに行くことさえあるわ。地元の男の子たちがたむろしている場所だけど」彼女は声をあげて笑った。「おじいちゃんに見つかりさえしなければ、だいじょうぶだから」かすかに声をひそめて、「おじいちゃんはむかしキンダム郡の保安官だったの」

「知ってるよ」とぼくは答えた。「しかし、なぜバスターズに行っているのをお父さんに見つかるほうがもっと心配じゃないのかな？」

少女は笑った。「ダディ？　わたしはダディの言うことなんか聞かないもの。むかしから」

「でも、おじいさんの言うことは聞くのかい？」

彼女の目のなかに暗い影が射した。「怒らせるとまずいのよ、おじいちゃんは」

「しかし、もう年寄りなのに、いったい何ができると——」

「いろんなことよ」とジャッキーは言った。「いろんなことができるわ。しかも、できるだけじゃなくて、実際にやるのよ。おじいちゃんはバスターズに行く子たちには我慢できないの。人間のクズだと言っているわ。もしもそういう子のひとりとデートしているのがばれたら、その子を懲らしめずにはおかないでしょうね」

そして、その子の恋愛時代を確実に終わらせようとするのだろう、とぼくは思った。

彼女はまた明るい笑みを浮かべた。「わたし、ダディとおじいちゃんがあなたのことを話しているのを聞いたわ。あなたがどんなふうにダディを手伝ったかについて。おじいちゃんは、あなたはあの女の人の味方だから、あなたに調べさせてもだめだって言ってた。その死んだ人が撃たれていたかなにかで、あの女の人が、あなたがデートしていた人がやったとわかった場合だけど。あなたはあの人に借りがあるから、協力しようとしないだろうっておじいちゃんは言ってたわ」

「きみのおじいさんはぼくのことはなにも知らないはずだけど」とぼくは言った。「その……女の人のことだって」

「あら、そんなことないわ」と彼女はいかにも自信たっぷりで、一歩も引こうとしなかった。「保安官だったとき、おじいちゃんはキンダム郡で起こっていることはなんでも知っていたのよ。あの女の人はあなたがとても面倒なことになるのを防いでくれたことがあるんだって。だから、あなたは借りを返さなければならないんだってダディに言っていたわ」

「いったい何のことを言っているのか想像もつかないな」とぼくは言った。

15

その夜、ぼくが自宅のドライヴウェイに車を乗り入れると、プール先生が自分の車に戻ろうとしているところだった。母が最期の病の床に伏せていたときと同じ診察鞄を重たそうに抱えていた。

「こんばんは、ロイ」ぼくが車から出ると、医師が言った。「ちょうどジェシーを診に来たところだったんだ。あまり具合がよくないようだな」

「けさはちょっと元気を取り戻したけど」とぼくは言った。「あまり長くはつづかなかったようです」

「もう往診に来ないでほしいと言うんだよ」彼は帽子で軽く脚をたたいた。「きょうの午後予約していたのに診療所に現われなかったから、そんなことじゃないかとは思っていたが」

「予約していたとは知りませんでした」

「あんたには知らせたくなかったんだろう」

「もう死ぬ覚悟を決めているんです」とぼくは言った。

プール先生はうなずいた。「そうだな。実際のところ、いままで生きてこれたのが幸運だったんだ。若いときあんな目にあったことを考えれば」

ぼくはエイサ・ホッパーが言っていたことを思い出した。そういえば、キンダム・シティから若い医師が来て、父にできるだけの手当をしたと言っていた。

「それじゃ、先生だったんですね」とぼくは言った。「リンチのあとウェイロードにやってきた若い医者というのは」

「あのとき初めてジェシーに会ったんだが、とても助からないと思ったよ。ほんとうにそう思ったんだ」そこで言葉を切って、ぼくの顔をじっと見てから、またつづけた。「あんたも大変な目にあったがね。アーチーのあの恐ろしい事件で」

この老医師の目がふいになにか物語っているような気がした。

「あの最後の晩、先生はアーチーに会いにいきましたね」とぼくは言った。「ぼくが出てきたとき、廊下ですれ違ったけど」

プール先生はズボンの尻のポケットからハンカチを引っ張り出して、首筋をぬぐった。

「ああ。ちょっと様子を見にいったんだ。しかし、わたしがあそこから出てきたときには、あのあとアーチーがあんなことをする気配はなかった。あんたはどう思ったかね？あんなふうに自殺するのはたやすいことじゃないからな」

ぼくは首を横に振った。「ぼくが出てくるとき、ブラックベリーの小道で会おうって彼は言ったんです」

「それだけかね？」とプール先生が訊いた。

「ええ」

こんな短い答えでも、胸に引っかかっていた疑問は解消したようだった。「それじゃ、そろそろ行かなくちゃ。おやすみ、ロイ。なにかわたしにできることがあったら、知らせてくれ」

そう言って何歩か歩きだしたが、ぼくの質問がその歩みを止めた。「あの晩、なにかあったんですか？　先生とアーチーのあいだで？」

プール先生は一瞬ためらった。秘密を守ることにかけては老練な医師である。「いや、アーチーとわたしのあいだではなにもなかった」と彼は答えた。「しかし、あの夜、わたしが帰るとき、ポーターフィールド保安官が奇妙なことを言った。あんたにも同じことを言ったのかどうか、ずっと気になっていたんだが」彼は妙に苦しそうな顔をした。まるではるかむかしに心に引っかかったものが、小さい釣り針みたいにずっと取れなかったかのように。「アーチーは殺人事件についてすべてを話していない、とポーターフィールドは言ったんだ」

「その『すべて』というのはどういう意味か、保安官は言いましたか？」

プール先生は首を振った。「いや、ただアーチーがだれかをかばっていると思っているようだった」まるで恐ろしい診断をくだそうとするかのように、厳粛な顔をしてぼくを見た。「ほかにもだれかが、アーチー以外のだれかが事件に関わっていると思っていたんだろう。だれだと思っているかは言わなかったが。ただほかのだれかというだけで」

「なぜそう思ったんでしょう？」

「ポーターフィールド保安官は、自分がそうしたいと思わないかぎり、自分が考えていることの理由を説明したりはしない。アーチーはあんたには話をしたのかね？　あの晩のことについて？」

「いいえ、ちゃんとは聞いてません」とぼくは言った。弟が必死にささやいたことは依然として自分の胸のうちに収めておいた。〈ぼくはだれにも話さないよ、ロイ。だれにもわからないさ〉

「じゃ、ポーターフィールド保安官はあんたには結局言わなかったんだな？　事件にだれかほかの者が関わっていると考えていたことは？」

「ええ」とぼくは言ったが、事件のあと、何度かポーターフィールド保安官と顔を合わせたときのことを思い出した。ぼくがなにか間違った動きをするのを待ちかまえているような、獲物を待ち伏せる猫みたいな目つきだった。

「たぶんその必要はないと考えたんだろう」とプール先生は言った。「あんたがライラといっしょにいたことはわかっていたんだから」

「事件が起きたときぼくがライラといっしょにいた——そう保安官は先生に言ったんですか？」

プール先生はかすかに体をこわばらせた。「あんたといっしょにいたとライラが保安官に言ったんだよ。保安官がウェイロードに話を聞きにいったときに。彼女から聞いていないのかね？」

「ええ」

「ライラを事務所に同行して質問したら、すべてをありのままに証言したと保安官は言っていた。アーチーがあれをやったとき、あんたは彼女といっしょにいたと言ったそうだ」

「しかし、保安官は一度もぼくを同行して質問しようとはしませんでしたよ」とぼくは食い下がった。「なぜライラの言葉をそのまま鵜呑みにしたんでしょう？」

「たぶん彼女の話は信じられると思ったんだろうな」とプール先生は言った。

「しかし、ポーターフィールドがアーチーの告白を信じずに、あの晩だれかほかの者がいっしょだったと思っていたなら、なぜ少なくともぼくにそのことについて質問しなかったんでしょう？」

「わからないな、ロイ。わたしが知っているのは、彼がすぐ翌朝ウェイロードへ行ったことだけだ」

殺人事件の翌朝、ぼくはすでにクラークス・ドラッグズに出勤していた。いまごろアーチーはもうナッシュヴィルあたりまで行っているだろう、キンダム郡から遠く離れて、どこかの小さいホテルか下宿屋にグロリアと身を隠しているだろうと思いながら。まさか、アーチーが郡道から逃げようとせず、茫然自失して運転席に坐ったままで、ポーターフィールド保安官が到着して、逮捕され、留置場に連行されているとは夢にも思っていなかった。

「ポーターフィールドは、ぼくが保安官事務所の一ブロック先のドラッグストアで働いていることを知っていたんですよ」とぼくは言った。「店に来て、どんなことでも訊けたはずだし、ライラにしたように事務所に同行して質問することもできたはずなのに」

「そう、そうできたはずだな」

「ところが、そうはせずに、ウェイロードへ行った」

「そのとおりだ」とプール先生は言った。「そして、ライラがあんたといっしょにいて、あんたは事件とはなんの関わりもありえないと言ったので、わざわざあんたの話を聞こうとはしなかったんだ。わたしはこの話を蒸し返すつもりはなかったんだよ、ロイ。ただ、アーチーがひとりでやったんじゃないと保安官が言っていたことが、ずっと気になっていただけなんだ。しかし、あんたが関わっていたと保安官が考えていたということはありえないだろう——あんたが言おうとしているのがそのことならね、ロイ。とくに、ライラの話を聞いたあとでは」取りなすように笑みを浮かべて、「だから、べつに奇妙なことはなにもない、そうじゃないかね？」

「そうですね」とぼくは答えた。だが、少なくともひとつ、奇妙なことが残っているのをぼくは知っていた。なぜなら、事件が起きたときぼくといっしょにいた、とライラが保安官に言ったとすれば、彼女は嘘をついたことになるのだから。

〈なぜ嘘をついたのか？〉

父はベッドに坐っていた。シャツを脱いで、ヘッドボードに背をもたせかけ、ちらつくテレビ画面を見つめていた。

「プール先生の話では、もう往診してほしくないって言ったんだって？」部屋に入ると、ぼくは言った。

「そうさ」

「薬も要らないって？」

依然としてテレビから目を離そうとせずに、父はうなずいた。「そうだよ。ゴキブリに対してフェアじゃないからな」

そう言ったきり父は黙りこみ、『アイ・ラヴ・ルーシー』の再放送に夢中になっているような顔をしていたが、頭のなかではなにかしきりに考えているようだった。

ぼくはベッドの隣の椅子に腰をおろした。「プール先生は事件についてもこんなことを言っていたよ。アーチーがあの晩のことをすべては話さなかった、とポーターフィールド保安官は思っていたそうだ。父さんもそう考えたことがあるのかい？」

「いや」と父は答えて、片手でもう一方の手を掻きながら、体をもぞもぞ動かした。

「あんなやり方をしたからだがね、ホレス・ケロッグに」

父が何を言おうとしているのか、ぼくにはわかった。ホレス・ケロッグが何度も繰り返し撃たれていたということだ。その撃ち方が弟が犯人である証拠になるとはぼくは考えてもみなかったが、父はそう考えているようだった。

「スクーターのときのことを思い出させたんだよ」と父はつづけた。「アーチーがホレス・ケロッグを撃ったやり方が。少しずついろんな部分を吹きとばすなんて。そうとう頭に来ていたんだろう。やつが自分の娘をあんな目にあわせたからだ。悪態をついたり」ちょっと言葉を切ったが、怒りをにじませた声で吐き捨てるように言った。「殴りつけたり」

ヘンリー・ウォーレンがデイドラを殴ったように、とぼくは思った。

「アーチーが父さんにそう言ったのかい？」

「あの晩、あいつはおれにそう言った」と父は言った。「ホレス・ケロッグの娘を救出するつもりだと言ったんだ。そう言うやいなや、あの古いチェックの上着のボタンをかけながら、自分の車に向かっていった」

「彼女を救出する」とぼくは繰り返した。あの夜、ぼくがたまたまアーチーと出会ったとき、彼がどんなに途方にくれた、怯えた顔をしていたかを思い出した。

「やるかもしれないと思ったよ」と父は言った。「あの娘と駆け落ちして、ホレス・ケロッグに見つからないように、どこかでふたりで暮らすことになるかもしれないと」

ぼくは首を横に振った。「そんなことできるわけがなかったじゃないか」

「ふん、たぶんそうだろう」と父は言って、ため息をついた。「ホレス・ケロッグが相手じゃ無理だったろう。拳銃を持ったゴロツキが相手じゃ」

「ゴロツキ？　ホレス・ケロッグは銀行家だったんだよ、父さん」

「その前はゴロツキだったのさ。そして、ゴロツキはけっして変わらない。やつらはひとつのことしか理解しないんだ」

恐ろしい可能性がぼくの脳裏をかすめた。「あの晩、父さんはアーチーに銃を持っていけと言ったのかい？」

父は怖い顔をしてぼくをにらんだ。「おれはアーチーにはなんとも言ってない」

「それじゃ、彼は黙って持っていったの？　父さんの古い三八口径を？　かってに持っていったのかい？」

「アーチーは自分ひとりではなにもやったことがない。銃を持ってくるように言ったのはたぶんホレス・ケロッグの娘だろうとおれは思っている」

ぼくの頭のなかに、弟の横に立っていたグロリアの姿が浮かんだ。あの夜、ふたりはポッターの店の前に立っていた。ふたりのまわりには白いヴェールみたいに雪が降りしきり、凍るような風が彼女の髪をなびかせていた。彼女は狂おしいほど必死な目をして、小さな手で弟のチェックの上着を引っ張っていた。

父とぼくは長いあいだ黙りこんでいた。ぼくの頭のなかでは、あの遠い流血の夜の忘れられないさまざまなことが、ポーターフィールドがしたかもしれないあらゆる質問が渦巻いていた。〈あの夜、あんたはアーチーに会ったのかね？〉〈彼はあんたに何と言ったんだい?〉〈あんたは彼に何と答えたんだね?〉〈彼はあんたにどうしてほしいと言ったんだ?〉〈あんたはそのとおりにしたのかね?〉

「ポーターフィールド保安官は聞き込みをしたんだ」と、やがて、ぼくは言った。「アーチーの自白を信じていなかったから」

父はかすかに鼻を鳴らした。「ウォレス・ポーターフィールドが何をやろうと興味はないね」

「あきらかに、だれかほかの人間が事件に関わっていると考えていたんだ」

父は視線をテレビに戻した。「ポーターフィールドは人をからかっていたんだろう」と父は言った。「人の心を弄んでいたんだ」

「父さんにも話を聞きにきたのかい?」

「いや」

「ライラには話を聞きにいったんだよ。プール先生がそう言っていた。事件の翌朝、ウェイロードに行って、ライラを同行して質問したそうだ」

父はさっとぼくの顔に目を向けた。「ライラからそのことを聞いてなかったのか?」

「ああ、一度もね」とぼくは言った。「ポーターフィールドはぼくにはなにも訊きにこなかった」

父の目のなかに暗い火がともった。「だが、やつはおまえをねらっていたんだぞ、ロイ」突然恐ろしいほどの確信をもって、父は言った。「だからライラの話を聞きにいったんだ。あの事件の罪をおまえに着せようとしていたんだ」

ケロッグ家の生け垣の横に停まっていたアーチーの車が目に浮かんだ。彼の顔がぼくをじっと見て、懇願するように言った。〈いっしょに来てくれるかい、ロイ?〉

「保安官がぼくに罪を着せようとしていた証拠はないんだよ、父さん」ぼくはいまや、いきなり禁じられた角を曲がってしまった話題を終わらせたいだけだった。

「ない? それじゃ、なぜわざわざウェイロードまで出かけて、ライラの話を聞いたんだ? まさか彼女が人殺しに関わっていたと思ったわけじゃあるまい。やつが追いかけていたのはおまえなんだ。そんなふうに疑われても、おまえは腹が立たないのか?」

「こんなに何十年も経ったあとで? いや、べつに腹は立たないよ」

「それじゃ、なにもしないつもりなんだな?」

「いまさら、そんなことをして何になると言うんだい?」

「なにもしないんだな?」

「しないよ」

父はちょっとぼくを見つめていたが、やがて「好きなようにするがいい」と言って、視線をテレビに戻した。

〈好きなようにするがいい〉

むかしから、ぼくにうんざりしたと言いたいとき、父はいつもそう言った。

〈ぼくはカリフォルニアに残るつもりだよ〉

〈好きなようにするがいい〉

〈結婚はしないつもりなんだ〉

〈好きなようにするがいい〉

〈こどもをつくるつもりもない〉

〈好きなようにするがいい〉

「もうはるかむかしのことなんだよ、父さん。いまさら何がわかっても、なんの違いもないじゃないか」

父はテレビから目を離そうともしなかった。黄ばんだ目が涙ぐんでいた。「好きなようにするがいい」

そう言うと、ベッドの横の野球のバットに手を伸ばし、それにすがって立ち上がると、重い足取りでトイレに向かった。乱れたままのベッドのわきにぼくを置き去りにして。

ぼくは父が戻ってくるのを待ったが、いつまでも戻ってくる気配がなかった。しばらくすると、ぼくは立ち上がって、自分の部屋に向かった。途中で、キッチンにいる父の姿が見えた。冷蔵庫のそばに立って、ゴキブリの大瓶を大事そうに抱えていた。ぼくといるよりゴキブリといるほうがましだと言わんばかりに。

16

わたしたちの大部分は突然人生を決定する選択をしてしまう。だが、立ち止まってじっくり考え抜いた人たちが、それよりましな選択をしているかというと、かならずしもそうとは言えない。その夜ずっと、ベッドのなかで輾転《てんてん》しながら、ぼくは考えた。〈腹を立てて〉もなんの意味もないだろう。二十年前に、なぜウォレス・ポーターフィールドがそう考え、そうしたのかわかっても意味がないだろうし、彼が何を考え、何をしたにしても、それがいまのぼくに関わりのある可能性はまずほとんどないだろう。だとすれば、眠っている犬をわざわざ起こすことはないというのが、どう考えても最良の結論になるはずだった。

しかし、なかには避けて通るのが危険な疑問もある。その答えを知らずにいれば、一生それにつきまとわれるはめになることもある。だからこそ、養子にやられたこどもたちは、しばしば自分を養ってくれた人のもとを去り、自分を手放した人たちを探そうとするのだろう。世界の歴史を知らずに生きるのはたやすいが、自分自身の歴史を知らずに生きていくのは容易なことではない。

「やあ、ロイ」翌朝、ぼくが保安官事務所に入っていくと、ロニーは満面に笑みを浮かべて言った。「また捜査する事件がないか探しにきたのかね、それとも、ただちょっと寄っただけなのかな？」

「じつは、ぼくは別の事件について調べているんだ」

「ほう、そうかい。で、どの事件だね？」

「アーチーの事件さ」とぼくは言った。「彼の事件の残っているファイルをすべて見たいんだが」

「あの殺人事件かい？」ロニーは信じられないという顔をした。「あれはもう二十年も前のファイルなんだぞ、ロイ。見たいという理由があるのかね？」

「ああ、あるんだ」とぼくは言った。「昨晩プール先生が父の往診に来たとき、ちょっと耳に挟んだことがあってね」

ロニーはクスクス笑った。「プール先生があの事件について何を知っているというんだい？」

「プール先生というより、じつは、先生があんたの親父さんから聞いたことなんだが、アーチーは事件の真相をすべて話さなかったと親父さんは思っていたらしい」

ロニーはとっさに笑い声をあげた。「ロイ、アーチーがこの事務所に坐って、おれのダディにすっかり話したことは、おれ同様あんたもよく知っているじゃないか」

ロニーの机の前に立ち、彼とまともに向き合っていると、それよりはるかに威圧的なウォレス・ポーターフィールドの前で、弟がどんなに怯えていたかよくわかった。弟は名もない家の、まだ十代の、たやすく混乱させられたり、誘導されたりする少年だった。それが銀行家とその妻の殺人の容疑をかけられていたのである。自分がどんなに小さく、無力だと感じていたことだろう。それこそウォレス・ポーターフィールドがピカピカのブーツの底からこそげ落として、それで用済みにできる存在でしかなかったのだから。

「話したのは事実だが」とぼくはポーターフィールドの息子に言った。「あんたの親父さんは本気で信じてはいなかったようだ」

「もちろん、ダディは信じていたさ」とロニーはやけに強調した。「たぶんちょっと老プール先生の気を揉ませてやろうとしただけだろう」

「それなら、それに成功したわけだ」とぼくはそっけなく言った。

ロニーが身を乗り出した。「アーチーはなにもかも自白して、その後もそれを否認したりはしなかった。それが事実なんだぞ」

「それじゃ、あんたの親父さんはなぜそれを受けいれようとしなかったんだ？　なぜわざわざウェイロードまで足を運んで、ライラ・カトラーの話を聞いたりしたんだ？」

ウォレス・ポーターフィールドはたしかにそうしたのだが、彼の一人息子はそれには少しも驚かないようだった。「法の執行者はいろいろ調べなきゃならないんだよ、ロイ。とくに殺人事件の場合にはね」

ぼくがなんとも答えないのを見て取ると、ロニーはつづけた。「いいかい、ロイ、おれが刑務所に送った連中で、心の底から自分が悪いことをしたと思っているやつはひとりもいなかった。泥棒は現行犯で捕まり、強姦の犯人も同じだが、連中の頭のなかでは自分たちに罪はないんだ。どうやるのか、頭のなかであれこれこねくりまわして、さて、ご覧じろ、自分たちは無罪だということになる。そんなふうに考えるものなんだよ、犯罪者というものは。だが、アーチーの場合、彼は犯罪者じゃなかったということだ。彼はたまたま事件に巻きこまれたんだ。女の子とか、駆け落ちとかいうことに。しかし、彼は犯罪者じゃなかった。犯罪者のようには考えなかった。だから、捕まったとき、自分がやったことを自白したんだ。犯罪者みたいに、どんなに証拠が積み上げられても、すべてを否定しようとはしなかった。アーチーはすっかりすべてを認めたんだ」

ぼくが黙ってロニーをじっと見つめていると、彼の声が変わって、重々しい口調になった。「どうしても調べる気なんだな、そうだろ？」

「ああ、そうだ」

彼は乾いた忍び笑いをもらした。「わかったよ、ロイ」と彼は言った。「あのファイルを手配することにしよう」

ぼくは待った。

「いますぐという意味じゃないぞ」ロニーは椅子にふんぞり返った。「ああいうファイルはダディの家にあるんだ。ガレージに保管してあるんだよ」

「あれは郡の記録なんだぞ、ロニー。あんたの親父さんのものじゃない」

「もちろん、そうさ」とロニーは言った。「親父はただ預かっているだけだ」

「アーチーに関するファイルをできるだけ早く見たいんだがね」

彼はぼくの声に脅すような響きを聞き取ったようだった。すぐにアーチーのファイルを見られなければ、ぼくが州政府当局に電話して、州の公式な記録がいまやなんの権限もない人間の土地に保管されているという法律的な問題を指摘しないともかぎらないと思ったのだろう。

「わかったよ、ロイ。あんたが本気なら」

ぼくはこれまでの人生でこんなに本気になったことはなかった。


ドライヴウェイに鎮座している、ピカピカの、いかにも豪華そうな黒いリンカーンの隣に車を停めると、家のなかからウォレス・ポーターフィールドが出てきた。黒のズボンに白い半袖シャツというでたちで、驚くほど早足に階段を下りてきた。老齢にしてはまだエネルギッシュで、腕や脚にも筋肉があり、突進してくる雄牛みたいだった。

「ロニーの話じゃ、ケロッグ事件に関するファイルを見たいそうだな」と彼は言った。

「そうです」

ノシノシ大股で近づいてくるのを見ると、あの夜、アーチーの監房から引き揚げたとき、ぼくの前を歩いていた足取りを思い出した。その途中で、プール先生とすれ違ったのだった。

保安官のオフィスと留置場の区画を隔てている分厚いドアを出ると、彼はわきに寄ってぼくを通したが、そのとき「運のいいやつだ」と一言ぼそりとつぶやいた。いまになって、あれはいったいどういう意味だったのだろうとぼくは思った。

「あのファイルはほかのたくさんのファイルといっしょになっている」彼は手を振って、ぼくに前に進むように促した。巨大な手がヒラヒラすると、夏空に茶色い大鷲が羽ばたいているみたいに見えた。「こっちだ」

はるかむかしに弟の監房から長い廊下を通ってオフィスまでついていったように、ぼくは彼のあとについて芝生を横切った。高齢になっているにもかかわらず、これほど衰えを知らぬ男は見たことがない。しなびた案山子みたいになってしまったぼくの父とは大違いだった。

ガレージに着くと、彼は前にかがんで、シャッターを引き上げた。

「書類はとくにどんな順序にもならんでいない」と、暗い内部に足を踏み入れながら、彼は警告した。「だから、全部に目を通すしかないだろう」

彼が紐を引っ張ると、裸電球が点灯して、壁際にうずたかく積まれたダンボール箱が現われた。箱にはそれぞれ黒インクで年月日が殴り書きしてあった。

「少なくとも、年号で探す範囲を限定することはできるだろう」とポーターフィールドは言った。「すべて年度別になっているからな」彼は目を細めてダンボール箱を見渡した。「二十年くらい前だったな？　あんたの弟が彼らを殺したのは？」歳月を経た目がぼくのほうにゆるりと向けられた。「あんたが大学に行ったのも、ちょうどそのころだった」

「一週間かそこらあとでした」と答えながら、ぼくはポーターフィールドの娘の言ったことを思い出していた。たしかにそのとおりなのだろう。この老保安官は自分の王国の仄暗い隅々まで、実際なにもかも知り尽くしていたにちがいない。

ポーターフィールドはガレージの薄暗い室内に目を戻した。「さて、記録はここにある。どのくらい時間がかかるのかね？　一時間か、そのくらいかね？」

「ファイルを見つけてしまえば、あとは時間はかからないはずです」

後ろを向いて、家に戻っていくだろうと思っていたが、彼は相変わらずぼくの目の前に立ったままだった。大きな頭をうつむけて、暗い目でじっとぼくを見下ろしていた。

「ロニーの話じゃ、プール先生があんたを動転させたらしいな」と彼は言った。「それでショックを受けたということだが」

「ショックを受けたわけじゃありません。先生はあなたがアーチーの話を信じていなかったと言っただけです」

「じゃ、おれは余計なことをしゃべるべきじゃなかったということだな」と言って、ポーターフィールド保安官はにやりと笑った。「プール先生がおしゃべりなのはよくわかっていたんだから。まったく噂話の好きな先生だ。あることないこと言いふらして。言われたことはなんでもすぐに信じるんだからな。女じゃなくて男に生まれて運がよかったんだ。さもなければ、年中妊娠していることになっただろう」彼は笑ったが、ぼくがいっしょに笑いださないのを見て取ると、じきにその笑いを引っ込めた。「あの最後の晩、あんたは留置場に来たな。あんたを送り出したのを覚えているよ」

「ずいぶん記憶力がいいんですね、保安官は」

「ああ、かなりいいほうだ」

「アーチーが死んだ夜、あなたはぼくに向かって運がいいと言いましたね。ぼくがオフィスを出てくるときに。ぼくは運がいいやつだと」

ポーターフィールドはぼくの顔をじっと見つめたが、その表情は花崗岩みたいに読み取りがたかった。

「どういう意味でぼくは運がいいと言ったんですか、保安官？」

「トラブルに巻きこまれなかったから、という意味だったと思う」と彼は言った。「あんたの弟とは違って」

だが、彼の目のなかで一瞬ほんとうの答えがちらつき、ぼくはその答えが嘘であることを悟った。

「あの娘は手の届かない存在だったのに、彼はそれを無視しようとした。だから、とんでもないことになったんだ」またもや、彼の暗い目がぼくをひねりつぶして、紙くずみたいにまるめようとした。「あんたにはもっと分別があった。自分の同類で満足していたからな。あのウェイロードの娘、ライラ・カトラーという、当時あんたが付き合っていた娘で。実際、あんたの弟はあんたを見習うべきだった。ホレス・ケロッグの娘なんかに手を出さずに、ウェイロードの娘にしておくべきだったんだ」

「ぼくがだれかに手を出したとどうしてわかるんです？」

彼の乾いた笑いが響いた。「ウェイロードの娘とデートすれば、ものにできるに決まってるじゃないか」

「ウェイロードの女に初物はいないという意味ですね」とぼくは冷やかに言った。

それには答えずに、ポーターフィールドは言った。「問題は、あんたの弟が谷間の娘とくっついたということだ」またもや耳障りな笑い声をもらして、「夢中になってしまったということだ。たいしてかわいくもない娘だったのに。あんたの娘とは違って」

そのとき、ぼくは悟った。ぼくは運がいいとポーターフィールドが言ったとき、じつは何を言おうとしていたのかを。ぼくがライラ・カトラーをものにできて幸運だと彼は言いたかったのだ。中年男になるという容赦ない現実と格闘していた彼にとって、信じがたいほど若くてみずみずしい肉体の喜びを知っているように見えたのだろう。

「あなたはライラの話を聞きにいきましたね？　事件の翌日」とぼくは言った。

彼の目の奥でなにかがうごめいた。影のように音も立てずに。

「なぜぼくの話は一度も聞きにこなかったんですか？」

彼はどうでもいいと言いたげに肩をすくめた。そんなことには興味もなさそうだったし、そう訊かれて警戒する様子もなかった。

「ライラがぼくの疑いを晴らしたからですか？」とぼくは訊いた。「殺人があったとき、ぼくが彼女といっしょにいたとあなたに言ったからですか？」

「あの娘が何と言ったかは問題じゃない。あんたがどこにいようと、そんなことに興味はなかったんだよ」

「しかし、ほかのだれかが事件に関わっていると考えていると、あなたはプール先生に言ったでしょう？」

「またもやプール先生か」老保安官の声にはひどく冷たい響きがあった。「あの老いぼれは口のチャックを閉じているべきなんだ」

「そう言ったんですか？」

「もちろん言ったし、いまでもそう思っている」

「それじゃ、なぜぼくになにも訊こうとしなかったんです？」

彼は低くあざけるような笑いをもらした。「なぜなら、ふたりの人間を殺すためには、ある程度の闘争心がなきゃならないからだ」唇に薄笑いを浮かべて、「おれが聞いたところでは、あんたのかわいい娘が侮辱されたとき、あんたは言い返しもしなかったらしいからな」

彼の息子の声が空気を引き裂いた。〈ウェイロードの女に初物はいないからな〉

「しかし、アーチーにはその『闘争心』があったと思うんですか？」

ポーターフィールドはものすごい目つきでぼくをにらみつけた。その視線だけで、ぼくの心を焼いて穴をうがてるとでも言いたげに。「あの夜、だれかがいっしょにいたにちがいないし、撃ったのもそいつだったのかもしれない。雪の上に二組の足跡があったにちがいないとおれは思っている」と彼は答えた。「彼といっしょに家に入ったんだよ。雪はどんどん解けていた。日が出て、かなり暖かくなっていたからな。だが、それでもおれは見たんだ。一組の足跡はあんたの弟の車の運転席と家とのあいだを往復していた。しかし、もう一組は車の助手席と家のあいだを往復していたんだ。だから、だれかがあんたの弟と一緒に車のなかにいて、いっしょにあの家まで行ったはずだ。そして、そいつはまた戻ってきて、たぶんまたあの車に乗りこんだんだ」

「それじゃ、あなたがアーチーを逮捕したとき、その二人目の人間はどこにいたんです？」

彼はにやりと笑った。「まあ、あんたがしきりに見たがっているあの書類を見てみるんだな。すべてはそこに書いてある。殺人事件と関わりのあるすべてがな。あんたの弟が使った銃まである」彼はぼくの顔を正面から見据えた。「覚えているだろう？　あの古い三八口径を？　あんたの弟の隣のシートで見つかったやつだ。おそらく彼はその場で自分の命を絶とうと考えていたんだろう。一発だけ弾が残っていたからな。自分のためにに取っておいたんだろう。もっとも、結局は、別のやり方を見つけたわけだが」

留置場のベッドシーツを輪にして首にかけ、黒い鉄格子からぶら下がっている弟の姿が目に浮かんだ。ぼくはなんとも言わなかった。

「ファイルをじっくり見てみることだ」とポーターフィールドは言った。「あの古い拳銃もな」彼の声には残忍な、挑むような響きがあった。なかで毒蛇がとぐろを巻いているのを知っていながら、こどもに箱をあけさせようとそそのかすように。「あの書類のすべてをようく見てみるんだな」

「そのつもりです」とぼくはこわばった声で言った。

ポーターフィールドはにやりとしたが、ほかにはなにも言わなかった。黙って後ろを向いて、家へ引き返していった。老齢と恐ろしい経験で重くなった足取りで、花崗岩の洞窟に戻っていく年老いたマストドンみたいに。年老いても依然としてじつに巨大で、いまにも地面が震えだしそうだった。

17

数分後、ぼくは殺人事件に関するファイルを見つけた。幅二十二センチ、長さ三十センチの封筒にそっくり収まるくらい薄っぺらで、左隅に〈ケロッグ〉と走り書きされたインクの文字がにじんでいた。なかに入っていたのはポーターフィールドの初期報告書、アーチーの自白調書、グロリアの陳述書だった。

ファイルを読みだしてまず最初に気づいたのは、あの夜、ウォレス・ポーターフィールドをケロッグ家へ呼び出す電話はなかったということだった。保安官は雪の降る暗闇のなかから突然現場に現われていた。

時刻は午前五時十四分。保安官は早朝のパトロールをしているとき、あることに気づいたと主張していたが、それにしてもじつに奇妙な時刻にパトロールしていたものだった。彼はまずキンダム・シティの人気《ひとけ》のない、雪で覆われた道路を巡回し、さらに北の郡道まで巡回範囲を広げたのだという。

1411号線沿いのドライヴウェイの端の郵便受けに近づいたとき、と彼は報告書のなかで言っていた、ホレス・ケロッグ家の敷地の境界になっている高い生け垣のそばに、古いフォードが停まっていることに気づいた。

家には煌々と明かりがともり、暗闇のなかに浮き上がって見えたが、この旧知の友人の長年の習慣とその時刻から、ポーターフィールドは不審に思ったという。なぜなら、彼がぬかりなく報告書に記入しているように、ホレスとラヴィーニアのケロッグ夫妻はどちらも「早寝するタイプ」だったからである。

それはそうだったが、明かりのついている家よりもっとポーターフィールドの注意をひいたのは、生け垣のそばに駐車している車だった。

ポーターフィールドの報告書によれば、アーチーはその直前にケロッグ家のなかで起こったことを少しも隠そうとしなかった。それどころか、ポーターフィールドが近づいていくと、きびしい教師の前で怯える生徒みたいに、あわてて背筋を伸ばして、ぼくには容易に想像できるしゃがれ声で「あんなつもりじゃなかったんです、保安官。あんなことが起こるとは思っていなかったんです」と言ったのだという。

それにつづく数秒間にぼくの弟と交わした会話については、ポーターフィールドはごく簡単なメモしか残していなかったが、この老保安官の権柄ずくの質問とおどおどしたアーチーの答えを再構成するのはむずかしいことではなかった。

〈いったい何を言ってるんだ、ええ?〉

〈あっという間だったんです〉

〈おまえはアーチー・スレーターだな? ホレスの娘と付き合っている?〉

〈なかです。彼らはなかにいます〉

なかで、ポーターフィールド保安官はまず階段の下に倒れていたラヴィーニア・ケロッグを見つけた。片手を上に伸ばして、手を階段の二段目にかけ、ひらいた両足のあいだにこなごなになった眼鏡が落ちていた。

どんな保安官でもそうしただろうが、ウォレス・ポーターフィールドはただちに家のなかの捜索を中止して、雪に覆われたドライヴウェイに飛びだすと、依然として車の運転席で待っていたアーチーのところに駆けつけて、たったいま発見した事実を突きつけた。

〈おまえがやったのか?〉

〈彼女に見せるつもりはなかったんです〉

ウォレス・ポーターフィールドはそれ以上なにも必要としなかった。彼はすぐさまアーチーに手錠をかけて、車のハンドルにつなぎ、さらに質問を浴びせた。

〈グロリアも死んだのか?〉

〈いいえ〉

〈ホレスはどうなんだ？〉

〈彼女に見せるつもりはなかったんです〉

グロリアは二階のベッドルームで見つかった。ベッドカバーのなかに胎児みたいにまるまって、オイオイ泣いており、完全に錯乱した状態だった。ポーターフィールドは彼女に質問しようとはせずに、プール先生を呼んで、階下へ戻った。ホレス・ケロッグは自分の私室の片隅にうずくまっているのが見つかった。背中を木張りの壁に押しつけ、体を前に折り曲げて、めちゃくちゃになった頭部から血で染まったカーペットに髪が垂れていた。

ポーターフィールドはアーチーのそばに戻ったが、そのときになって初めて、隣のシートに古い銃が置いてあることに気づいた。彼はただちにそれを押収した。

〈これはおまえのか、若いの？〉

〈父さんのを持ってきたんです〉

〈おまえの親父の？　ジェシー・スレーターのか？〉

〈そうです〉

ぼくの頭のなかに、老保安官が後ろを振り返り、のちに報告書に記した事実に初めて気づいた場面が浮かんだ。フォードからケロッグの家へ行き、それからまた車へ引き返している第二の足跡があることに気づいたのだ。それはアーチーの足跡ではありえなかった――トラックの助手席側から出て、雪の吹きだまりを通って家の玄関までつづいていたのだから。

〈ほかのだれかだ〉とぼくは思った。その瞬間、ポーターフィールドの頭のなかでも同じ声が響き、彼は即座にアーチーがだれかといっしょだったにちがいない、だれかがホレスとラヴィーニア・ケロッグの殺人を手伝ったにちがいないと確信した。

そのあとにつづいた訊問は少しも驚くべきものではなかった。

〈ほかにだれが関わっているんだ、若いの？〉

〈だれもいません〉

〈ほんとうかね？〉

〈ほんとうです〉

〈おまえがホレス・ケロッグを撃ったのか？〉

〈はい、ぼくがやりました〉

〈おまえだけでか？〉

〈ほかにはだれも関係ありません〉

〈それじゃ、おまえがふたりとも殺したのか？〉

〈あっという間だったんです〉

彼はアーチーをキングダム・シティの留置場に連行した。それから、ケロッグ家に引き返すと、グロリアは鎮静剤を与えられて深く眠っており、ベッドのそばの椅子にプール先生が坐っていた、と彼の報告書は言っていた。彼はふたりをそのままにして、階下に下りると、死体を調べた。

この時点で初めて、ホレス・ケロッグに複数の傷があることに彼は気づいた。腕に一箇所、膝にも一箇所、右手の指が一本吹きとばされ、左耳の耳たぶも銃撃で引きちぎられており、青いシャツの三番目のボタンのすぐ下に血染めの穴があいていた。要するに、ホレス・ケロッグはただ殺されたのではなく、きわめて冷淡かつ残酷に殺害されており、ポーターフィールドが報告書に書いた言い方によれば、「ずたずたにされていた」のだった。

二日後のプール先生による検死報告書も同じ結論だった。また、それまでにはグロリア・ケロッグも両親の殺害について陳述しており、ポーターフィールドはその陳述書もファイルに入れていたが、その内容とも一致していた。

陳述書のなかで、グロリアは殺害にいたるまでの主な出来事を説明し、初めてアーチーと知り合ったときから最後のデートまで、すべてについて語っていた。さらに、事件の夜に自分の父親と言い合いになったことや、そのあと家を逃げだして、ポッターの店に行ったことも話していた。そこから彼女はアーチーに電話したが、その電話を「取った」――というのが彼女の言い方だった――のはぼくの父で、父が受話器をアーチーに渡したのだという。

彼女はポッターの店で、アーチーがライラとぼくといっしょに来るまで待っていた。それから四人でいっしょにキンダム・シティの映画館に行き、そのあと、彼女はまたポッターの店で車から降ろしてもらった。その田舎の店の前の凍てつくような暗闇のなかで、とグロリアは言っていた、アーチーは明け方にかならず彼女を迎えにいくと断言した。家のそばまで行ったら、クラクションを一回だけ鳴らして、ヘッドライトを消し、それからエンジンを切って惰性で車を走らせて、ドライヴウェイの生け垣の背後に停めるつもりだということだった。

午前五時をまわるとすぐにクラクションが聞こえたので、彼女は二階の自分の部屋の窓に走り寄った。そこから、生け垣の背後に停まっているアーチーの車の屋根が見えた。彼女は急いでスーツケースの荷造りを終えて、ドアに向かった。

しかし、ドアのところに着く前に、呼び鈴の音がして、彼女の母親が「ああ、神様」と言い、それから銃声が聞こえた。さらに数発の銃声がつづき、彼女は呆然として口もきけずにその場に凍りついたまま、最後の銃声が消えていくまで動けなかった。

そのあとアーチーが何をしたのかわからないが、しばらく家のなかにいたにちがいない、と彼女は言っていた。やがて、玄関のドアがあく音がしたので、彼が家を出て、車に向かったのだろうと思ったが、車が出ていく音は聞こえなかった。

それもそのはずで、古いフォードは、五時十四分にポーターフィールド保安官がその背後に車を停めてアーチーを発見するまで、ずっと生け垣の横に停まっていた。

ぼくはポーターフィールドがファイルに入れた何枚かの写真に目をやった。その写真を見ると、弟のなかにこんな破壊的なことができる能力がひそんでいたとは、ポーターフィールドが見つけた拳銃の木製のグリップを弟の手がにぎっていたとはとても想像できなかった。拳銃は父の家から持ち出したものにちがいなかったけれど。

ぼくは長いこと写真を見つめていた。ラヴィーニア・ケロッグの吹きとばされた頭部やその夫の苦痛にねじ曲がった体を見て、その殺害を遂行した銃を持っている弟を想像しようとした。ベルトから銃を引き抜いて、引き金を引き絞り、逃げまわる体から血が噴き出して、壁に跳ねかかり、床にたまるのを見守っている姿をむりやり想像しようとした。だが、そういう地獄図のなかに置くと、アーチーはひどく場違いでしかなく、どうしてもこの残忍なパズルにはめ込めない切片《ピース》として残ってしまった。

だが、ほかのピースは完全にはめ込めた。父の拳銃のトリガー・ガードからは白い札が下がっていたが、それを除けば、それは野原を横切ってスクーターに近づきながら、父がアーチーに渡したあの三八口径だった。ポーターフィールドが先ほど言ったとおり、銃には依然として一発の銃弾が込められていた。ぼくの父のこの銃を自分以外の者が手にすることはないと信じきっていたからだろうが、老保安官は殺人の凶器から実弾を抜いておこうとすらしていなかった。

いま、それを手にとって、その重さが、その恐ろしい現実感が伝わってきても、依然としてアーチーがこれをだれかに向けている姿は想像できなかった。にもかかわらず、彼が二件の殺人を認めたこと、しかも、事件のすぐあと、ポーターフィールドとの初めての会話――それが会話と呼べるとしてだが――のなかで認めたことに議論の余地はなかったし、それにつづく三日間に、何度もその機会があったにもかかわらず、その自白を取り消そうとしなかったのも事実だった。監房でぼくとふたりきりになったこともあったのだから、そういうとき、ちょっとかがみこんで、〈ぼくはやっていないんだ〉とささやき、あとはすべてぼくにまかせることもできたはずなのに。

実際には、ケロッグ家の外でポーターフィールドに言ったことを取り消すどころか、アーチーは初めはたどたどしく語っただけの事件について、どんどん具体的な供述を付け加えていった。どんなふうに自分が生け垣の背後に車を停め、クラクションを一回だけ鳴らしてグロリアに合図したか、彼女が現われなかったので、どうやって雪に覆われたドライヴウェイを苦労して家まで歩いたか、彼はじつに説得力のあるディテールを積み重ねていった。

玄関でミセス・ケロッグと顔を合わせた、とアーチーは言っていた。グロリアは二階の自分の部屋にいるが、そこから出てくることはないだろう、と彼女は言った。そして、そのままドアを閉めようとしたが、そのドアを押し返して、なかに入った。すると、ミセス・ケロッグは夫を呼んだが、それを聞いてパニックに陥った弟は、ハンティング・ジャケットの下に手を入れて、ベルトに挟んでおいた父の拳銃を取り出したのだという。

ミセス・ケロッグは悲鳴をあげて、後ろを向いて階段のほうに逃げだした。彼が銃を撃ったのはそのときだった、と弟は言っていた。ただ一発。ラヴィーニア・ケロッグの後頭部にまともに銃弾を撃ちこんだ。彼女は後ろ向きに倒れ、階段を転げ落ちて、その下に落ちたが、そのときホレスが隣の居間から現われた。アーチーが銃を持っているのを見ると、妻と同様に、彼も家の奥に逃げようとした。アーチーはそれを追いかけまわし、追いかけながら銃を撃って、何度もミスター・ケロッグに当たったが、彼は最後には自分の私室に逃げこんだ。ケロッグは銃のキャビネットに走り寄ったが、撃たれた脚がくずおれて、キャビネットの横の片隅に倒れこんだ。そこでアーチーが彼に追いついて、とどめの一撃を見舞ったのだという。そのあと、アーチーは居間を抜けて玄関に引き返し、家を出てドライヴウェイを通って、古いフォードに戻ると、そこでグロリアを待っていた。彼はすっかりぼんやりしていたが、やがて遠くに明かりがちらつき、二本のヘッドライトが近づいてきて、その細い光のなかに雪がキラキラ光るのが見えた。

これが弟が何度も繰り返し語った事件の顚末だった。彼ががらんとした監房のなかに坐り、ポーターフィールドがまんなかに立って狭いスペースを埋め尽くし、光を吸い取ってしまったかのように黒々とそびえ立っている姿を想像するのは容易だった。

にもかかわらず、その威圧的な存在感をもってしても、彼がすでに疑いを抱いていたことについて、保安官は弟からなにも引き出せなかった。あの夜、ほかのだれかがいっしょにいて、彼に犯行をそそのかすか、あるいは、自分で犯行に及んだのではないかと保安官は疑っていたのだが。

ポーターフィールドはそうとう時間をかけてアーチーを訊問したはずだった。そうやって、ポーターフィールド自身が継ぎ合わせて、最終的な供述書をまとめたにちがいない——どうひいき目に見ても、アーチーがこんなに流暢に話せたわけがないのだから。それにもかかわらず、ポーターフィールドが彼をなだめすかして何度話を繰り返させても、弟はその血なまぐさい夜の出来事の一点だけはあくまでも明かそうとしなかった。ぼくが道路の彼の車の隣に車を停めて、窓を下ろして、彼に声をかけたことである。

〈やあ、アーチ、何をしているんだい?〉
〈ぼくたちは逃げだすつもりなんだ、ロイ。グロリアとぼくは〉
〈これから、という意味かい?〉
〈これからさ〉
〈どこへ行くんだ?〉
〈ナッシュヴィル、だと思う〉
〈それじゃ、ほんとうにやるんだな?〉
〈ああ、そうするしかない、と思う〉

止めてやればよかったかもしれない、といまになってぼくは思った。車から降りて、弟のそばに歩み寄り、ばかげた計画をその場で中止させればよかったかもしれない。ぼくがほんの二言三言言えば、彼の考えは変えさせられたにちがいない。彼にはほとんど金がないことや、仕事もないこと、ナッシュヴィルには助けてくれる知人はいないことなど、ごく基本的なことを指摘するだけで十分だったろう。彼はそうするための絶好の機会をぼくに提供してくれたのではなかったか？

しかし、グロリアを待っている彼をその場に残して、ぼくは立ち去った。車を出したとき、ぼくの体にはまだライラの体のぬくもりが残っていた。ほんの数分前に自分自身で確かめた、ライラ・カトラーはほんとうに「初物」だったという事実に、愚かにも有頂天になっていた。踊りだしたいほどの幸福感が体中にあふれかえっていて、弟がさらされている危険は目に入らなかった。だから、ぼくはただウィンクして、一言じつに軽率なアドバイスをしただけだった。そのとき自分が何と言ったのか、ぼくはウォレス・ポーターフィールドにはけっして教えなかったが、それが殺人のほんの数分前にぼくの口から出た最後の言葉になり、ぼくは弟を運命にまかせてしまったのだ。〈わかったよ、アーチ。ただし、目撃者だけは残すなよ〉

18

「そろそろ終わったかね？」

ぼくはガレージの入口を振り返った。依然として古い拳銃を手に持ったまま、ウォレス・ポーターフィールドが岩みたいに突っ立って、外の光を遮っている場所に目を凝らした。彼は拳銃に目をとめた。「そんなものはさっさと箱のなかに戻すんだ」と彼は言った。ぼくを早く厄介払いしたくてたまらないのはあきらかだった。

ぼくは箱のほうに向きなおって、拳銃を戻すつもりだったが、そのときふとウォレス・ポーターフィールドに反抗したいという理不尽な衝動に駆られた。ぼくはその古い拳銃をベルトに挟みこんで、シャツで隠した。

「早くしてくれ」とポーターフィールドが言った。「やらなきゃならないことがあるんだ」

彼の言うことは気にもとめずに、ぼくはていねいにファイルを封筒に戻して、封筒を箱に戻した。

「おれをからかうんじゃないぞ、若造。そんな真似をしようなどと考えるんじゃない」

ぼくが返事をするより先に、彼は鼻を鳴らした。「あんたは親父さんには似ていない。

親父さんはかなりハンサムなガキだったよ」にやりと笑って、「一度教訓を与えてやったことがあるが」彼の目に邪悪な炎が燃え上がった。「とんでもないトラブルになるのを救ってやったんだ。その教訓をあんたの弟に教えていなかったのがじつに残念だがね」

ぼくは冷やかに言った。「身の程をわきまえろということですか」

笑いがすっと消えて、ポーターフィールドがぼくをにらみつけた。隠れ場所もない野原をちょこちょこ逃げまどう小さな灰色のネズミを見つめる鷹みたいに。「それじゃ、あんたはおれが親父さんに与えてやった教訓を知ってるんだな？　あんたにしゃべっただろうとは思っていたが」

「父からはなにも聞いていません」とぼくは答えた。「その話はウェイロードで聞いたんです」

ポーターフィールドはそれがいまだに語り伝えられていることを喜んでいるようだった。しかし、そのとき、別の考えが浮かんで、ぼくの父やその教訓のことは脳裏からたちまち掻き消えてしまったようだった。「見たがっていたファイルのなかになにか見つかったのかね？」

「じつを言うと、見つかりました」

ぼくの声の冷たい響きを聞き取ったにちがいないが、そんなことは彼にはなんの意味もなかった。どんな虚仮威《こけおど》しも、彼には効果がないにちがいない。どんな人間でも、せいぜい彼の腰のあたりまでしか届かないのだから。

「何なんだ、それは？」

「アーチーの供述書とグロリアの陳述書はありましたが、欠けているものがひとつあります。ライラ・カトラーから取った陳述書です」

「どうしておれが彼女から陳述書を取ったりするんだ？」

「なぜなら彼女を同行して質問しているからです。だから、その陳述書がどこに行ったんだろうと思ったんですが」

「たぶん書類にはしなかったんだろう」とポーターフィールドは答えた。そんな退屈な、取るに足りない問題を突きつけられてうんざりしているという口調だった。

たとえそうでも、ぼくはしつこく食い下がった。「それはあなたにしてはめずらしいことですね」

彼の目がふいに冷たくなった。「ほかにもまだ質問があるのかね、若いの？」

「ええ、じつは、あるんです。あのふたりめの人物がどこに行ったのか、不思議に思っているんです。アーチーといっしょに来た人物ですが。それがだれだと思っているかは教えてもらっていませんが」

「それを知る方法はない」とポーターフィールドは答えた。

「しかし、あなたの考えはあるでしょう？」

「おれの考えはこうだ。あの夜、あんたの弟といっしょに来たのがだれであれ、そいつはあんたの弟みたいに捕まりたくはないと思っていた。だから、そいつは逃げたんだ」

「どこへ？」

「ふん、そうだな」とポーターフィールドは言って、いかにも考えているようなふりをした。「家に帰ったんだろうと思う。来たところへ戻ったんだ。森を抜けていったのかもしれない。あんたの家はあの近くなんだろう、違うかね？ キャントウェルのあたりだったな？」

「そうです」

「それなら、直線距離にすれば、ケロッグの家から一キロ半もないだろう、ちがうかね？」

「そうですね」

「だから、このふたりめの人物は歩いて逃げたのかもしれない。あのポンコツ車であんたの弟と来たのがだれであれ、そいつはまっすぐ森を抜けていったんだ。そうすれば、足跡も残らない。明るくなるころまでには、雪が足跡を消してしまっただろうから」

「それじゃ、だれかは永久にわからないことになりますね」

「まあ、そうだな」と彼は言ったが、ふたたび焦れてきたようだった。「さあ、そこから出てくれ。おれはやることがあるんだ」

ぼくはガレージの外に出て、彼がシャッターを閉めて鍵をかけるのを見守った。

「まだ二、三質問があるんですが」とぼくは言った。「事件の捜査について」

ぼくの言ったことが聞こえなかったのか、それとも気にかける必要はないと思っているのか、彼はなんとも答えなかった。

「あなたがアーチーの話を聞いたとき、彼が言ったことについてなんですが」

ポーターフィールドは家に向かってドスドス歩きながら、肩越しに言い捨てた。「あのガキがおれに言ったことなど、だれが気にするというんだ？　いずれにせよ、ほんとうのことじゃなかったんだからな。ところどころを除けば」それから、足を止めて、振り返ると、ぼくの目をまっすぐににらんだ。「彼が言わなかったことがいくつかある。あの夜、あの家に到着したあと、彼はだれにも会わなかったと言っていた」そこで言葉を切って、ぼくがなにか答えるか、それとも、非難の眼差しを浴びてもじもじするだけかを見届けてからつづけた。「だが、彼はあんたに会った。そうじゃないかね、ロイ？」

「ええ、そうです」

ぼくの答えに満足したのか、ポーターフィールドはくるりと後ろを向いて、自分の車に向かった。その巨体が背後の地面に投げかける影が、黒い染みみたいに見えた。「あんたと会ったのに、それについては一言も言おうとしなかった」

「ぼくは道路の彼の反対側に車を停めたんです」ぼくは歩調を速めて彼の隣にならびながら、言った。

「それは知っていたよ」ポーターフィールドはいまやリンカーンをじっと見つめていた。ピカピカの車体に汚れを見つけようとするかのように。

「しかし、そのことを訊かれていたとしたら、そう答えていたでしょう」

「そうかもしれない。だが、あんたの弟は言わなかった。問題はそこにある」

「彼はぼくをかばっていたんです。ぼくが……容疑者と見なされないようにしようとして」

「彼がだれかをかばっているのはわかっていた」とポーターフィールドは言った。「ありのままを言っていないことは初めからわかっていたんだ」

ぼくたちは彼の車のそばに着いた。

ポーターフィールドはドアのハンドルに手をかけたが、すぐにはあけようとしなかった。

「しかし、そのことで彼を責め立てる必要はなかった」と彼は言った。「なぜなら、あんたが車から降りなかったことはわかっていたからだ。だから、あんたが現場にいたにせよいなかったにせよ、殺人に関するかぎり、それはどうでもいいことだった。あんたは車から出なかった。それで話は終わりだ」

「ぼくが車を降りなかったことがどうしてわかったんです?」とぼくは追及した。

「そこらじゅうにおれのスパイがいるからさ、若いの」とポーターフィールドは言って、ハンドルをぐっと引いて、勢いよくドアをあけた。「雲のなかにもおれの目があるんだ。さあ、下がってくれ。おれは行かなくちゃならない」彼はウィンドーを巻き上げはじめた。

〈雲のなかにもおれの目がある〉のかと思いながら、ぼくは彼が巨大な黒いリンカーンのなかに沈みこむのを見守った。実際にそういう邪悪な力をもっているのかもしれない、とぼくは半ば信じかけていた。

ぼくはガラスに手を当てた。「ぼくの父だったと思っているんでしょう?」

ウィンドーが上がるのが止まったが、ポーターフィールドはすぐにはなんとも答えなかった。あの晩、アーチーがおんぼろフォードの助手席側のドアににじり寄ろうとはせず、運転席に坐ったまま助手席側に身を乗り出すようにした姿が目に浮かんだ。まるで前部座席にだれかがいて、ふいにうずくまったのを隠そうとするかのように。

「若いの、あんたは本気で知りたいと思っているのかね?」ポーターフィールドの声にはあきらかに警告するような響きがあった。ひらかれなかったドアの背後に何がひそんでいるかすでに知っているみたいに。

「もちろんです」

「それじゃ、自分で考えてみたらどうなんだ。あんたは探偵ごっこをするのが好きなんだろう? 考えてみることだな。そんなにむずかしいことじゃないんだから」

「教えてくれてもいいじゃないですか」とぼくは迫った。「だれの銃だったんだ? あんたの弟のそばにあったのは?」

ポーターフィールドの目が燃えるように光った。

弟がスクーターを殺させられた朝、父の手からアーチーに渡された拳銃が目に浮かんだ。ぼくの心の奥底に震えが走り、それから冷たいものがひろがった。「父の銃でした」とぼくは言った。

「そう、そのとおりだ」とポーターフィールドは穏やかに同意した。「だから、おそらくそれは彼の指紋だらけだった。しかし、それが何の証拠になるというんだ？　彼の銃なんだから、彼の指紋がついているのは当然だ。だが、証拠になるのは銃やなにかばかりじゃない。そこにはいつも人間が絡んでいる、かならず人間と結びついているんだ」

ポーターフィールドの頭のなかでとぐろを巻いているものが、小さい真っ黒な蛇が見えるような気がした。

「だから、おれは自分に訊いてみた」と彼はつづけた。「だれにあんなことをする度胸があるのか？　あんなことをする理由があるのか？　ホレスに仕返しをする理由、あんなふうに撃ち殺す理由があるのかってな。だれがそんなにホレスを憎んでいたのか？」

ぼくは困惑して、彼の顔をじっと見た。

「親父さんはホレスのことを話したことがないのかね？」

「銃を持ったゴロツキだと言っていました」

「じつは、彼は保安官助手だったんだ」とポーターフィールドは言った。「かなりの年数、おれの下で保安官助手として働いていた。ウェイロードでやらなきゃならないことがあるときには、おれといっしょに出かけていったものだった。たたきなおしてやる必要がある手合いがいるときにはな。いい気になっている連中が、教訓を与えてやる必要のある連中が、あんたの親父さんみたいな連中がいるときには」

ウェイロードの会社の売店のキャンディのカウンターのそばで、父を取り囲んだ黒々とした男たちの影が見えた。

「ケロッグも手を貸したんですか」とぼくは言った。「その……教訓のとき？」

ポーターフィールドはにやりと笑った。「彼はあんたの親父さんとたいして変わらない歳だったが、もちろんそれなりのことはやったよ」

その瞬間、たったいまポーターフィールドが暴露した事実のあまりの重さに、ぼくは必死になって押しつぶされまいとした。

「しかし、父には一度も話を聞こうとしなかったじゃないですか」とぼくは言った。

「なぜおれがそんなことをしなきゃならないんだ？」とポーターフィールドは口走って、巨大なドラゴンを追い払おうとじたばたしているこどもを見るような目で、ぼくを見た。

「父がその場にいたのかどうか——」

「ジェシー・スレーターはおれにはなにも言わなかったろう。すぐ哀れっぽい泣き声を出すあんたの弟とはちがって。泣きながらべらべらしゃべったりはしなかったろう。ジェシーはあんなふうに屈服したりはしない。けっしてな。やつには根性がありすぎるんだ」彼は肩をすくめた。「最後には、あんたの弟から聞き出せると思っていたが、死んでしまった。だから、おれはそれ以上なにもできなくなった。すべてをあきらめて、あんたの親父を見逃すしかなくなったんだ。プライドだよ、あんたの親父の没落のもとは。

けちなウェイロードのガキにしてはプライドがありすぎるんだ」彼は乾いた笑い声をもらした。「しかし、さっきも言ったように、あの銃を撃ったのがあんたじゃないのはわかっていた。あんたには親父ほどの度胸はないからな」

彼は車の内側のボタンを押して、ハンドルのほうに向きなおった。黒っぽい色つきのウィンドーがすっと上がった。

つづく数分のあいだに、ぼくは否認という無意識な防衛機制が、どんなに即座に頭と心のつながりを遮断してしまうかを悟った。というのも、ポーターフィールドが自宅のドライヴウェイから出ていくのを見送っているあいだ、ぼくの頭は老保安官が口にした父に関する恐ろしい疑惑を真剣に考えることを激しく拒否しようとしていたからだ。

だから、つづく数秒間に、ぼくはあの殺人の夜のすべてをもう一度思い返したが、父がそれとなんらかの関わりをもっている可能性だけは考えようとしなかった。

ぼくは順序立てて、細心の注意を払って、あの夜のあらゆる細部をあらためて思い起こしてみた。あの夜、六時ちょっと前に、自分がシボレーのハンドルをにぎってウェイロードへ向かう姿が脳裏に浮かんだ。灰色の雲がすでに頭上に低く暗く垂れこめていた。ライラの家のドライヴウェイに車を停めたとき、とうとう降りだした冷たい霧雨がいまふたたび感じられるような気がした。

ライラはすぐ家の外に出てきた。ダーク・レッドのコートに身をくるみ、赤毛の頭に透明なプラスチックのレイン・ハットをかぶって、土が剝きだしの前庭をうれしそうに走ってきた。彼女が車に飛びこむと、口から白い湯気が立ち昇り、彼女はブルルーと震えるふりをしながら、ぼくに身をすり寄せてにっこり笑った。

ぼくたちはそれから谷間に向かったが、そのあいだずっとふたりで夢見はじめた輝かしい未来のことを話しつづけた。ぼくが大学へ行って卒業し、それから戻ってきて、彼女と結婚する。ぼくは教職の仕事を見つけ、そのあと彼女も大学に行く。それからいっしょに家族をつくる。あの雪の降る夜ほど、未来が輝かしく見えたことはなかった。

それよりもっと近い将来の計画は、もちろんずっと実現が容易だったが、すでに過去に何度もやったのとなんの変わりもないダブル・デートだった。

その晩、ライラとぼくがドライヴウェイに入っていくと、アーチーは家の前を行ったり来たりしていた。物事が自分の手に負えなくなるといつもそうだったが、彼は悲しみに打ちひしがれ、途方にくれた顔をしていた。

「グロリアを家に迎えにいけなくなった」と、車の後部座席にどさりと乗りこむと、彼は言った。「彼女は親父さんと大げんかして、ポッターの店へ逃げだしたんだ」

ポッターの店に着いたときには、まばらな雪片がちらつきだしていた。グロリアは正面のくもったウィンドーの後ろで心配そうに待っていた。彼女はアーチーにも負けないほど打ちひしがれた顔をしていた。

後部座席に滑りこむと、彼女は重々しい口調で言った。「ダディがどうするつもりかわからないわ、アーチー」

　アーチーは彼女を腕のなかに引き寄せた。「それじゃ、逃げだしてしまうべきかもしれない」

　ぼくたちはキングダム・シティの映画館に行くことにした。映画館に着くと、グロリアとアーチーは、ライラとぼくを正面で待たせておいて、まっすぐポップコーンを買いにいった。

「彼はやるつもりよ」とライラがぼくに言った。「グロリアと逃げるつもりよ」

「たいして遠くには行けないよ、ライラ」

「それは問題じゃないわ」とライラが陰鬱に言った。「グロリアは未成年なのよ。父親が保安官に連絡して、彼を逮捕させるかもしれないわ」

　館内の売り場に目をやると、アーチーがポップコーンを一袋買って、グロリアに渡しているところだった。

「彼はグロリアを連れ去ろうとしやしないさ」とぼくは自信たっぷりにライラに言った。「たとえやりたくても、どうすればいいかわからないから」

　二時間後に映画が終わったときにも、ぼくは依然としてそう確信していた。それからグロリアをまたポッターの店の前まで送っていったが、彼女とアーチーは店の前の暗闇にしばらくいっしょに立っていた。

「グロリアはほんとうにどうしていいかわからないんだ」と、車に戻ってくると、アーチーが言った。「父親にぶたれると思ってるんだよ」

ライラが後部座席の弟を振り返った。「気をつけてね、アーチー、お願いよ。くれぐれも気をつけてちょうだい」

家に着いたころには、雪がかなり本格的に降っていた。しばらくのあいだ、アーチーは後部座席から動こうとしなかった。自分だけで立ち向かわなければならなくなったら、この夜が自分に何をもたらすか怖がっているかのように。

「なんとかなるさ、アーチー」とぼくは請け合った。「あとでぼくが戻ってきたら、いっしょによく考えてみよう」

彼はしぶしぶうなずいて、車を降りると、ドライヴウェイを半分ほど歩いたが、そこで黒い壁に突き当たったかのように立ち止まった。

「話しにいってあげなさい」とライラがぼくをうながした。「あなたがいないと、彼はどうしていいかわからないのよ」

ぼくは彼女に言われたとおり、車を降りて、弟に歩み寄った。

「結局はなんとかなるものさ」とぼくは彼に請け合った。「ほんとうだよ、アーチー、すべてなんとかなるだろう」

「ぼくがやるとしたら、どうだろう、ロイ？　ぼくたちがいっしょに――」

「いいかい、家のなかに入って、じっとしているんだ」ぼくは笑みを浮かべた。「あしたの朝、じっくり相談してみよう」

アーチーは笑みを返さなかった。「親父さんが彼女をひどく傷つけているんだ。彼女にひどいことを言ったり。まともじゃないんだよ、ロイ、彼女をひどくののしって、あんなふうに傷つけるなんて。脅迫するようなことを言うなんて」

ぼくはちょっと困惑して、弟の肩に手を置いた。「アーチー、言われたとおりにしなさい。家のなかに入るんだ。あしたの朝、ゆっくり話をしよう。いずれにしても、今夜はもうおまえにはなにもできないんだから」

彼はゆっくり重々しくうなずいた。いつものようにちょっとぎこちなく。「わかったよ、ロイ……」かすかな、ためらいがちな笑みを浮かべた。「ありがとう」

「それじゃ、このことはそれでいいんだな？」

「ああ、それでいいよ」

「よし」とぼくは言って、ちらりと家に目をやった。明かりのついている窓際に、父が立っているのが見えた。父はぼくたちをじっと見守っていた。その目が雪のなかで冷たく光るふたつの灯みたいだった。

「さあ、家に入りなさい」とぼくは弟に言った。

「うん、わかった」とアーチーは言って、その場を離れた。

ぼくは走ってシボレーに戻った。アーチーはすでに階段を上がって家に入りかけていると思っていたが、見ると、さっきいた場所から一、二メートルのところに立って、彼に可能なかぎり深い物思いに沈んでいるようだった。自分が置かれている混沌とした状態から抜け出す道を必死で考えていたのだろう。

「彼はだいじょうぶだよ」とぼくはライラに言って、車のキーをまわした。

ライラは食い入るようにぼくの弟を見つめていた。「これだけじゃ終わらないわ」と彼女はつぶやいた。

彼女の言葉があのときほど真実を言い当てていたことはなかった、とウォレス・ポーターフィールドの車が家の前の長い道路を走り去るのを見送りながら、いまになって、ぼくは思った。なぜなら、ほんとうにそれだけでは終わらなかったのだから。

19

数分後、ぼくがドライヴウェイに車を停めたとき、父は玄関のポーチにいた。華奢な椅子にふんぞり返るように坐って、剝きだしの足を塗装していない木製の板の上に置いていた。この痩せ衰えた人物が、さきほどウォレス・ポーターフィールドが呼び起こした過激な、復讐心に燃える男だったとはとても想像しにくかった。

とはいっても、年齢や病気は人の目をあざむくものであり、年老いた人殺しも年寄りであることに変わりはなく、弱々しく漠然とした悲しみをたたえているように見えるのはわかっていた。だから、フロントガラス越しにその姿を観察しながら、ぼくはむりやりもっと若くて力強い男を想像した。はるかむかしにホレス・ケロッグがやったことに対して怒りをたぎらせ、一生かけて恨みを晴らすことばかり考えてきた男。その男が憤激してぶつぶつ言いながら、銃に弾丸を装塡している姿を。

「どこへ行ってたんだ?」ぼくが車から出ると、父が訊いた。

「きのうの晩、プール先生から聞いたことについてロニーに話をしにいったんだ」

「おまえはそういうことには興味がないのかと思ったが」

「考えが変わったんだ」

ったようだ。でも、やめさせようとはしなかった」

父は不愉快そうな顔をした。「ロニーからはどんな助けも得られないぞ」

「たしかに、ぼくがアーチーの事件を調べるという考えには、あまり賛成じゃなかった」

ぼくは階段をのぼって、間近から父をじっと見つめた。そうすれば、老齢ややつれた外見の裏を見通して、ウォレス・ポーターフィールドが疑っているように、冷酷にひとりの男とひとりの女を殺せた人間かどうか判断できるかのように。

「ロニーに言われて、ウォレス・ポーターフィールドの家へ行ったんだ」とぼくはつづけた。「郡の警察関係のファイルは、彼が自宅のガレージに保管している。もちろん、それは彼のものじゃない。それでも、彼が保管しているんだ」

「むかしからだれもウォレス・ポーターフィールドに正しいことをさせられたためしはないからな」と父は言った。いかにも恨みのこもった声だったので、ひょっとすると、復讐心が彼の人生を推し進めてきた原動力なのかもしれないと思った。

「ポーターフィールドは、あの夜、父さんがアーチーといっしょにホレス・ケロッグの家に行ったと思っているようだ」とぼくはずばりと言った。

父は鼻を鳴らしただけで、それにはなんとも答えなかった。

ぼくは隣に腰をおろした。「父さんが殺人を犯して、そのあと森を抜けて戻っていったと思っている」

「どうしておれが彼らを殺したりするんだ？　おれはホレス・ケロッグの娘のことなど

気にかけたこともないのに」

「でも、ケロッグは知っていたんだろう？」

「知っていた」

「ふたりのあいだには長年の憎しみがあったとポーターフィールドは言っている」

父はぼくの目を見ようとしなかった。「そのせいで、おれが彼を殺したと？」

「しかし、ひとつの動機にはなるんじゃないかな？」ぼくはシャツの下から拳銃を取り出した。「しかも、父さんの銃だったんだし」

「そんなもの、どこから持ってきたんだ？」

「ポーターフィールドが保管していた証拠品の箱から取ってきた」

「なぜそんなことをするんだ、ロイ？　おれに見せるためかね？　おまえはやつの言ったことを信じているんだな？」

「雪のなかに跡がついていたんだ」とぼくは言った。「足跡が。あの夜、だれかがアーチーといっしょにケロッグの家に行ったらしい。彼の車でね。そして、彼といっしょに家へ入っているんだ」

「で、それがおれだったと思っているのか、おまえは？」

「ぼくはただポーターフィールドの考えを説明しているだけさ」

「ウォレス・ポーターフィールドがどう考えようと、そんなことは知ったことか。おまえがどう考えているのかと訊いてるんだ」

ぼくがそれに答えずにいると、父はつづけた。「女のことはどうなんだ、ロイ？ ホレス・ケロッグの女房のことは？ 彼女も殺されたんだぞ。そうだろう？」

「そうさ」

「生まれてからいままで、ロイ、おれが女に手を上げたところをおまえは見たことがあるのか？」

生まれてからこの方、そういうことは一度も見たことはなかった。

「おれは最高の夫じゃなかったろう。しかし、たとえどんなに腹を立てても、母さんに手を出したのを見たことがあるか？」

父は腐りかけた死骸を見るような目つきで銃を見た。「女殺しの罪をおれになすりつけようとしたりするんじゃない。おれがそんなことをするなどと考えるのは、とんでもない見当違いだ」

そのときだった。父の失われた恋がどんなに大きな影響を及ぼしているかを、ぼくが悟ったのは。デイドラ・ウォーレンの死と、自分がそれに果たした役割の故に、父は二度と女性を傷つけまいと誓ったにちがいない。相手が男ならば、嬉々としてギラギラ光る剣で一刀両断にするかもしれないが、相手が女なら、どんな危害を加えることもないだろう。

「ポーターフィールドはおまえを煽っているだけだ」と父はさらにつづけた。「むかしから、そうやって面白がっているんだ。人々がたがいに相手についてありもしないことを信じるように仕向けるんだよ。やつはいつもウェイロードでそういうことをやっていた。人々がたがいに反目するようにそそのかしていた。そうするのが好きだったんだ。そうすれば、自分に影響力があると感じられるからだろう。やつはライラにもそういうことをしたにちがいない。殺人について彼女の話を聞きにいったときに」

「何をしたっていうんだい?」

「彼女の頭になにかを植えつけたってことさ」と父は答えた。「おまえについて。あのあと、おまえたちは二度と以前のようにはなれなかった、とおまえは言っていたな」と父はつづけた。彼の内側に嵐が湧き起ころうとしているのがわかった。「事件のあと、二度と同じ状態には戻れなかったと」

「ああ。でも、それは——」

「それはポーターフィールドのせいだったのかもしれないぞ」父はぼくの言葉をさえぎって言った。「あの日、山へ行ってライラを連れ出して話したとき、ポーターフィールドが吹き込んだのかもしれない。殺人を犯したのはおまえだと言ったのかもしれない。そういう考えを彼女の頭に植えつけたのかもしれない」

ふいに、自分の意志とは関係なく、そうだったのかもしれないという気がしはじめた。

「そうかもしれない」とぼくは認めた。「というのは、あの夜、ぼくはあそこにいたんだから」

「あそこにいた?」と父が聞き返した。父の目が探り針みたいにぼくに突き刺さった。

「おまえはアーチーに会ったのか？」

「彼は車のなかに坐っているだけだった」とぼくは言った。「グロリアの家に行くつもりで待っていたんだと思う。まだどうすべきか考えていたんだろう」自分がやったことが、重たい石みたいにぼくの上に降りかかった。「それなのに、ぼくは彼を放っておいたんだ。ぼくはそれまでライラといっしょで、それで……なんと言ったらいいのか……頭がふつうに物を考えられる状態じゃなかった。だから、彼を止めようともしなかった。ただ、幸運を祈って、それから……その……けっして……目撃者だけは残すなと言っただけだった」

父は顔をそむけて、人気のない道路を見つめた。

「アーチーはぼくと会ったことをポーターフィールドには話さなかった」とぼくはつづけた。「しかし、それでも、ポーターフィールドは知っていたんだ。きょうの午後、彼がそう言った。あの晩、ぼくがあそこにいたことはわかっていたんだと」

父は無言のまま、まるでいままでぼくを見たことがなかったかのような目で、ぼくをじっと見た。

「ぼくがあそこにいたことはだれも知らないはずなのに」とぼくは言った。「ぼくはだれにも言わなかった。たぶん……自分がアーチーに言ったことを恥じていたから、ある意味では、自分の振る舞いが彼がやったことの一因かもしれないと思っていたから」

父はちょっと下唇を嚙んでいたが、やがて言った。「だが、おまえがいたことをアーチーがポーターフィールドには言わず、おまえもだれにも言わなかったのなら、どうして彼がそれを知っているんだ？」

「ぼくもそれを訊いてみたけど、彼は雲のなかにも目があると言っただけだった」

父はフンと鼻を鳴らした。「雲のなかに目があるなんてことがあるものか。たとえウォレス・ポーターフィールドでもな。だれかから聞いたにちがいないんだ、ロイ。ほかには知りようがないんだから」父は奇怪な陰謀が繰り広げられるのを見つめているような目をした。深く考えこんでいる顔は厳粛で、瞑想的で、ほとんど別人のようだった。長年見逃していたことを、いまふいに悟ったかのようだった。「あの夜のことについてポーターフィールドに話した可能性のある人間はほかにはいない」

「グロリアだ」と父はつぶやいた。「グロリアにちがいない」

20

翌朝からすぐ、父が起きだす前に、ぼくはグロリアを捜しはじめた。もう一度ロニーのところに行って、両親が殺されたあとグロリア・ケロッグがどうなったか訊いてみる手もあるのはわかっていた。だが、いまや、ぼくは父と同じように、彼は単にウォレス・ポーターフィールドの息子であるだけでなく、ポーターフィールド家の邪悪な炎を受け継いでいると見なすようになっていた。

だから、ロニーの事務所に行くのはやめて、キンダム郡立図書館のある小さな赤レンガの建物に向かった。

まずキンダム郡で唯一の新聞、『キンダム・シティ・バナー』のバック・ナンバーからはじめた。事件の報道の仕方を見れば、バナー紙がこの殺人事件を十年に一度しかない大ニュースと見なしているのはあきらかだった。聖職者はこの事件を口実にして現代生活の諸悪を激しく非難し、映画や本や、ぼくの弟がふだんから読んでいたとされるドラッグストアの探偵小説までののしっていた——弟はそんな小説はせいぜい初めの数ページしか読んだことがなく、すぐにぼくに渡してしまっていたのだが。

ぼくはアーチーの死後まもなくキンダム郡を出ていたので、この殺人事件が投げかけた波紋についてはなにも読んだことがなかった。それだけに、事件につづく数週間のあいだに、弟がどんなにひどい悪人に祭り上げられていたかを知って愕然とした。留置場における彼の自殺でさえ、この地域の人々の凄まじい憤激をやわらげる効果はほとんどなかった。事件のあと何週間にもわたって、さまざまな記事や社説のなかで、彼の名前はアメリカの若者をむしばむ〈癌〉の一例として挙げられていた。

アーチーの先生たちでさえ、彼についてなにひとついいことを言っていなかった。アーチーは「やさしそうに見えた」が、そのやさしささえ「巧妙な策略」にすぎなかったのかもしれない、と彼らは言っていた――彼が少しも巧妙なこどもではなかったことをみんなが忘れているようだった。

どこを見てもぼくが知り、愛していた弟の面影は微塵もなく、すべてが途方もなく歪められて、何枚かの写真も、ぼくが見ても不気味なほど凶悪に見えた。アーチーは無感情にカメラを見つめる死んだ目をした少年でしかなく、その横にはかならずポーターフィールド保安官が巨大な柱みたいに立っていた。

奇妙なことに、アーチーを多少なりとも弁護していたのはポーターフィールドだけだった。とはいっても、それまでアーチーは一度もトラブルを起こしたことはなく、こういう犯罪を引き起こすことを疑わせるような理由はひとつもなかったことを、公の立場から認めたにすぎなかったが。彼の自殺については、ポーターフィールドは「まあ、当然の報いだろう」と言っているだけで、それ以上のコメントは他の人々に譲っていた。

グロリア・ケロッグはどうかというと、ぼくが捜したかぎりでは、どんなコメントも見つからなかった。新聞には当時ぼくが知っていた以上のことはなにも報道されていなかった。グロリアは二階のベッドのなかで発見され、ポーターフィールド保安官に保護されたが、あらゆる点でアーチーの自白と符合する供述をしたあと解放されていた。

当時の報道を見たかぎりでは、そのあと、グロリアは忽然と姿を消しており、彼女がどこに行ったのか、どうなったのかは知る由もなかった。深い夜の底で、ふたたびあの夜の銃声を聞き、寝室のドアの背後で魂が凍りつくような思いをしていたのかどうか。

たとえそうだったとしても、それを暗示するようなものはなにもなく、追跡すべき手掛かりはなにもなかった。それでも、ぼくは図書館のテーブルから立ち上がる気になれず、少しも理知的とはいえない猛烈ななにかに衝《つ》き動かされて、延々と記事を読みつづけ、やがてとうとうぽつりと掲載されていた短い記事を見つけた。

それは事件から六カ月近く経ってから掲載された記事で、郡道1411号線沿いの家のすべてを売却するという公式通知にすぎなかった。この家にあるすべてのものが売り払われることになったと新聞は報じて、これを「ケロッグ殺人事件の最終章」と呼び、これは「現在デートンヴィルに在住する」グロリア・リン・ケロッグの代行として実施されるものであるとしていた。

デートンヴィルだって、とぼくは思った。その名前が頭のなかで鐘みたいに鳴り響いた。デートンヴィルは州の北東のはずれにある小さな町で、むかしから精神病院があることで知られており、親や教師たちがよくこどもを脅すときに引き合いに出す名前だった。〈しゃんとしなさい、さもないと、デートンヴィルに送られるようになりますよ〉

「彼女は神経がおかしくなったにちがいない」あとで家に戻ると、ぼくは父に言った。「デートンヴィルに送られたとすると、かなりひどい状態だったんだろう」

ぼくたちは裏庭にいた。父は裏庭を取り囲む錆びだらけのたるんだ柵のそばに立っていた。煙草を深々と吸いこんで、黙って話を聞きながら、煙草の先端をじっと見つめているだけで、ぼくの話が終わってても依然としてなにも言わなかった。そして、ぼくが図書館から持ち帰った公式通知のコピーをしばらく見つめていたが、やがて首を横に振った。

「この売却は」と父は新聞記事を読んだ。「この売却はグロリア・リン・ケロッグの代行として実施されるものである」

「彼女は精神病院に入っていたんだ」とぼくは説明した。「なんらかの精神病にかかったんだよ」

父はその通知をぼくに突き返した。「これがすべてをわがものにするための策略でないとすればだが」

「どういう意味だい、それは？」

「ポーターフィールドさ」と父は言った。「やつがすべてをお膳立てしたのかもしれないってことだ。ホレス・ケロッグの娘を州の精神病院に送りこんでしまえば、なにもかも自分の好きにできる。そうすれば、あの娘のもっていたすべてを自分の自由にできたはずだからな」

それはありそうにもないことだったので、ぼくはそう言った。「グロリアがもっていたものは彼女の近親者のものになったはずだよ。しかも、そのためには彼女が禁治産者だと宣告される必要がある。それは法廷がやることで、ポーターフィールドにはどうしようもないはずだ」

「ポーターフィールドにどうしようもないことなどない」と父は答えた。

父が紡ぎだしたもつれた蜘蛛の巣にもう一本あらたな糸がくわわったようだった。

「おれはあの売却の日のことを覚えている。なにもかも前庭に運び出されて、値札がぶら下げられていた。テーブルも、椅子も、ランプも。家中の家具が庭に運び出されていたよ。家具がすべて売り払われてしまうと、そのあとで家が競売にかけられたんだ」

「ケロッグの家が競売されたの？　いつ？」

「家のなかのものをすべて売り払ってから二カ月くらいしてからだ」と父は答えて、暗い目でぼくを見つめた。「そのときもポーターフィールドがすべてを取り仕切っていた。競売人といっしょにあそこに陣取っていたよ。車で前を通ったとき、やつが坐っているのを見たんだ」

「いったい何を言いたいんだい、父さん？」

ぼくの質問に直接答えようとはせずに、父はつづけた。「なんだかどこかおかしいぞ、ロイ。どうも腑に落ちないところがある」父は煙草の吸い差しを柵の向こうに投げ捨て、ポケットからまた一本取り出した。「だれかが話しかけたジョークみたいなものだ。もっとも、これはジョークじゃなくて、ただジョークみたいな性質のものだというだけだが。要するに、落ちがわからないかぎり、なにがなんだかわからないってことだ」

なにかしら別の考えが彼の頭のなかをコンドルみたいにグルグルまわっているようだった。

「もしかすると、殺人事件の前から、ポーターフィールドがなにもかも仕組んでいたのかもしれない。ホレスと女房になにかが起こったとき、どうするか。彼らの財産をどうすれば自分のものにできるのか」父は煙草に火をつけて、マッチを振り消した。「やつはむかしからそういうことを考えていたんだ。どうやって他人のものを自分のものにできるかを。ポーターフィールドというのはそういう男だ。いつもなにかしら企んでいた。あの自宅の大きな庭に陣取って。あの椅子に坐って。来る年も来る年も。寒かろうが暑かろうが、やつには関係ない。いつもあの庭に坐って、なにかしら企んでいたんだ。前を通ったとき、何度もそうしているのを見かけたものだ」

「なぜ父さんがウォレス・ポーターフィールドの家の前を通ったりするんだい？」

「どこかに行く途中にだよ」と父は答えて、肩をすくめた。

「ウォレス・ポーターフィールドの家はどこへ行く途中にもないよ。長い道のどん詰まりにあるんだから」

「車を乗りまわしているとき、そばを通ることがあるんだよ」父は狡そうな笑みを浮かべた。「ホレス・ケロッグになにかあったとき、自分がどうするかをポーターフィールドはあらかじめ考えていたにちがいない。たぶん『彼がなにかで死んだら、こうすれば全財産を自分のものにできる』と考えてたんだろう」

「そんなことはありえないと思うよ、父さん」

ぼくが突然彼を裏切ったかのように、父は怒った顔をしてぼくをにらんだ。「ふつうの人間にありうるかどうかということは、ウォレス・ポーターフィールドとはなんの関係もないんだ」

あまりにも激しく反発されたので、ぼくは即座に退却して、それほど攻撃的でない推論のかたちをとった。「しかし、ポーターフィールドが以前から策略を練っていたとすれば、証拠を隠滅する方法を考える時間も十分にあったはずだね」

「しかし、人間はすべてを完璧に隠しとおすことはできない。かならずだれかが見ているんだ。おまえの母さんが初めて妊娠したとき、おれには世界中の女がみんな妊娠しているように見えたものさ」

ぼくはぽかんとして父の顔を見た。

「このあたりの妊娠している女の数が急に増えたわけじゃないが、そういうふうに見えたんだ」と父はつづけた。「それまでは、そういう女には少しも気づかなかったというだけだが」

「いったい何を言おうとしているんだい、父さん？」

「おまえがいつも言ってる観察のひとつにすぎないんだよ、ロイ。なにか気になることがあると、初めて気づくことがあるってことだ。自分の女房が妊娠していると、ほかの妊婦にも気づくようになるんだ。なにか心配事があれば、それを思い出させるようなすべてが目につくようになる。二十年以上経っても、気になることはかわらない。だから、ずっといろんなことに気づくんだ。小さいことだろうが大きなことだろうが、関係ない。なにかがけっして休ませてくれないんだ」

父は目を細めた。そろそろ要点に近づいているのがわかった。

「プール先生だが」と父は言った。「グロリアのことでおかしなことがあったとすれば、先生はそれに気づいていたはずだ。そして、それがずっと気になっていたはずだ」父はやつれた頭の横をたたいた。「ここのなかでな」

「どうかな、父さん。プール先生は――」

「ポーターフィールドが言ったことがプール先生の胃袋に引っかかっていた。ほかにも引っかかっていることがあると思うね。たとえば、グロリアのことについても」

「そうかもしれないけど……」

「プール先生に当たってみるんだ、ロイ」どんな反論も認めないという口調で、父は言った。

ぼくは異議をとなえだしたが、父はふいにくるりと後ろを向いた。部下に背を向ける将軍みたいに。すでに命令はくだされたのであり、抗議や拒否は受け付けられないというように。

21

翌朝、診療所に行ってみると、プール医師はいなかった。白衣を着た肥った女性が、先生はウェイロードの学校へ行っていると言った。前年度に留年したこどもたちに落第した科目を勉強させ、夏休みの終わりに追試をして、秋にもとのクラスに戻れるようにするために夏期講習をひらいているのだという。これはプール先生がはじめた新しい試みで、費用もほとんど先生が負担している、と看護婦は言った。

「先生はずっと独身ですからね」とその女性はちょっと顔を歪めてウィンクした。「ほかにお金の遣い道がないんですよ」

一時間後、ぼくが学校に到着すると、先生は高い松の木のあまり涼しくなさそうな木陰に立っていた。そばの埃っぽい運動場では、ぼろを着たウェイロードのこどもたちが遊んでいた。

「おはよう、先生」と、そばに歩み寄りながら、ぼくは言った。

「やあ、ロイ」医師はぼくを見てあきらかに驚いたようだったが、同時に、かすかに警戒するような表情を浮かべた。「ジェシーかね？　わたしに――」

「いや、違います」とぼくはあわてて否定した。「父は変わりありません」

ぼくはうだるような暑さのなかで走りまわっているこどもたちに目をやった。男の子はやぶれたズボン、女の子は色褪せたショートパンツ。ちょっと頭を切り換えれば、そのなかにぼくの父がいて、ぼろぼろのソフトボールを追いかけて走りまわっているところが目に浮かんだ。素手で最後まで戦う覚悟を決めている、ウェイロード根性をもつウェイロードの少年。

「脇目もふらずに遊びますね、ウェイロードのこどもたちは」とぼくは言った。

「ああ、そうだな」プール先生は運動場から目を離さなかった。「あんたはむかしからあまりスポーツが好きじゃなかったな、ロイ？」

「ええ。ぼくは図書館にこもっていることが多かったんです。図書館がぼくの要塞だったんだと思います」

プール先生はいぶかしげにぼくの顔を見た。「何から身を護るための？」

すらすらと答えが出たということは、むかしからわかっていたということなのだろう。

「父からです」とぼくは答えた。「図書館にいれば、父はぼくをつかまえにこないとわかっていたから」

「どうして？」

「気後れしたからでしょう」とぼくは答えたが、われながら狡猾なこどもだったことに驚いた。そうすれば父を打ち負かし、自分が粗野で無力だと感じさせられるということを、ぼくはずる賢く見つけ出していたのだ。「自分の部屋に置いて父に見せつけるために、ぼくは本を借り出したものでした。本を武器として使っていたんです。石の代わりに本を投げつけていたんですよ」

プール先生はぼくの顔をじっと見た。郡の医師としての長年の経験がしわだらけの顔に刻まれていた。「故郷に戻ってくるのは気楽なことじゃないようだな、ロイ？」

「いろいろ学ぶことがありますね、たしかに」

先生はかたわらの空の金属製の椅子を軽くたたいた。「まあ、腰をおろして、しばらくこどもたちを見物していくがいい」

ぼくは運動場に目を向けた。「たいして変わってないようですね、ここは」

「ああ、そうだな」とプール先生は同意した。「炭坑が操業していたときにも暮らしはきびしかったが、閉山したあとはさらにひどくなった」

「先生はどういうわけでここに住み着くようになったんですか？　キンダム郡にという意味ですが」

「わたしはキンダム郡で生まれたんだよ」とプール先生は答えた。「医学校を卒業したあと戻ってきたんだ」

「ほかの場所へ行こうと思ったことはないんですか？」

「ないね」とプール先生は答えた。

「ぼくはそればかり考えていたんです。ここから逃げ出すこと、ここ以外のどこかで暮らすことばかり」ぼくは木の幹に釘付けにされた黒板を振り返った。品詞の種類が黄色いチョークで書き出されていた。「学校の先生はどこにいるんですか？」

「先週、やめたんだ。ウェルチでもっといい仕事が見つかってね。新学期に代わりの先生を探しているところだ」にやりと笑って、「よかったら、まだ空いてるよ」

ぼくは首を横に振った。「ぼくはもう逃げ出したんですよ、先生」

プール先生はゆっくりとぼくに目を向けた。「何を考えているんだ、ロイ？　どうしてはるばるここまで来たのかね？」

「殺人事件についてポーターフィールドが先生に言ったことを話したら、父がいろいろ考えはじめてしまったんです。かなり熱くなっているんですよ。できることはすべて知りたいというんです。実際のところ、ぼくは新しいことが見つかるとは思っていないんですが。それでも、いちおう形だけは動いているんです。事件のファイルをもう一度調べてみたり、ポーターフィールド自身とも話してみましたが、なにもわかりませんでした」ぼくはそっけなく笑った。「あの夜、ぼくの父がアーチーといっしょに現場に行ったと保安官が思っていることを除けば」

プール先生は驚いて、ぼくの顔を見た。「何だって？」

ぼくは打ち消すように手を振った。「ともかく、父が先生の話を聞いてきてほしいと言うんです。先生ならいくつかのことをはっきりさせられると思っているようなんですよ。とくに、グロリアのことについて」

「グロリア？」

「ええ、あの朝、先生は彼女といっしょだったんでしょう？」

「そうだよ。両親がふたりとも死んだことを、わたしが彼女に教えたんだ。アーチーがすべて自白したということも。わたしの記憶では、彼女はほとんどなにも言わなかった」プール先生ははるかむかしのその朝に戻り、錯乱状態のグロリアがベッドにいるのを見つけた、日当たりのいい小部屋を思い浮かべているようだった。「彼女はコートを着ていたのを覚えているよ。ベッドカバーの下にもぐっていたのに。小さな赤いゴム長靴まで履いていた。アーチーが家に入ってくる前に彼女が階下に下りて外に出ていたら、とわたしは思ったものだった。そうすれば、いまここにこんなふうに坐って、あの夜のことを話したりしてはいなかったろう」彼はちょっと考えてから、さらにつづけた。「彼女は片手に小さな金色のロケットをにぎっていた。それをどうしても放そうとしなかったんだ。結局、ウォレスがむりやり手のなかからもぎ取って、ポケットに滑りこませたが」彼はロケットがポーターフィールドのポケットに滑りこむところを目に浮かべているようだった。「それから、彼がグロリアを自分の家に連れていった。そのあとも、彼女はずっとそこにいたんだ。わたしが自分の家に連れていって、面倒をみてもいいと言ったんだが、彼女の面倒をみるのは自分の責任だ、とウォレスは言った。自分が彼女の法定後見人だからと言って」

「ポーターフィールドがグロリアを自分の家に連れていったんですか？　なぜなんで

す？」

「彼が法定後見人だったからさ」

「ポーターフィールドがグロリアの法定後見人だったんですか？」

プール先生はにやりと笑った。「わたし自身もそれには驚かされたよ。どうしても妙な気がしてならなかったから、最後には郡庁舎まで出向いて調べてみたが、たしかにそのとおりだった。グロリアが生まれて数日後に、彼は法定後見人に指名されていたんだ。そして、同時に、遺産の管理者でもあった。だから、ホレスとその妻の両方が死んだあと、ウォレスはすべての面倒をみなければならなかったんだ。グロリアだけではなくて……」

「彼女が相続したすべてのですね」と、ぼくは父の言ったことを繰り返した。「なぜポーターフィールドがホレス・ケロッグの遺産管理者になっていたんですか？」

プール先生は肩をすくめた。

「彼とホレス・ケロッグは親しかったんですか？」

「そうだったかもしれないが、いっしょにいるところはあまり見たことがなかった。ウォレスがラヴィーニアといっしょのところはときどき見かけたが、ホレスとはあまりいっしょにいなかったな」

「ラヴィーニアと？」

「そうだ。彼女はときどき保安官事務所に立ち寄っていた」

「ひとりで？」

「グロリアを連れていたこともあったが、たいていはひとりだった。グロリアがまだ小さかったときには、ラヴィーニアはときどき彼女を預けていたんだよ、保安官事務所のウォレスのところに。彼を信用していたんだろう」

「ウォレス・ポーターフィールドを信用している人がいたとは信じられないけど」

プール先生はクスクス笑った。「だれだってだれかを信用しているものさ、ロイ。どんな理由からかはともかく、ラヴィーニアはウォレスがちゃんとグロリアの面倒をみてくれると思っていたんだ。事実、そうしていたようだがね。彼女が小さかったときも、その後、事件があったあとも」

「彼女をデートンヴィルに連れていくまではね」とぼくは指摘した。「なぜ彼はグロリアをあそこへ連れていったんです？」

「ひどい状態だったからさ。それ以上面倒をみきれなくなったんだ」

「どういう意味なんです、その『ひどい状態』というのは？」

「自殺未遂を繰り返していたんだ。アーチーのあとを追おうとしたんだよ。だから、ポーターフィールドは彼女をデートンヴィルに連れていったんだ。フルタイムで世話をしてもらうことができるように」

「彼がグロリアを強制入院させたんですか？」

「ああ、そうだ」とプール先生は答えた。「グロリアは十六だったんだよ、ロイ。未成年者だ。ウォレスが法定後見人だったんだからね」

「それじゃ、彼はただグロリアを州立精神病院に連れていって、そこに置いてくることができたんですか？」

「いや、そういうわけじゃない。証明書が必要だった。グロリアの病状に関する、彼女に自傷のおそれがあるという証明がね。州法では医師の証明が必要とされているんだ。しかし、わたしが書類にサインさえすれば、ウォレスは彼女を強制入院させられた」

「先生がグロリアの病状を証明したんですか？」

プール先生は一瞬なんとも言わなかったが、それから、穏やかな口調で言った。「そうだ」

「ポーターフィールドからの要請だけで？」

「いや、それだけじゃない。だが、少し前にアーチーが自殺したばかりだったという事実が非常に気にかかっていた。わたしはもうひとり若者が死ぬという事態を招くのはどうしても避けたかった。あの事件では、すでに何人も死人が出ていたからね。そのリストにグロリアを付け加えたくはなかったんだ」

「それじゃ、彼女は自殺する危険がきわめて高かったんですか？」

「ウォレスはそう言っていた」とプール先生は答えた。「彼の家の居間には銃のキャビネットがある。拳銃やライフルが何挺も、たぶん二、三十挺は入っているだろう。グロリアがそれをこじあけようとした跡を見せてくれた。なんとしても銃を手に入れて、それを自分に向けようとしている、とウォレスは言っていた。『あの若者といっしょになりたがっている』という言い方をしていたが」

「グロリアを診察したんですか？」

「もちろん、したよ」とプール先生は答えた。「しかし、じつを言うと、グロリアについてはたいして診察らしいことはできなかった。わたしが話しかけているあいだじゅう、彼女はウォレスの家の食堂の椅子にただ坐っているだけだった。顔を伏せて、両手を膝にのせて。わたしが見たかぎりでは、ただぼんやりしているだけだった」

「彼女はなにも言わなかったんですか？」

「わたしからいくつか質問した。それ以前には一度も精神病の診断をするように頼まれたことはなかったし、デートンヴィルに入院すれば、向こうの人たちが詳しく診察するだろうと思ったんだよ。専門家が」それから、先生はぼくの目をまともに覗きこんだ。なぜそんなにあわててグロリアを強制入院させる手続きを取ったのかについて、いよいよほんとうの理由にふれようとしているなとぼくは思った。「それに、そうすれば、グロリアはウォレス・ポーターフィールドとあの家にいなくても済むからね」

「なぜそのほうがよかったんです？」

彼は答えるのをためらっていたが、やがてためらう気持ちよりほんとうのことを言ってしまいたいという欲求のほうが大きくなったようだった。「ポーターフィールドには噂があったんだよ、ロイ。若い女の子が……十代の女の子が好きだという」そういう事実を指摘するのがなんだか照れ臭そうだった。「少女を何人か妊娠させていたんだ。たいていは貧しい少女、護ってくれる父親や大人の兄がいない少女だった。ウォレスが追いかけていたのはそういうタイプの、親類やボーイフレンドが警察とのトラブルに巻きこまれている少女たちだったんだ。彼がグロリアに……なにかしたとは思わないが、彼から引き離したほうがいいとわたしは思った。奥さんは亡くなり、ロニーは軍隊に行っていたから、ふたりだけであの家に住んでいたわけだからね」

「それで、先生は証明書にサインしたんですね？」

「そうだ」とプール先生は答えた。「すると、ウォレスはすぐに彼女を連れていった」

老医師はその日見た光景を目に浮かべているようだった。ポーターフィールドがゆっくりとグロリアを車まで連れていき、そのなかに坐らせて、走り去っていった様子を。

「パトロールカーに彼女を乗せて、そのままデートンヴィルに連れていったよ」

「その後グロリアと会ったことはあるんですか？」

「一度だけある」とプール先生は答えた。「二週間ほどしてから、わたしはデートンヴィルへ行ってみた。彼女はがらんとした部屋にいたよ。ただベッドがあるだけで、病院の患者服を着ていた。ひどくぼんやりしていたよ。たぶん、薬漬けになっていたんだろう」

「彼女はそこにどのくらいいたんですか？」

「たぶんひと月かそこいらだ。デートンヴィルから手紙が来て、彼女は退院したということだった」

「退院した？　だれが引き取ったんですか？」

「ある女性だ。名前は覚えていないが、向こうに行けばわかるはずだ、デートンヴィルの人たちは知っているはずだからな。向こうに行って、訊いてみればいい」

「しかし、ぼくが向こうに行っても、そんなことを教えてくれるでしょうか？」

「ふつうなら、だめだろう。しかし、なんとかする方法はある」

「どうするんです？」

プール先生は、長年官僚主義の障害を回避してきた者の笑みを浮かべた。「わたしのために、郡の検死官のために働いていると言ってやればいい。なにかを調査していると言うんだ」

ぼくは疑わしげな顔で彼を見た。「調査しているって、何を？」

「あんたがほんとうに調べているものさ、ロイ」とプール先生は答えた。「ある古い殺人事件だよ」

「厄介払いしただけだろう」その晩、いっしょに夕食のテーブルに着いたとき、父は言った。皿の料理には手をつけていなかった。「おそらく、グロリアにはどこも悪いところはなかったんだ。ポーターフィールドの邪魔だったということを除けば。だから、デートンヴィルに連れていって、置き去りにしてきたんだろう」

「でも、彼女はほんとうに専門家の助けを必要としていたかもしれないんだよ、父さん」とぼくは反論した。「書類にサインしたのはプール先生だったんだから。覚えているでしょう?」

そのくらいでは父の確信は少しも揺るがないようだった。

「用がなくなったから、追い払ったんだ」と父は言い張った。「追い払って、それを秘密にしたんだ。だれにも居場所がわからないような場所に閉じこめて」

「グロリアがどこにいるかは知られていたんだよ、父さん。新聞に出ていたんだから、デートンヴィルにいるということは」

「自分がやったことを人に知られたくなかったんだろう」ぼくの言ったことが聞こえているくせに、まるで聞こえなかったかのように、父はつづけた。「向こうにもやつのために働いている連中がいたにちがいない」

「向こうって?」

「精神病院だよ」と父は答えた。「向こうにも協力者がいたにちがいない」父は空のフォークを振り上げたが、すぐに下ろした。それから、ぼくをジロリとにらんだ。「ポーターフィールドがあらかじめじっくり考えずになにかをすることはない。だから、向こうでも、だれかがやつの策略に協力していたにちがいない」

「策略って?」

「やつがやろうとしていたことさ」父は大声をあげた。ぼくの頭の鈍さに、彼にはあきらかな策略がぼくにはあきらかでないことに苛立っていた。「すべてを自分のものにするためにやろうとしていたことだよ、ロイ。ホレス・ケロッグの娘が受け継ぐことになっていたすべてを」

ぼくは笑みを浮かべたが、それは湧きだした不安をごまかすためでしかなかった。「父さんはちょっと先走りしすぎているんじゃないかな」とぼくは警戒しながら言った。「ウォレス・ポーターフィールドがグロリアの遺産を自分のものにしようとしたという確かな証拠はひとつもないんだから」

父の憤激に火がついた。「やつは家を売り払ったじゃないか！　あの大きな家とそのなかにあったすべてを！」いかにも苦々しく鼻を鳴らして、「だれもがグロリアのためにやっているんだと思っていた。すべてを売り払って、彼女に金を渡すつもりだと思っていた。だが、やつは自分のためにやっていたんだ。グロリアをデートンヴィルに閉じこめてしまえば、すべて自分の自由になるんだからな。そうすれば、だれにも彼を止められない。グロリアさえ始末してしまえばよかったんだ」

「でも、彼女は始末されてしまったわけじゃない」とぼくは反論した。「デートンヴィルにいたんだ。しかも、それだって、そんなに長くいたわけじゃない。ポーターフィールドがほんとうにグロリアを始末したいと思っていたのなら、退院するのを許可したりしないで、ずっとデートンヴィルに閉じこめておいたはずじゃないか？」

「どこかの女が引き取ったんだったな？」数分前にぼくが話したことを反復して、父が

「そうだよ」

「それじゃ、その女がポーターフィールドの策略の協力者だったにちがいない」と父は勝ち誇ったように言った。

「ポーターフィールドが策略をめぐらしていたという証拠はないんだよ、父さん」ぼくは椅子の背にもたれて、父の顔を、その目のなかに燃え上がった怒りを見た。「父さんはかつてだれを憎んだこともないほどウォレス・ポーターフィールドを憎んでいるんだね？」

父は皿を押しのけて、ポケットから煙草のパックを取り出した。「おれに言わせれば、あんなやつは生かしておくとためにならない」煙草に火をつけて、長々と煙を吸いこんだ。やつれた顔がふわふわした煙に囲まれた。「おれたちはポーターフィールドがホレス・ケロッグの娘に何をしたか探り出す必要がある。デートンヴィルへ行って探り出す必要がある」彼は手をつけていない皿の上のマッシュ・ポテトに煙草を押しつけた。

「おれにもまだそのくらいの力は残っている。最後に一度出かけるくらいの力は」

いや、そんな力は残っていない、と反論することもできたかもしれない。目の黄ばみがひどくなっていたし、体力を維持できるだけの食事もとっていなかった。いまや父が病気の終末期に差しかかっているのはあきらかだった。こんな不毛な戦いからは手を引いて、人生の最後の日々をできるだけ穏やかに過ごしたほうがいいと勧めることもできたかもしれない。だが、その瞬間の父を見ていると、あたりに鋭い視線を走らせ、手を引きつらせるのを見ていると、ぼくは悟らずにはいられなかった。父が望んでいるのは平穏ではなかった。それは戦いの兵火と殺戮であり、はるかむかしにやったように、もう一度ウォレス・ポーターフィールドに立ち向かうこと、もう一度同じ言葉を投げつけることだった。〈あんたは嘘つきだ〉〈しかも、泥棒だ〉

22

というわけで、ぼくたちはデートンヴィルに出かけた。この最後の旅行にはある種の隠喩的な意味があった。それこそ父の青春の焼き尽くされた風景のなかを、最後にもう一度父といっしょに横切るようなものだった。ぼくは父の歪んだ手を見、肌や髪に染みこんだ煙草の匂いを嗅ぎ、その奥底に荒々しいものがわだかまっているのを感じた。はるかむかしの、もはや正すこともできない不正に対して、いまや、どんな理屈をも超えて、復讐せずにはいられないと思っているのだろう。ウォレス・ポーターフィールドに復讐することがいまや父のただひとつの目標、彼のなかで燃えている唯一の炎であり、そのためなら、喜んで残された全エネルギーを傾注するつもりなのだろう。ギラギラと貪欲に燃え上がり、彼を駆り立ててやまない復讐の炎。いまやそれだけが父を動かしているようだった。

「おまえが言ったことについて考えていたんだがね」6号線に出たときに、父が言った。その道をたどって山に分け入り、小さな谷間を越えていった先に、デートンヴィルがあるのだった。

「どんなこと？」

「あの夜のポーターフィールドのことさ」と父は答えた。「ホレス・ケロッグの家にいた。やつはあそこに長いこといたのかね？　ひとりで、という意味だが。プール先生が来る前に？」

「三十分くらいだったと思う」ポーターフィールドが報告書に書いた内容を思い出しながら、ぼくは言った。

「三十分か」と言って、父は考えこんだ。「そのあいだやつは何をしていたんだろう？」

「何をしていてもおかしくないよ、父さん。たぶん、家中を見て歩いていたんだろう。グロリアはひどい状態だったし。プール先生を呼ぶ前に、彼女を少しは落ち着かせようとしたのかもしれない」

「アーチーをずっと外の車のなかに坐らせておいてか？　手錠をかけて、放っておいたのか？」父はぼくの顔を見た。「チャーリー・グルームを、当時の保安官助手を呼ぼうともせずに？　奇妙だとは思わないかね？　ウォレス・ポーターフィールド保安官はふたつも死体を抱えていて、あきらかに正気を失った娘がいて、殺しをやった男は車のなかにいる。それなのに、応援を呼ぼうともしなかった。三十分もだれにも連絡しようとしなかったんだぞ。どうしてなんだ、ロイ？」ぼくが答える前に、父はつづけた。「なぜなら、だれもあの家に来てほしくなかったからだ。なぜなら、やつはなにか仕組んでいたからだ」

「何を？」

父はその質問をうるさがっているような顔をした。「わかっているのは、ポーターフィールドが保安官助手を呼ばなかったということだけだ。だが、おれにはひどく奇妙に思えるね」

「保安官助手は病気だったのかもしれない」とぼくは言ってみた。「町の外へ出かけていたのかもしれない。そのチャーリー・グルームに訊いてみればいいじゃないか、もしも――」

「チャーリー・グルームは十年前に死んだ」

「ほかには保安官助手はいなかったの？」

「決まった者はいなかった。手伝いが必要になると、ポーターフィールドはだれかを呼び出して、保安官助手にしていたんだ。ロニーがおまえを助手にして、ライラのところへ行かせたように。彼女の弱みを見つけるのを手伝わせようとしたように」

「どうして彼がライラの弱みを見つけようとしていたと思うんだい？」

「やつは彼女を自分のものにしたいと思っているからだ」父は自分の正しさを恐ろしいほど確信している口調で答えた。キンダム郡のポーターフィールド一家が悪魔の玉座に坐り、破滅の毒薬を杯にそそいで、みんなに飲ませているかのように。「ライラはロニーを黙殺して、おまえと付き合った。だから、ロニーは彼女に仕返しをしようとして、道で会ったときあんなことを言ったんだ。彼女を傷つけて、おまえを卑小な男に見せるために」

そして、彼はたしかにそれに成功した。ロニー・ポーターフィールドが仕掛けた罠に自分はまんまとはまってしまったのだ、とぼくは思わずにはいられなかった。ふいに、ぼくは人生について父と同じような見方をしていることを悟った。奥底に邪悪な力が眠っていて、永遠に陰険な罠を仕掛けようとしているものとして。ぼくはそんな物の見方を受けいれたくはなかったのだが。

「ロニーがライラに関心をもっていたことがあるとは思わないな」とぼくは言った。

「いや、もちろん、あいつは関心をもっていた」と父は反撃した。「おまえがライラと結婚しようとしているのを知って、ロニーはそれを妬んでいた。だから、あの晩、おまえがすぐ横にいるときに、彼女の悪口を言ったんだ。彼女が気にするようなことを」

反論しても仕方がないと思ったので、ぼくは言った。「しかし、ひとつだけ確かなのは、ぼくは少しも気にしなかったということさ。ライラのことについては。ぼくはただ彼女と結婚して、家庭をつくりたかっただけだ。それだけがぼくの望みだったんだ」

「それは知らなかったな、ロイ」と父は言った。「おまえがなによりもそれを望んでいたんだとは」

「ぼくが何を望んでいると思っていたのさ？」

「逃げ出すことだ」と彼は答えた。「むかしからずっとそればかり考えているようだった。このおれから……逃げ出すことを」

そのときだった。キンダム郡から逃げ出そうというぼくの決意を、父がどんなに個人的に受け取っていたかをぼくが悟ったのは。ぼくは何度となく家出を計画したが、父はずっと自分から逃げ出そうとしていると考えていたにちがいない。

「べつに父さんに逆らうつもりじゃなかった」とぼくは言った。「ぼくはただここを出ていきたかっただけなんだ」

父はうなずいて、「そうとは知らなかった」とだけ言った。

デートンヴィル州立精神病院に着いたときには、すでに午後一時をちょっとまわっていた。そのころには、父は出発したときよりかなり疲れていて、通りからその建物の高い木製のドアまでの長い階段はとても上れそうもなかった。

「おれはこの木陰で待っている」ぼくがオークの大木の陰に車を停めると、父は言った。「おまえがひとりで行けばいい」

プール先生があらかじめ電話してくれていたので、ぼくはすぐにウィリアム・スペンサー博士のオフィスに通された。ドアに掲げられたプレートによれば、彼がこの精神病院の院長らしかった。

スペンサーは背の低い、中年の男で、ズボンの前から太鼓腹がはみ出していた。軽いサージのスーツを着て、上着のボタンはかけず、ズボンを幅の広い黒のサスペンダーで吊っている。机の背後の壁に掛かっている何枚もの学位証書が、すばらしい教育を受けていることを証明していた。チュレーン大学医学部、ヴァンダービルト大学精神医学科における特別研修、さらにアトランタのエモリー大学大学院にも行っていた。彼の口調は予想どおり、専門家的かつ事務的だった。

「プール先生によれば、あなたは検死官事務所の方だということですが」と、手を差し出しながら、彼は言った。「調査員だとか」

ぼくはうなずいた。

「殺人事件の調査をされているそうですね」とスペンサーはつづけた。「ケロッグ殺人事件の」ぼくがこの事件に関心をもっている理由を説明するのを待ったが、ぼくがなにも言わないのを見て取ると、スペンサーはつづけた。「ともかく、おかけください、ミスター・スレーター。できるかぎり協力するつもりです」彼は机の上に置いてあったフォルダーを取り上げて、ぼくに渡した。「これがグロリア・ケロッグについてここにある情報のすべてです。ご覧のように、かなり薄っぺらなものです。ミス・ケロッグがここにいたのはほんのひと月ほどですからね。詳しく知るだけの時間はありませんでした。心理学的には、という意味ですが」

ファイルをめくってみると、公式な報告書が一通入っているだけだった。

「L・P・ミッチェル」と、ぼくは報告書のいちばん下にサインされている名前を読んだ。

「そうです、ミッチェル博士です」とスペンサーは言った。「当時は、博士がこの病院の責任者でした」

「いまは、どちらに？」

「ミッチェル博士は、ミス・ケロッグが退院してからまもなく退職されたんです」とスペンサーは答えた。「かなりのお歳まで長生きされたんですが、残念ながら二年前に亡くなりました」

「あなたはグロリア・ケロッグと話をしたことがあるんですか？」とぼくは訊いた。

「じつは、あるんです。ちょうど大学を出たばかりのときで、当時、わたしはミッチェル博士の下で働いていたんですが、博士からミス・ケロッグを診察するように言われましてね。まあ、テストのようなものだ、と博士はおっしゃっていました。わたしの診断能力の」

「診察の結果はどうだったんですか？」

「極度の引きこもりです」とスペンサーは答えた。「見当識《けんとうしき》は正常でした。これはわれわれの言い方ですがね。時間と空間の認識には問題がなかったということです。幻覚もありませんでした。しかし、それ以上のことになると、俗な言い方になりますが、完全にうわの空でしたね」彼は肩をすくめた。「もちろん、わたしは彼女が入院した当日にほんの数分診ただけでした。そのあとミッチェル博士がもっと時間をかけて診たはずですが、この患者について博士と話をした覚えはありません」ちらりと時計を見て、「忙しくて申しわけありませんが、別棟で患者を診察しなければなりませんので」と言って、立ち上がった。「お好きなだけ時間をかけてファイルをご覧ください。まだなにかわたしにお訊きになりたいことがあれば、そうおっしゃってください。もっとも、じつのところ、ミスター・スレーター、この件についてはわたしはこれ以上のことはなにも知らないんですがね」ふたたび握手をして、ドアに歩み寄ったが、そこで後ろを振り返った。「ところで、例のボーイフレンドは処刑されたんでしたっけ?」

あの朝、廊下からアーチーの監房へ戻っていったとき、ウォレス・ポーターフィールドが見たにちがいない光景が、ぼくの脳裏に浮かんだ。鉄格子からぶら下がっている死体。うなだれた、顔が黒変した死体。

「いいえ」とぼくは言った。「ボーイフレンドは自分で首を吊ったんです」

スペンサーの頭になにかがよみがえったようだった。「グロリアがここに来たとき、それはすでに起こっていたんですか?」

「ええ、そうです」

彼は一瞬考えてから、言った。「たぶん、そのためだったんでしょう、彼女が自殺防止の監視下におかれていたのは。自分が体験したことのせいだけではなくて、ボーイフレンドとなんらかの死の約束をしていたおそれがあったからです。ティーンエイジャーはよくそういうことをするんですよ」肩をすくめて、「それじゃ、先ほども言いましたが、ごゆっくりファイルをご覧ください」

そう言うと、彼は部屋から出て、ドアを閉め、ぼくをひとりにして立ち去った。

ファイルの先頭にあったのは、デートンヴィル州立精神病院への入院許可書だった。

記録によれば、一九六四年二月十五日の午前十時に、ウォレス・ポーターフィールドがグロリアといっしょに到着しており、このときのグロリアの所持品がていねいにリストアップされていた。小型のスーツケース、ナイトガウン二着、石けん、歯ブラシ、歯磨き、シャンプーなどが入った化粧バッグ。さらに、数枚のブラウス、毛糸のセーター、デニムのジーンズが二本。腕時計もしていたが、おそらく金属製のバンドが危険だとみなされたのだろう、取り上げられていた。また、プール先生が言っていた金色のロケットも持ってきていたが、これも入院時に取り上げられていた。

入院許可書によれば、十時半には、グロリアはこの病院で着用が義務づけられている淡いブルーの患者服に着替えて、〈閉鎖病棟〉になっている階上の316号室に連れていかれた。

ちょっとのあいだ、ぼくは自分が知っていた少女の姿を想像しようとした。アーチーのガールフレンド。剝きだしのマットレスにぽつんと坐って、デートンヴィル州立精神病院のなんの飾りもない漆喰の壁を見つめている少女。か細い体を青い患者服に包み、もつれた髪が肩まで垂れて、目はうつろで——あの雪の夜、ぼくの弟が迎えにくるのを、彼女を自分のものだと要求して、はるかナッシュヴィルまで連れ去ってくれるのを待っていたとき以来、恐ろしい内閉状態に落ち込んで、ずっとそこに閉じこめられている少女。この少女がこんなにも途方にくれ、こんなにもか弱く、完全にかつ永久に破滅してしまったように見えたことはなかったろう。

だが、グロリアにはまだそれよりはるかに悪いことが、ファイルにきちんと記録されている運命が待ち受けていた。一時間後にスペンサーが部屋に戻ってきたとき、ぼくはそれについて質問した。

「ハルドールを投与したんですね」とぼくは言った。「かなり強烈な薬ですが」ファイルをちらりと見て、「そのせいで彼女の状態はおそらくかなり悪化したでしょう」

スペンサーは机の背後の椅子に戻った。「しかし、もちろん、当時はまだだれもそういうことは知らなかったんです。彼女の状態から見て、それがグロリアにはいちばんいいとミッチェル博士は考えたにちがいありません」

「あなたなら、彼女の状態をどんなふうに説明しますか?」

「打ちひしがれた状態でした」とスペンサーは答えた。「ミッチェル博士に渡したメモでも、たしかその言葉を使ったと思います。そのファイルのなかにありますから、お読みになったでしょうが」

「罪悪感に打ちひしがれている、とあなたは書いています」

「起こったことに対して彼女は罪悪感を抱いていたんです。殺人事件に、とりわけ父親が殺されたことに対して」

「なぜとくに父親なんです?」

「なぜなら、彼は非常に苦しんだからです。あきらかに何度も撃たれたようですからね。

もちろん、実際に彼女の父親を殺したのはグロリアのボーイフレンドでしたが、それでも彼女は自分に罪があると感じていたんです」

「殺人事件について彼女は何か言いましたか？」

「いいえ」

「ボーイフレンドについてはどうです？」

彼は首を横に振った。「彼のことはけっして話そうとしませんでした」

「なぜです？」

「まあ、ひとつには、彼女の後見人が部屋に入ってきたこともありますね。そのあと、彼女はあまりしゃべらなくなったんです」

「後見人？　ウォレス・ポーターフィールドですか？」

「そうです」とスペンサーは答えた。「彼がベッドの彼女の隣に腰をおろして、わたしが部屋を出るまでずっといっしょに坐っていました。その後は、わたしは二度と彼女の話は聞けませんでした」

「どうしてですか？」

「彼女はミッチェル博士の患者だったからです」とスペンサーは答えた。「もちろん、ときどき娯楽室にいる姿は見かけましたが、二度と話はできませんでした」

「ポーターフィールドはその後またここへ来ましたか？」

「わたしの知っているかぎりでは来ていません。少なくとも、最後の日、ミス・ケロッグが退院した日までは」

ぼくはファイルに目を落とした。「グロリアはメーヴィス・ワイルドという名前の女性に引き取られていますね。この女性がどういう人かご存じですか？」

「いいえ、知りません」とスペンサーは答えた。「ただ、あの朝、その人がポーターフィールド保安官といっしょに来たのは知っています。病院を退院したときですが」

ぼくはファイルをめくって、退院許可書を見つけた。「〈患者との関係〉の欄には『友人』と記入されていますが」

「では、ミス・ワイルドはおそらくグロリアの友人だったのでしょう」

「ファイルには、彼女はグロリアを自宅に引き取ったとされています」とぼくはつづけた。「ピッツヴィルです。その女性は若い人でしたか？　それとも年配の人ですか？」

「若い人です」とスペンサーは即座に答えた。「二十代か、まあそのあたりという感じでした。ポーターフィールド保安官よりずっと若かったのは確かです」

「そのほか、その女性についてなにか覚えていますか？」

「いいえ。はっきり覚えているのはむしろポーターフィールドのほうです。巨体だったこともありますが、いかにも権威がありそうで、彼がなにもかも牛耳っているようでした。その女性は彼のために働いているだけでした。少なくとも、わたしにはそう見えました。彼のために働いているんだと。職業的に――保安官という職務との関連で――ではなくて、個人的に。法律上の権限なしに」

「法律上の権限なしに？」

「というのは、法律関係のプロの恰好ではなかったからです。むしろ、ちょっとけばけばしい恰好でした。大きなプラスチックのイヤリングをしているような」スペンサーは笑った。「いや、もちろん、実際にはプラスチックのイヤリングはしていなかったかもしれませんが、要するに、そういう印象を与えたということです。だから、けさ、グロリアのファイルに目を通したとき、その女性がピッツヴィルの出身だと知っても、驚きませんでした」

「それはどういう意味ですか？」

「あそこには女性刑務所があるんです」とスペンサーは言った。「メーヴィス・ワイルドは、ピッツヴィルの〈壁のなか〉をよく知っていてもおかしくないタイプだったということです」

「その女はぐるだったにちがいない」数分後、ぼくが聞いたことを説明すると、父が刺々しく言った。「ポーターフィールドはたぶんグロリアから盗んだものの一部をその女にやったんだ」いかにも軽蔑したようにらんらんと目を光らせた。「金で買われたんだよ、その女は。ポーターフィールドに金で買われたんだ」

あまりにも過激な言い方で――メーヴィス・ワイルドがウォレス・ポーターフィールドの悪の手先にすぎないと信じきっているようで――反論の余地はなさそうだったので、

ぼくは黙ってやり過ごした。黙っていれば、すぐにもうひとつの問題に移るだろうと思ったのだ。

「おれに言わせれば、問題はハルドールだ」と、一瞬後に、父は口走った。「ポーターフィールドがあの娘をはるばるここまで連れてきたのはそのためだろう。人里離れたところへ連れてきて、薬漬けにするためなんだ。そうすれば、彼女の全財産を横取りしても、だれにもわからないからな」

父はいまやかつてないほど強固に信じていた。ウォレス・ポーターフィールドはホレスとラヴィーニア・ケロッグの殺害を利用して、アーチーが破滅することになった行為から利益を引き出したにちがいないと信じていた。父のなかで燃えさかる炎はあまりにも熱く、本人が焼き尽くされてしまうのではないかと心配になるほどだった。

「ポーターフィールドはむかしから人のものを横取りしていた」と父はつづけた。「ウェイロードでも、古い小屋を強制収容させて、住人を追い出してから、それを買い取ったことがある」いかにも不愉快そうに顔を引きつらせて、「略奪はポーターフィールド家の血なんだ。しかも、これは山の古い小屋ではなくて、立派な大邸宅だ。ポーターフィールドはよだれを流したにちがいない」

「でも、問題は」とぼくは穏やかに指摘した。「ホレス・ケロッグの財産はすべてグロリアが受け継いだということだよ」

「だから、あの医者に彼女を薬漬けにさせたんじゃないか」と父は言った。「そいつに手をまわして、グロリアが二度と自分の頭で考えられないように処置させたんだ。そうすれば、すべてを自分のものにできるからだ。しかも、合法的に。グロリアにはまったく判断力がないから、すべて自分が引き継ぐと言えばいいんだから」

憤怒のあまり、父はなかば気が狂ったかのようだった。ウォレス・ポーターフィールドへの復讐心が昂じて正気を失いかけていた。にもかかわらず、父の言うことにも一理あり、それなりの論理性があることは認めざるをえなかった。恐ろしいことではあったが、父の主張にはそれぞれにいちおうもっともな根拠があった。だから、傾きかけた日射しのなかで、ぼくはすべてを父の目を通して見ること——すべてはポーターフィールドの邪悪な目的のために綿密に計算され、冷酷に実行された結果だと考えることもできるような気がした。ポーターフィールドが父の考えているような人間だと想像しさえすれば、すべてが腑に落ちる。彼がふつうの人間をはるかに超えた、巨人族《ガルガンチュア》のような欲望をもつ悪党であり、拳銃とバッジをもち、やりたい放題ができる権威を笠に着て、貧しい者や弱い者を良心のかけらもなく捻りつぶす男だとすれば、その卑劣な心のなかでありとあらゆる悪が腐臭を放っているような男だとすれば。

そのポーターフィールドの壮大なる悪意をさらに限界点まで押し広げようとするかのように、父が言った。「いいか、アーチーは一度も車を離れなかったかもしれないんだぞ、ロイ」

ぼくは呆気にとられて、父の顔を見た。

「あの家のなかにいたのはポーターフィールドかもしれない。自分でやったのかもしれないんだ、殺人を。欲しいものがあれば、ポーターフィールドはどんなことだってやるんだから」

「でも、銃はどうなるんだい？」父のあまりの極端さにそのとき初めて狼狽して、ぼくは指摘した。いまや父は危うい空想の沼に沈んでしまったような気がした。「アーチーは銃を持っていたんだし、あれが殺人の凶器だったんだよ」

「どうしてあの銃が犯行に使われた凶器だったとわかるんだ？」

われながら驚いたことに、父の銃があの夜使われた凶器だとは断定できないことを、ぼくは認めざるをえなかった。

父はその弱みをさらに責め立てた。「おれの言っている意味がわかるだろう？」と彼は言った。「おれたちは信じこまされていただけなんだ。ポーターフィールドが言ったことをなにもかも」

「でも、アーチーも言ったんだよ、父さん。彼は自白したんだ、覚えてるだろ？　しかも、ポーターフィールドに対してだけじゃなくて、ぼくに対しても」

「アーチーはおびえていたのかもしれない。だから、口から出任せを言ったのかもしれない」と父は言った。「もしかすると、あとで取り消そうとしたのかもしれない。だから、もしかすると……」父は大きく目を見ひらいた。「もしかすると、そのせいで彼は死んだのかもしれない。取り消そうとしていたから」

狂気じみた炎がふたたびメラメラと激しく燃え上がった。「グロリアを見つけなきゃならないぞ、ロイ」自分の心のなかでくすぶっている現実以外には、どんな現実も信じられず、それと異なる世界はもはや認めることすらできなくなった者の、狂気にみちた確信をもって、父は宣言した。「彼女がただひとりの生き証人なんだ。彼女を見つけて、真実を聞き出す必要がある」

23

ぼくはドアの背後の物音に耳を澄ませていた。もつれたシーツのなかで最後にもう一度寝苦しそうに寝返りをうち、長々と重苦しい息を吐く音が聞こえた——それがようやく前後不覚になったしるしだった。それから、ぼくは居間の小さな木のテーブルの受話器に忍び足で歩み寄り、プール先生を呼び出した。

「なにかあったのかね、ロイ？　あんたはまるで——」

「父のことなんです。父が——」

「すぐに行く」

「いや、待ってください」とぼくはあわてて言った。「体のことじゃないんです。いや、体のことかもしれないけど。わからないんですよ。だから、電話しているんですが」

「どうしたんだね、ロイ？　ジェシーがどうかしたのか？」

「父は……気が狂ってしまったようなんです」

声の調子や落ち着いた受け答えからすれば、プール先生はそう聞いても少しも驚かなかったようだった。

「彼はどんなことをしているんだ？　具体的に言ってくれ」

「妄想を抱いているんです。じつにいろんな妄想を。ただ、すべてがひとつのことに結びついているようです。ポーターフィールドがすべての背後にいると父は確信しているんですよ。ケロッグ殺人事件や、アーチーの自殺や、グロリアの強制入院といったことの」ぼくは返事を待ったが、やがてつづけた。「ぼくの責任です。ぼくがこの問題を調べだしたりしなければよかったんです」

「だれの責任でもない」とプール先生は請け合った。「痴呆の症状だ。小さな発作を起こしたのかもしれない」

「どうすればいいんですか?」とぼくは訊いた。われながらいかにも頼りない声だった。

「できることはあまりない。あんたが彼の……神経を鎮めたいと思うなら、話は別だが」

「薬で鎮めたくはないんです、先生。これは父の人生の最期の日々なんだから。父には……意識のある状態で、最後まで生きてほしいんです」

「それなら、話を合わせるしかないな、ロイ」とプール先生は言った。「反論することもできるが、そうしてもいいことはないだろう。彼は猛烈に反撃するだろうし、そのうち、一言も口をきかなくなるかもしれない。だから、あんたが彼の頭のなかに入り込むようにして、たとえどんなに途方もないことを言いだしても、それに話を合わせることだ」

数時間後、眠れないままベッドに横たわって、ぼくは言われたとおりにしていた。父の頭のなかに入り込んで、焼け落ちた家の残骸のなかを歩くように、隅々まで調べてまわろうとした。そうやって、ウォレス・ポーターフィールドがやったと父が言うすべてについてもう一度考えてみたが、いずれも証拠がないか、証明不可能だった。ぼくが事実を重視すればするほど、じつは父にとっては事実そのものは問題ではないことがあきらかになった。結局のところ、すべてはひとつの問題に帰着するような気がした。もしもぼくがウォレス・ポーターフィールドを屈服させようとする父のこの絶望的な旅路に同行しないとすれば、息子としてどんなふうに評価されることになるかということだった。

ぼくはドアをそっとノックして、父のために用意した朝食を運びこんだ。とはいっても、固ゆでの卵一個とブラック・コーヒーだけで、いまや父の喉を通るのはそのくらいでしかなかったが。

「やることに決めたよ」と、トレイを父の膝に置きながら、ぼくは言った。

父はものうげに卵とコーヒーを見ただけで、手を出そうとはしなかった。

「ぼくはグロリアを捜すつもりだ」

父は大儀そうにうなずいた。前日の遠出が、残っていたわずかな体力を大きく消耗させる結果になったにちがいない。いまやそれははっきりしていた。「どうしても彼女を見つける必要があるぞ、ロイ」と父は言ったが、いまやほとんどささやくような声だった。「彼女はポーターフィールドがやったことを知っているんだから」

「ほんとうになにかやったとすればだけど」と、飛びこむ前に最後にもう一度躊躇するかのように、ぼくは指摘した。

年老いた目がさっとぼくの顔に向けられた。「ふん、やつがやったのは間違いない。やつは自分のやったことの償いをしなきゃならない」ぼくたちのあいだの煮え立つような空気のなかに手を突き出して、なかば指を曲げた手を振った。「さもなければ……さもなければ……」懇願するようにぼくの顔を見つめて、「さもなければ、なんの意味もないことになるからだ、ロイ」父はがっくりとうなだれて、低い声で言った。「この地上のなにひとつ意味をもたないことになってしまう」

そのときだった。父がほんとうは何を求めているのかをぼくがはっきりと悟ったのは。父が求めているのは復讐ではなかった。それはなんらかの〈意味〉だった。ウォレス・ポーターフィールドには罪があるはずであり、彼はその罰を受けなければならない。それは自分の恨みを晴らしたいからではなかった。父がこれほどまでに激しく、痛切に必要としているのは、この世界が筋の通ったものだと信じられることだった。

それで、ぼくは言った。「計画があるんだ」

父はゆっくりと顔を上げた。

「グロリアを見つけるための計画だよ。むかし読んだ探偵小説から思いついたんだ。現実にうまくいくかどうかはわからないけど、試してみても害はないからね」

ぼくは答えを待ったが、なんの答えもなかった。その代わり、父は長々と重苦しそうに息を吸った。

「これからウォレス・ポーターフィールドに電話をかけて、彼が出たら、ぼくは小声である名前をささやくつもりだ。メーヴィス・ワイルドってね。それから、車でポーターフィールドの家に行って、彼があの大きなリンカーンに乗りこむかどうか見張るんだ」

「車に乗ったら、あとをつけるのか？」と父が訊いた。

ぼくはうなずいた。「彼がぼくをメーヴィス・ワイルドのところに連れていってくれることを期待してね。彼女が見つかれば、彼女を通じてホレス・ケロッグの娘にたどり着けるかもしれない」

父は満足そうにうなずいた。この計画には大きな穴があることをぼくは知っていたし、それは父にもわかっていたにちがいなかったが。ポーターフィールドはなにもしないかもしれないし、電話でメーヴィス・ワイルドと話すだけかもしれない。こんなに何年も経っているのだから、彼女の名前を覚えていない可能性さえあるだろう。

「もちろん、うまくいかないかもしれないけど」とぼくは認めて立ち上がり、電話機のほうに歩いていった。

しかし、驚いたことに、それはうまくいった。

車は百キロ以上走りつづけたが、ポーターフィールドは雨のなかをゆっくりと、老人らしく慎重に運転した。ときおり、近づいてくる車に会釈したり、みすぼらしい町のひとつを通り抜けるとき、知っている人間を見つけて手を振ったりしたが、一度も停まることはなく、方向を変えることもなく、どこかに向かって着実に走りつづけた。ぼくはしだいに老保安官がぼくをメーヴィス・ワイルドのところに案内してくれているという確信を深めていった。彼女が見つかれば、ポーターフィールドの犯罪があばかれるだけでなく、ぼくの家族の人生の核心にある暗い部分——父の、アーチーの、ぼくの不幸の源泉——があきらかになるのではないか。いまポーターフィールドがぼくを連れていこうとしている場所が、それを映し出してくれるのではないかという気がしてきた。道はどんどん森の奥に入りこみ、ぼくの目には、あたりはまるで原始林みたいに見えた。

さらに二十分ほど走ると、ポーターフィールドはようやく泥だらけのドライヴウェイに入っていって、小さな木造の小屋の前に車を停めた。人里離れたところに建つ荒れ果てたその建物は、周囲の森に呑みこまれかけており、それ自体なんだか雑草みたいに見えた。

ぼくはその小屋を通りすぎて、二、三百メートル走りつづけ、それからUターンして、木の間から監視できるところまで近づいた。

リンカーンは小屋の前に艶のある石みたいに停まっていた。ポーターフィールドが運転席に坐り、片手を膝に置いて、もう一方の手を定期的に上下させ、ときどき煙草を口に運んでいるのが見えた。窓の隙間から、灰色の煙が渦を巻いて立ち昇っている。ポーターフィールドはほとんど身じろぎもせず、ぐったり重たそうに坐っており、奇妙なくらい憂鬱そうだった。どこか根本的なところで、自分自身の友だちにさえなれない男なのだろう。

それからどのくらい待っただろう。フロントガラスに描かれる雨の筋模様を眺めながら、ひょっとしたら、ポーターフィールドがこの人里離れた場所に来たのは、黒い大きな車のなかに坐って、黙って煙草を吸いながら、老保安官が永遠に逃れられない——とぼくが想像している——さまざまな過去の不安に浸ってぼんやりするためであり、キングダム・シティからの長いドライヴはぼくの電話や、ぼくが彼の耳元でささやいた不吉な名前とはなんの関係もなかったのかもしれない、とぼくは信じかけていた。

と、そのとき、泥だらけの青いセダンが遠くに現われた。その車はドライヴウェイに近づくとスピードを落とし、それから大きくターンした。車がターンしたとき、運転席に女が乗っているのが見えたが、雨と霧にさえぎられて顔までは見えなかった。ポーターフィールドの車の横に自分の車を停めると、女が車から降り立った。ぼくは身を乗り出して、スペンサー博士がデートンヴィル病院のロビーで見かけた品のない女かどうか確かめようとしたが、女は血のように赤い帽子をかぶり、黄色いレインコートに身を包んでいて、ほとんどなにも見えなかった。ぼくに見えたのは、女がしのつく雨のなかを決然たる足取りで歩き、いきなり現われた白い老犬には目もくれなかったことだった。犬は少し離れたところで様子をうかがっていたが、やがてどこかに姿を消した。女はそのままポーターフィールドの車の助手席側に歩み寄ると、ドアをあけて、車に乗りこんだ。

そのあとぼくに見えたのは、リンカーンのくもった窓の背後のおぼろげな人影と、ときおり運転席側の窓がわずかにあいて立ち昇る煙の渦だけだった。

数分すると、助手席側のドアがあいて、ふたたび女が現われた。彼女は雨のなかで腰をかがめて、こくりと小さくうなずき、勢いよくドアを閉めて、後ろにさがった。そして、ぼくに背中を向けて立ったまま、ポーターフィールドの車が出ていくのを見送った。

リンカーンの赤いテールライトが霧のなかに完全に消えるのを待ってから、ぼくはそのドライヴウェイに車を入れた。頭のなかで父の声が響いていた。〈ふん、やつがやったのは間違いないね〉そのとき初めて、ぼくは父の言っていたことを信じた。長年のあいだ、ウォレス・ポーターフィールドとメーヴィス・ワイルドは共謀して犯罪を重ねてきたにちがいない。グロリア・ケロッグを世間から葬り去り、それとともに、あの高くて暗い生け垣の横にぼくの弟がおんぼろフォードを停めたあと、ほんとうには何が起こったかについて彼女が知っていることを隠してしまったにちがいない。

その小屋のドアの前に着いたときには、ぼくはこのふたりの共謀の現実性を受けいれていた。それを完全に受けいれて、いまこそ自分たちの幸せを盗もうとする陰謀と対決し、残されたわずかなカードを表向きに配らせようとしているのだと確信していた。

24

ノックしたドアがひらいたとき、一枚目のカードがいきなりめくられた。現われたのはいかにも因業で、薄情そうな顔だった。もつれた髪はしばらく洗っていないようだった。五十前後だろうとは思ったが、それより十歳上だとしても驚かなかったろう。それでも、いま目の前の戸口に立っているこの女がだれか、ぼくにははっきりとわかった。プラスチックのイヤリングはしていなかったし、模造宝石のアクセサリーもつけてなかったが、スペンサーが描写した基本的な性格は、いかにも強欲そうにぎらりと光った黒い目にあからさまに表われていた。この女にはどこか卑しいところがあり、その卑しさこそ彼女がそこから生まれ、永遠にそこに根を下ろしている土壌にちがいなかった。時とともに顔立ちは変わり、耳につけたプラスチックのイヤリングはなくなるかもしれないが、この女がむかしから魂を売り渡してしまった人間であることは永遠に変わらないだろう。

「メーヴィス・ワイルドだね」女が黙ったままなので、ぼくは言った。「ぼくの名前はロイ・スレーターだ。ぼくは――」

「あんたがだれかは知ってるわ」と女は言った。

幅の狭い、縮んでしまったような顔。なんだか妙にミイラみたいで、目や口は革袋に不器用にあけた穴みたいだった。

「あんたが現われるかもしれないってウォレスが言ってたわ。けさ、彼の家に電話して、あたしの名前を言って、切ったそうね」

「どうしてぼくだとわかったんだ？」

女はあざけるような笑みを浮かべた。「ウォレスが知らないことはあまりないわ」あざ笑いが歪んで、面白がっているような笑みになった。「あんたが車を見失わないように、ずいぶんゆっくり走ってきたそうよ」

「ポーターフィールドは人を操るのが好きなんだ」

女は黙ってぼくを見て、値踏みしているようだった。怖れている気配はなかった。これまでにもずっと怖い男たちを相手にしてきたのだろう。「あんたはあの殺人事件のことで頭に血がのぼっているってウォレスは言ってたわ。あんたの弟がやったあの事件のことで」

「ぼくはあの事件を調べているんだ」

女はぼくの顔を見て、話を最後まで聞こうか、それともドアを閉めてしまおうか考えているようだった。どちらにしても少しもかまわないのだが、と言いたげに。

「それじゃ、ま、お入りなさい、ロイ・スレーター。男がここに足を踏み入れるのはずいぶん久しぶりだわ」

ぼくはなかに入って、あたりを見まわした。水の染みのある壁紙はひどい皮膚病患者の肌みたいに剝がれかかり、疵だらけの床には古雑誌や黄色くなった新聞の山が散らばっていた。

「片づけちまいたいんだけど、なかなか手がまわらなくてね」とメーヴィスが言った。「ここを売ろうとしてみたこともあるけど、こんな田舎じゃ、なかなか買い手がつかないし」女は色褪せた赤いソファにドッカリ腰をおろして、前に置いてある疵だらけのテーブルに両脚をのせた。「ウォレスにちょっかいを出すのは、あまり利口なことじゃないわよ。彼は自分のプライベートなことに鼻を突っこまれるのは嫌いなんだから」

「彼はここを『プライベートなこと』に使っていたのかね?」

女はカッカッとけたたましく笑った。「まあ、そういうことになるかもしれないわ。あんたは、たぶん、売春宿には行ったことがないんだろうね?」

「ああ、そうさ」

女はテーブルからハンドバッグを取って、煙草のパックをつかみ出した。「ふん、それはかわいそうに」と女は言って、もう一度けたたましく笑った。「むかしはこの小さな場所は男の子でいっぱいだったものさ。大部分はここから二十五キロほどのところにあった陸軍基地から来たんだけど、毎晩何人かずつ連れだって来たものだった。生まれはじつにいろいろだったね、そういう兵隊たちは。全国各地から来ていたから」彼女はぼくの顔に目をとめた。「そんなに驚いた顔をすることないじゃないの。あたしがこういうことをべらべらしゃべったからといって。なにも隠すことはないのよ。ここを経営していたことで、あたしはもう刑期を務めあげているんだから。だから、あんたを怖がる理由はないの」女は煙草に火をつけた。「それに、あたしゃ悪いことをしたとは思っていない。ふん、あんたみたいな男が大勢ここに来たものなのよ。はるばるキンダム・シティから。ちょっとした……経験をするために」女が目を細めると、爬虫類の目みたいになった。「でも、あんたはあたしの華々しかった時代の話を聞きにはるばるキンダム・シティから来たわけじゃないわね？」

「ああ」

「あの殺人事件のことで来たんだって、ウォレスが言っていたけど。あんたはあんたの弟がやったんじゃないと思いこんでるんだって」

「そのとおりさ」

「ウォレスに言われたのよ。あんたが現われたら、ひとつ質問してやるがいいってね」女はまたもやにやりと笑った。嘲笑するような笑い。「それじゃ、だれがやったんだ？　だれがやったんだって。ウォレスがそうあんたに訊いてみろって言ってたわ。あんたの弟がやったんでなけりゃ、だれがやったんだって。そう訊いて、あんたがどう答えるか見てみるがいいってね」

「ぼくはウォレス・ポーターフィールドに言われたとおりにするつもりはない」とぼくは答えた。父の怒りに負けないほど猛烈な怒りがぼくの体を突き抜けた。「もう彼に操られるつもりはない」

「彼はあんたを操っているわけじゃないわ」とメーヴィスはきっぱり言い切った。「少なくとも、本気ではね。ウォレスがほんとにあんたを操ろうとしていたら、あんたにもはっきりわかるはずよ」

「しかし、彼はぼくの父がこの事件に関わっていると信じこませようとした」とぼくは言った。「二組の足跡があったと言って。弟の車から出た足跡が。その一方がぼくの父の足跡だと言ったんだ」

「そうかもしれないじゃない」

「いや、そんなことはない」

メーヴィスは一瞬ぼくをじっと見つめたが、それから言った。「まあ、そんなことはあたしにはどうでもいいことだわ」身を乗り出して、汚れたグラスで煙草を揉み消した。「あたしは事件のことはなにも知らないんだから。はるかキンダム郡での事件だったんだから、噂には聞いていたけど、ただそれだけだから」女はふたたび汚いクッションに背をもたせかけた。その目が悪意でぎらりと光った。「ウォレスはあんたがグロリアのことを訊くだろうと言ってたわ。あんたがあちこち嗅ぎまわって、あの娘のことを訊きまわらなきゃ、あたしの名前を聞くことはなかったはずだからってね。さあ、訊きなさいよ。何を訊きたいのか知らないけど、訊くがいいわ。そうして、とっとと帰ることね。あたしはあんたには用はないんだから」

「ポーターフィールドがグロリアを退院させた日、あんたは彼といっしょにデートンヴィルに行ったね？」

「もちろん、行ったわ」女は面白くもなさそうに言った。「でも、言っとくけど、それはべつに不思議なことじゃない。ウォレスから手伝ってくれって言われただけなんだから。グロリアを引き取るのを。だから、いっしょに行ったのよ」

「なぜ彼はあんたの助けが必要だったんだい？」

「精神病院から退院させたあと、娘の面倒をみる必要があったからよ。しばらく面倒をみてやる人間が必要だったのよ」

「なぜあんただったんだい？」

「彼はあたしを信用していたからよ。むかしからここに来ていたから。彼が保安官だったころ、ちょっとした取り決めがあったんだけど、あたしはずっとだれにもそれをばらさなかったし」

「彼はあんたの……客のひとりだったのかい？」

「いいえ、ウォレスは商売女を欲しがったことはなかったわ」とメーヴィスが言った。「彼はいつも自分で娘を連れてきた。娘を連れてくる場所が必要だっただけなのよ。キンダム郡の外に、プライベートな場所が。向こうでは、法律の番人だったわけだから」

片腕をソファの背もたれ越しにだらりと垂らして、にやりと笑った。「あんたもそういう場所が必要だったことはないの、ロイ？」

「あの日、デートンヴィルを出てから、あんたはグロリアをどこへ連れていったんだい？」

メーヴィスは痩せこけた手で、絡み合った髪のカールを梳《す》いた。「自分の家に連れていったのよ。そして、ちゃんと面倒をみてやったわ。自分の家で。ここではなくてね。あたしはピッツヴィルに別の家があるの。グロリアがいたのはそっちだった。すてきな家で、あそこならグロリアをきちんと世話してやれたし、自分が留守にするときは、だれかに見ていてもらうこともできたからね。あの娘は自分ではなにひとつできなかった。といっても、べつに体が不自由だったわけじゃなくて、歩いたり、話したり、そういうことはできたんだけど、自分からはなにもやろうとしなかったのよ。あの娘から目を離すなって、ウォレスからきびしく言われたわ。自殺するんじゃないかと怖れていたから」

ぼくの頭のなかで、父の声が聞こえた。〈おそらく、グロリアにはどこも悪いところはなかったんだ。ポーターフィールドの邪魔だったということを除けば〉「それは間違いないのかね？」とぼくは訊いた。

驚いたことに、女は疑われたことで気分を害したようだった。「もちろん、間違いないわ。彼がそう思っていなければ、あたしにそんなことを言うわけないじゃないの。だいいち、だから彼はあの娘をデートンヴィルに連れていったのよ。キンダム郡の保安官の仕事をしながら、あの娘が自殺しないように見張っていることはできなかったから」

「彼はあの娘を厄介払いしたかっただけなのかもしれない」

メーヴィスは鼻を鳴らした。「あら、そう？　それじゃ、言うけど――もしもウォレス・ポーターフィールドがあの娘を厄介払いしたかったのなら、彼はただ単にそうしたでしょうよ。わざわざデートンヴィルまで連れていったり、いろんな医者に診せたり、それからまた退院させて、あたしに面倒をみさせたりするはずがないわ。話のついでに、もうひとつ言っておくけど、面倒をみていたあいだ、あたしはグロリアにとてもよくしてやったのよ」

「どのくらいのあいだ彼女の面倒をみ
ていたんだい？」

「二、三カ月よ。ウォレスは十分な費用を払ったわ。でも、年中めそめそ泣いてばかりで、お金をもらおうともらうまいと、出ていってくれてせいせいしたわ」

「出ていった？」とぼくは聞き返した。ひょっとすると、消えてしまったその足跡を追いかけなければならないかもしれないが、必要なら、そうする決意だった。ぼくにとって、いまやグロリアは陰鬱なおとぎ話から抜け出したか弱いこどものようなものだった。途方にくれて森のなかをさまよいながら、なんとか手掛かりを残そうとパン屑を落としていったかもしれない。

「そうよ。ウォレスが南部のどこかへ送ったのよ」メーヴィスは大儀そうに立ち上がると、小さなテーブルに歩み寄って、一通の白い封筒を手に取った。「けさ、来たとき、ウォレスはこれを持ってきたのよ。ずいぶん躍起になってグロリアがどうなったか知ろうとしているようだから、これを渡してやれって言われたわ」

「彼はなにもかも考えているようじゃないか」とぼくはきつい口調で言った。

「ええ、そうよ」メーヴィスの声は冷やかだった。「さあ、読むがいいわ。そして、帰ってちょうだい。これ以上あんたとふざけてる暇はないんだから」

手紙は、ルイジアナ州バトン・ルージュにあるブライス診療センターから来たものだった。一九七四年六月九日に、グロリア・リン・ケロッグは二十六歳で脳の動脈瘤で死亡したとされていた。ミス・ケロッグの「生存する唯一の親族」であるウォレス・ポーターフィールドに対して、彼女のために可能なすべての処置が取られたことを保証するとともに、必要な葬儀の手配をしてほしいと依頼していた。

「なぜポーターフィールドがグロリアの生存する唯一の親族だとされているのかね？」とぼくが訊いた。

「実際そうだからよ」

「そんなことは信じられないね」とぼくは言った。

「あんたが信じようと信じまいとかまわないわ」とメーヴィスがピシャリと言った。「でも、ウォレスとグロリアの母親がいとこ同士なのは事実なのよ。そもそも彼女がキンダム郡に来たのはそのせいで、ウォレスが彼女の旦那を保安官助手にしてやると言ったからなんだから」

「母親の家族はどこにいるんだい？」

「それはウォレスから聞いたことがないわ。ただ、母親がいとこだから、グロリアを押しつけられたと言っていただけよ。ほかにはだれも指一本動かそうとしないから、彼が面倒をみなければならないんだって。実際、彼はそうしたんだけど」

父が丹念に織り上げた陰謀説という織物の、細い糸が一本プツリと切れたような気がした。

「実際のところ、ウォレスはグロリアのためにできるだけのことはしたのよ」とメーヴィスは言った。「彼女のために大金をつかったんだから。南部の病院に入院させたり。ものすごくお金がかかったのよ」

「だが、それは彼の金じゃなかった」とぼくは反論した。なんとか切れた箇所を縫い合わせ、織物を強靭なものにして、この世界が筋の通ったものだと信じたいという父の苦衷にみちた欲求の重みを支えられるものにしたかった。「ポーターフィールドはグロリアの金をつかって——」

「グロリアの金？」メーヴィスの歪んだ口元からけたたましい笑い声がひびいた。「グロリアは無一文だったのよ」

「いや、彼女には金があった」とぼくは言い張った。「相続した遺産があったじゃないか。父親から相続した遺産が」

メーヴィスはまたもやけたたましく笑った。「グロリアの父親は泥棒だったのよ。自分の銀行からひそかに大金を引き出していたんだから。それを全部返さなきゃならなかったから、娘には一セントも残っていなかったわ」

「しかし、家と家財があっただろう？」とぼくはあくまでも食い下がり、父から聞いた競売の様子を思い浮かべた。広い前庭に大勢の人が集まって、家具や食器や最後には家までが競売にかけられ、ポーターフィールドがそのすべてを監督して、グロリアが受け継いだ財産が細切れにされて運び去られるのを欲の深そうな目で見守っていたはずだった。

「ウォレスはなにもかも売らなきゃならなかったわ」とメーヴィスはぼくに教えた。「あの銀行には大物が融資していて、それをすべて返済しないと、グロリアの父親の不正が明るみに出てしまうことになっていたのよ。だから、ウォレスは彼らに返済したの。それが終わったときには、あとには一セントも残っていなかったわ」彼女は笑った。「あんたの弟がグロリアのあの無責任な父親を撃ち殺したのは、本人にとってもいいことだったって、ウォレスは言っていたわ。どっちみち、ホレス・ケロッグは刑務所行きになる運命だったんだから。あんたの弟に撃たれたのは自業自得だってね」

そう言われると、ぼくはぐるりと一周まわって出発点に引き戻された。ぼくがポーターフィールドの耳にメーヴィスの名前をささやくことになったそもそもの出発点に。二十年前、郡道１４１１号線の派手な装飾が施されたドアの背後で、激しい銃声が響いたあの雪の夜に。

「グロリアは事件についてなにか言ってなかったかい？」とぼくが訊いた。

「あの娘は古いロケットを持っていて、お祖母さんからもらったんだって言ってたわ。

それにさわると、いろいろ思い出すらしかった」

「いろいろ？」

「そのことで泣き言を言いだしたわ」とメーヴィスは答えた。「どうしてもあのロケットを持っていく必要があった、あれは質に入れるつもりだったんだって言うのよ。ボーイフレンドと、あんたの弟と逃げ出したあとに。ともかく、彼にはお金がなかったから、どこへ行くにしても、家を出るときあのロケットを持っていくつもりだったというの。事件についてあの娘が言ったのはそれだけよ。たとえ何が起ころうと、あのロケットが必要だった。彼が何と言おうと、それを取ってくるつもりだったってね」

「彼が何と言おうと？」

「ボーイフレンドのことだと思うわ」とメーヴィスが答えた。「駆け落ちしようとしていた相手よ。彼はあの娘にロケットを取りにいくなって言ったらしいわ。でも、グロリアはどうしてもそれが必要だ、あれなしに出発するつもりはないと言ったのよ」

「でも、彼女はそれを持っていたじゃないか」と、ぼくは困惑して言った。「あの夜、ポーターフィールドに発見されたとき、彼女はそれを持っていたんだぞ」

メーヴィスは肩をすくめた。「あたしが知っているのは、それを持っていく必要があると言っていたことだけよ。グロリアはそう言っていたわ。あのロケットをどうしても持っていく必要がある、彼にそれを止めさせるつもりはないって。彼がそれを止めようとしたから、それで喧嘩になったって言ってたわ」

〈それを取りにいく〉ぼくは頭のなかでなにかがコトリと動くのを感じた。生け垣のそばにアーチーの車が停まっているのが目に浮かんだ。前の座席にふたりが坐って、必死になって口論している。〈あれを取ってこなくちゃならないのよ、アーチー〉〈だめだよ〉〈わたしは取ってくるわ〉〈グロリア、行かないで〉〈どうしても必要なのよ〉それから、弟の古い黒のフォードのドアがあいて、グロリアが夜のなかに飛びだし、ドライヴウェイを走っていく。あとでウォレス・ポーターフィールドが発見することになる足跡を雪の上に残して。

「ロケットを取りにいったあとに何が起こったか、グロリアは言わなかったのかい？」とぼくが訊いた。

「自分の部屋に取りにいって、ちょうどそれを手に取ったとき、階下でとんでもない騒ぎが起こったって言ってたわ。ものすごい悲鳴がしたらしいわ。母親が悲鳴をあげて父親を呼んで、男の子が銃を持っていると言ったようね」

弟の苦渋にみちた弁解が聞こえた。〈彼女に見せるつもりはなかったんです〉ラヴィーニア・ケロッグのことだったのか、とぼくは思った。ホレス・ケロッグが玄関に駆けつけたときの、アーチーのパニックを想像した。〈あっという間だったんです〉玄関に走りこんで、拳銃を見ると、彼は後ろを向いて、自分の拳銃を取りに走った。〈あっという間だったんです〉女は階段から二階へ逃げようとした。〈あっという間だったんです〉男は廊下を走っていく。〈あっという間だったんです〉だから、考えたり、口論したり、説明したりしている暇はなく、すでに見咎められていた拳銃を突き出して、悲鳴を、混乱を、恐慌を、急激に流れる時間を止めるしかなかったのだろう。なぜなら、すべてが……〈あっという間〉の出来事だったのだから。

「ああ、アーチー」とぼくはつぶやいた。

メーヴィスはぼんやり髪の毛をいじっていた。「さあ、まだほかに質問があるの？」

「いや」とぼくは答えた。いまや、ぼくにはわかっていた。ウォレス・ポーターフィールドは弟の死とも、殺人事件そのものともなんの関わりもなく、それをうまく利用しようと陰謀をめぐらせたこともなかったのだ。彼はぼくを「操った」。意地の悪さからぼくを苦しめようとはしたが、ぼくの家族の人生を破滅させた殺人を犯したわけではなかった。

「じゃ、これでいいのね？」とメーヴィスが訊いた。

小槌が打ち下ろされた。ウォレス・ポーターフィールドについては、これで審理終了だ、とぼくは思った。

「ああ」とぼくは言った。

「よかった」とメーヴィスが言った。「ウォレスはあんたが自分を追いかけていると思っていたから」

「追いかけていたんだ」とぼくは言った。

メーヴィスは鼻を鳴らした。「あんたの前にだれも彼を追いかけてこなかったのが驚きだわ」彼女の声にはこの老保安官に対する感嘆の念がにじんでいた。あれだけの悪事をはたらきながら、いつもまんまと逃げおおせてきたなんて。「もちろん、ウォレスは人を脅して、口を封じていたんだけど」彼女は笑った。「とくにここに連れてきた娘たちはね」彼女はキャビネットに歩み寄って、ウィスキーのボトルを取り出すと、自分のためにグラスに注いだ。「取り調べのために同行したって彼はいつも言ってたけど」

プール先生の声がぼくの頭のなかに響いた。〈ライラを事務所に同行して質問したら、すべてをありのままに証言したと……〉

「あんたはそういう娘たちを見たことがあるのかい？」とぼくが訊いた。

メーヴィスはウィスキーをぐいとあおった。「全員見たわ」

「鮮やかな赤毛の娘を見たことはあるかね？」

メーヴィスはグラスを下に置いた。「赤毛？」彼女は笑い声をあげたが、少しも浮かれてはいなかった。「いいえ、あたしは赤毛の娘なんか見たことないわ」彼女は顔をそむけて、目をかすかに細め、見たことのないその娘の顔を思い浮かべようとしているようだった。「そろそろ帰ったほうがいいわよ。あたしはもう時間がないんだから」

「赤毛の娘だ」とぼくは冷たく繰り返した。「取り調べのために同行されてきた」

メーヴィスはソファに歩み寄って、黄色いレインコートをさっと取ると、袖を通しはじめた。「赤毛の娘なんて覚えてないわ。さあ、あたしはもう行かなきゃならないのよ」

父の非難の言葉がぼくの口を衝いて出た。「あんたは嘘つきだ」

メーヴィスがドアに近づいて、あけた。「さあ、出ていってちょうだい」

ぼくは動かなかった。「ポーターフィールドはここに娘を連れてきた。彼女は赤毛だった。ライラ・カトラーという名前だ」

メーヴィスはぼくをじっとにらんだ。体を硬くして、挑むような目をしていた。「あたしはなにも言うつもりはないわ」

自分のなかになにか新しいものが生まれ、それが激しく衝き上げてくるのをぼくは感じた。父の古くからの怒りのようなものが。「彼はその娘に何をしたんだ?」

「なにもしないわよ」とメーヴィスがどなった。「ここを出ていって!」

ぼくはツカツカと部屋を横切ると、ドアをつかんで、ピシャリと閉めた。それからメーヴィス・ワイルドの喉に手を伸ばして締め上げた。腕にこもる力が一秒ごとにどんどん強くなっていった。

メーヴィスは目を飛び出させ、獣じみた恐怖で凍りついた顔をした。空気を吸おうとして苦しそうにあえいだが、ぼくはそれにはかまわなかった。「取っ組み合いをするほどの価値はなかったと言ってたわ」と彼女はあえぎながら言った。「初物でさえなかったんだからって」

ぼくの指が女の喉に食い込んだ。「なにもかも言ってしまうんだ」

「今度はちょっとやりすぎだと思ったわ」メーヴィスの指がぼくの手を引っ掻いた。「あんなに激しく抵抗するなんて。〈彼はこの娘を殺さなくちゃならなくなるだろう。この娘はけっして泣き寝入りはしない。彼がやったことを話してしまうにちがいない〉とあたしは思ったのよ。でも、彼はその娘のボーイフレンドの犯行の証拠をにぎっていると言いだした。『あんたのボーイフレンドを生かしておきたけりゃ、このことはだれにも言うんじゃない。さもなければ、おれはいつでもあいつを逮捕できるんだぞ』と彼は言った。ウォレスはその娘にそう言ったのよ。口をつぐんでいるか、ボーイフレンドに罪の償いをさせるかどちらかだって」

ぼくはメーヴィス・ワイルドの喉から手を離した。彼女は床に倒れて、ゼイゼイ激しく息を吸いこんだ。「あの娘はウォレスがやったことをだれにも言わなかったんだと思うわ」とあえぎながら言った。「だって、だれも仕返ししには来なかったから」

ベティ・カトラーの糾弾の言葉がぼくの心を切り裂いた。〈あんたはお父さんみたいな男じゃない〉

〈たしかにそのとおりだった〉とぼくは思った。〈いままでは〉

25

部屋に入ってドアをピシャリと閉めると、父はまぶたをヒクヒク震わせて目をひらき、ぼくの憤激した顔を見た。ぼくは湯気が立つほど激しい憤怒の波に押し流されていた。

「ロイ?　どうしたんだ?」

ぼくはクローゼットのドアを乱暴にあけた。「ポーターフィールドだ」

父はベッドのなかでもがいて、シーツをけとばした。「何を探してるんだ?」

「これだよ」

彼はライフルを見て、驚いた顔をした。「どういうつもりなんだ?」

「弾はどこだい?」

「銃を下ろせ」

父はベッドの上に起き上がり、シーツがくしゃくしゃになったベッドの横に脚を下ろした。

「銃を下ろすんだ、ロイ」

ぼくは父の整理ダンスの引き出しを勢いよくあけた。むかし父はいつもそこに弾薬を入れていたものだったが、靴下と下着のあいだにやはり弾薬箱があった。

「ロイ、やめろ」と父が言った。「その銃をこっちへ渡せ」

ぼくは遊底をあけて、弾を込めた。「ウォレス・ポーターフィールドに仕返しをしてやる」

ぼくはドアのほうに歩きかけたが、思ってもみなかったエネルギーを爆発させて、父が前方によろめき出て、ぼくの行く手に立ちふさがった。「ロイ、その銃をこっちへ渡すんだ」

「どいてくれ、父さん」

一瞬、ぼくたちはにらみ合った。それから、父はわきに寄って、ぼくを通した。

ぼくはドアに向かおうとした。背後で父の衣擦れの音がして、重たいものを持ち上げるようなうめき声が聞こえた。それから、目の前が真っ暗になった。


ふたたび光が見えるまでに、どのくらい時間が経ったのかわからなかった。ぼくの目がひらき、一度閉じて、またひらいた。薄暗い影が漂う空間が見えた。何分か過ぎると、その影が消えて、部屋がまぶしい陽光で照らし出された。

ぼくは床にうつ伏せに倒れていた。自分がまだ父の寝室にいることに気づくまでに少し時間がかかった。あたりはしんと静まりかえっていた。その静けさのなかで、ぼくは自分が父に背を向けたこと、父がうめくような声を発したことを思い出した。ベッドの上にアーチーのバットが置いてあった。それを見たとき初めて、後ろからそれで殴られたらしいことを悟った。

まだ頭がくらくらしたが、ふらつく足で立ち上がり、ライフルはないかとあたりを見まわしたが、部屋のなかにはなかった。後頭部のこぶをさすりながら部屋をよろめき出て、表側の窓から外を見た。

後ろを振り向くと、父が古いオレンジ色のソファに黙って坐っていた。膝にライフルをのせている。

「だいじょうぶかね？」と父が訊いた。

ぼくが黙ってにらみつけると、父は言った。「止めなきゃならなかったんだ、ロイ」

「あれでぼくを止められたわけじゃない」とぼくは言った。ふたたび憤激が湧き起こり、ライラが仰向けに寝かされて、その上でポーターフィールドの巨体が上下している恐ろしいイメージが浮かんだ。「ぼくはやつに償いをさせずにはおかない」

ぼくはツカツカと部屋を横切り、父の手からライフルをもぎ取った。

「ロイ、待て！」と父が叫んだ。「おれはウォレス・ポーターフィールドに対してこれ以上失うものはないんだ」

しかし、ぼくはすでに車に乗りこんでいた。父はポーチの支柱のひとつに力なくしがみついて、ぼくの車が出ていくのを見送った。

ポーターフィールドの家へ向かう途中、怒りはますます昂じるばかりだった。血の色をした怒りの大波に押し流されながら、ぼくは長い曲がりくねった道路を走った。この道の果てには依然として老保安官が鎮座しているだろう。あらゆる悪の権化、キンダム郡の腐りきった中心部に君臨する悪の帝王として。

家のそばに近づき、閃光がひらめいているのが見えたとき、ぼくは目前に迫った対決が恐ろしく暴力的なものになるだろうと予感した。

ロニーのパトロールカーがドライヴウェイに駐車しており、ほかにも州警察のパトロールカーが二台停まっていた。さらに救急車も停まっていて、両開きのドアがあいていた。

見ると、ロニーが前庭のオークの大木の下に立っており、三人の制服警官が彼を取り囲んでいる。そこから二、三メートル離れた芝生の上に、ウォレス・ポーターフィールドの巨体が横たわっていた。

ぼくが家に近づいていくと、制服警官が近づいてきた。

「いまは車を通すわけにはいかないんですよ」と、ぼくが車を停めると、その警官が言った。

「何があったんです?」

「ウォレス・ポーターフィールドです」と警官が言った。「だれかに撃たれたんです」

ぼくは芝生に横たわる遺体に、その向こうの空の芝生用椅子《ローン・チェア》に、いまは空席になった玉座に目をやった。

ぼくの頭のまわりで父の声が響いた。〈おれはウォレス・ポーターフィールドに対し

てこれ以上失うものはないんだ〉

　家に帰ると、父は裏庭に落ち着かなさそうに立っていた。濃密な森を背景にした、もうこれ以上痩せられないほどやつれた体。ぼくが近づいていくと、ちらりとこちらを見て、ふたたび視線を森に戻した。

「店に寄ってきたよ」父の横で立ち止まると、シャツのポケットから煙草のパックを取り出して差し出しながら、ぼくは言った。「煙草を切らしているかもしれないと思って」

　父はぼくの手から煙草を受け取った。「ポーターフィールドのところへ行ったのか？」

「ああ、行ったよ」

　彼はパックをあけて、軽くたたいて煙草を一本取り出した。

　ぼくは火をつけてやった。

「だれかに撃たれていた」とぼくはつづけた。

　父はブーツのつま先で地面を蹴った。

　ぼくはそっと父の顔を見守った。父はちらりとぼくと視線を合わせたが、またすぐに目をそらした。「ずいぶん手間がはぶけたよ」とぼくは父に言った。

　それっきり、ぼくたちはそのことは話さなかったし、家のなかでウォレス・ポーターフィールドの名前が出ることもなかった。三日後、ロニーが家の玄関に現われるまでは。

「ロイ、二、三質問したいことがあるんだがね」とロニーは言った。

ぼくが彼をなかに入れると、ロニーはしばらくあたりを見まわして、擦りきれた父の持ち物のいくつかをじっと見つめた。彼が何を考えているのかはわかっていた。たとえウェイロードから出てきても、人間は変わるものではない。いつになっても低級で、野心もなく、何者にもなれないに決まっていると思っているのだろう。

「親父さんはどこだい？」

「眠ってるよ」ぼくは窓際の長椅子を顎で指した。「まあ、坐ってくれ」

彼は腐りかけた切り株でも見るような目で、その長椅子を見た。「いや、立ってるよ」

「どういうことなんだい、ロニー？」

「おれの親父に起こったことについては聞いていると思うが」と、彼は細い針金みたいな声で言った。

「もちろんさ」

ロニーは窓のほうへさっと目をそらした。「だれかが車でやってきて、親父を手招きしたらしい」と彼は言った。「想像できるかぎりでは、親父が車に近づくと、そのだれかがいきなり頭を撃ったようだ。三八口径で。至近距離から親父を撃ったんだ」

父が見たにちがいない光景が目に浮かんだ。ウォレス・ポーターフィールドが大股で車に歩み寄り、窓から覗きこむ。次の瞬間、激しい銃声が起こり、ポーターフィールドは背後によろめいたのだろう。両腕を振りまわし、とうとうジェシー・スレーターがやってきたのかという暗い驚きに顔を凍りつかせて。

「で、じつは、ロイ、おれはその件を捜査しているんだ。いろんなことを調べて、だれがやったのかあきらかにしようとしている。もちろん、親父には大勢敵がいた。長いリストになるだろう。ただ、じつは、親父の電話機の記録で気づいたことがあるんだ。この前の水曜日の朝、かなり早く、電話がかかってきていた。親父の友だちはみんな彼が朝遅いことを知っているから、電話してきたのは友だちではないだろうと思った。で、電話会社に調べさせてみたんだが、その電話はあんたの親父さんの家からかかったことがわかったんだ。つまり、この家の電話からだ」

ぼくはなんとも言わなかった。

「で、おれは考えた。もちろん、あんたの親父さんとおれの親父のあいだには恨み辛みがある。それはそうとうむかしからのものだ。だが、恨みは恨みに過ぎないからな。おれの言いたいことはわかるだろう？　ただ、おれはあの電話のことについて訊かなくちゃならない」

「あんたの親父さんに電話したのはぼくだ」とぼくはこともなげに言った。

「あんただって？」と、ロイが驚いて聞き返した。「なぜだい？」

「二、三訊きたいことがあったからだ」

「何について？」

「ずっとむかし、彼がピッツヴィルで経営していた売春宿のことについてだ。そこで親父さんが何人の娘を買って、強姦したのかと思ってね」

ロニーの顔が真っ赤に染まった。「あんたは銃をもっているのか、ロイ?」

「古いライフルだけだ」

「おれが捜しているのは拳銃だが」

「それじゃ、間違った場所を捜していることになる」

「そうかどうかはおれが決める」とロニーが言った。

「捜索令状なしにはそうはさせない」とぼくは言った。

「捜索令状なんか必要ない」

「いや、必要だね、ロニー、実際必要なんだよ」

「あんたは自分がどこにいると思っているんだ、ロイ?」

「ぼくの父親の家さ」と言いながら、ぼくはふいに誇らしさに身震いした。「あんたにはそろそろ引き取ってもらう時刻だ」

「おれがあの拳銃を見つけるのを止められると思ってるのかね?」あざけるような笑い方は父親とそっくりだった。「おれは令状を取って、ここをひっくり返すこともできるんだぞ」

「それじゃ、令状を取りにいくことだな」

ロニーはぼくをにらみつけた。「戻ってくるからな」と彼は言った。「あしたの朝いちばんに」

「待っているよ」

ロニーはぼくをにらんだが、なにも言わなかった。ドライヴウェイから出ていくとき、自分の権力を見せつけるためだろうが、わざとサイレンを鳴らして走っていくのが聞こえた。

その音が完全に聞こえなくなるのを待って、ぼくは父の部屋に入っていった。

ぼくが父の体を揺すると、父はぎくっとして目を覚ました。

「銃はどこにあるんだい、父さん？」

「いつものところだ」

「ライフルじゃなくて、拳銃だ。三八口径だ」

父はベッドの横の小さなテーブルを頭で示した。「いちばん上の引き出しだ」

引き出しをあけると、マッチ箱や、古い鍵や、過去二十年に父が投げこんだありとあらゆるものといっしょに投げこんであった。引き金のガードから相変わらず白い証拠品の札がぶら下がっていた。

「ロニーがこれを捜しているんだ」とぼくは言った。

「それじゃ、渡してやればいい」

あまりにもどうでもいいような口ぶりだったので、一瞬、これをほんとうに三日前に使ったのだろうかと疑いたくなった。銃身を鼻に近づけてみると、えがらっぽい匂いがした。火薬が燃えた匂いである。

「やつに渡してやるがいい、ロイ」と父は言った。「おれにはなんの違いもないんだから」

「逮捕されるよ、父さん」

「だから、どうだっていうんだ？　メシは食わせてくれるんだろう？」

「やつが父さんを刑務所に入れるのは許さない」

「どうしてだ？」

止めるより先に本音が口から出てしまった。「父さんといっしょにいたいからだ」とぼくは言った。「最期まで。そうできるようにするつもりだ」ぼくは拳銃を自分のベルトに挟んだ。二十年前に、弟がやったのと同じように。

二、三時間後、ぼくは父の夕食の支度をした。キッチンまで歩く体力がなくなっていたので、食事はベッドに運んだ。しばらく四方山話をしたあとで、父が訊いた。「あの拳銃をどうするつもりだ？　川にでも捨てる気かね？」

「いや、川では、徹底的に浚《さら》えば、見つかってしまうだろう。地中に埋めても、金属探知機で見つけられてしまうし、ぼくが突然出かけたり尾行されるに決まっているる」

「それじゃ、どこに隠すつもりなんだ？」と父が訊いた。

「ひとつ考えがあるんだ」とぼくは答えた。「ずっと前に読んだ短編から思いついたんだけど」

「役に立っているってわけか」と父は言った。「あんなにたくさん本を読んだことが」

父はまもなくとぎれがちな眠りに落ちた。そのころには、外はすでに暗くなっていた。ぼくは黒っぽい服を着て、家を出ると、一時間ほどかけてキャントウェルを取り囲む森を抜け、ウォレス・ポーターフィールド家の長くて幅広い芝生に着いた。

ガレージには鍵はかかっていなかった。ぼくはそっと忍びこんで、ケロッグ・ファイルの入っている箱を見つけ、アーチーの犯罪のほかの証拠品のあいだに拳銃をきちんと戻しておいた。証拠品のなかに隠された証拠品。ほかの手紙のなかに隠された手紙のようなものだった。ぼくはミスター・ポーに感謝した。

それから、ふたたびそっと外の暗闇のなかに戻り、森を抜けて家に戻った。


翌朝、ロニーは保安官助手をふたり連れてやってきた。ぼくは戸口で彼を出迎えた。

「銃の捜索に来た」と彼は言った。

「令状は？」とぼくが訊いた。

彼が令状を差し出したので、ぼくはなかに入れてやった。

「銃は父のクローゼットにある」とぼくは言った。「父が部屋で眠っているから、起こさないようにしてくれ」

ロニーは足音も荒く父の部屋に入っていくと、クローゼットを掻きまわして、ライフルを見つけた。そのあいだじゅう、父が身動きする音は聞こえなかった。

「この家にある銃はこのライフルだけかね？」と玄関に戻ってくると、彼が訊いた。

「ああ、そうだ」

「どこかに三八口径を隠しているんじゃないだろうな？　ないと誓えるか、ロイ？」

ぼくは直立不動の姿勢をとって、片手を上げ、二カ月前保安官助手に任命されたときの恰好を真似て、彼を冷やかに見下ろした。「弟の墓にかけて誓うよ」

ロニーはぼくにライフルを返して、「そのうちまた戻ってくるからな」と警告した。

だが、彼は二度と戻ってこなかった。

26

父はそれからさらに三週間生きた。そのあいだ、ぼくはずっと父のそばを離れなかった。ただ一度だけ図書館へ行ったが、それは紡ぎ車から発電機まで、いろんな物がどんなふうに動いているか、どんなふうに組み立てられているかを解説している本を借り出すためだった。ぼくは毎晩、その本を父に読んで聞かせた。

そのあいだじゅう、ぼくたちはいっしょに父の部屋にいた。何十分も、何時間もいっしょだった。午前中から午後にかけてだけでなく、夜のあいだも、父はベッドに、ぼくはそのかたわらの椅子に坐っていた。父の安らかな眠りがぼくの慰めになり、ぼくの寝ずの番が父の慰めになった。

ある夜、ふと目を覚ますと、父が黙ってぼくを見つめていた。父の顔は月明かりを浴び、唇に不思議な笑みが浮かんでいた。

「何だい？」とぼくが訊いた。

片方の手が這うように動いて、もう一方の手のなかににぎられた。「バランスさ」と父は言った。

八月中旬のうだるような暑さの日、ぼくは父を埋葬した。葬式にはプール先生と、かつて父を仲間として迎え入れ、父に向かってビールのボトルを掲げ、みんなのあいだを歩きまわる父の背中をそっとたたいてくれた数人の男たちが列席した。ウェイロードからも何人かがやってきた――ぼく自身は面識のない、名前も聞いたことのない人たちだった。ライラも来たが、彼女の母親は来なかった。「母は先週亡くなったの」と彼女は言った。

「それは気の毒だったね」とぼくは言った。

彼女は穏やかにうなずいて、手を差し出した。「それじゃ、さようなら、ロイ」

ぼくはメーヴィス・ワイルドから聞いたことは仄めかしもしなかった。ただ黙って父の墓のそばに立ったまま、ライラが墓地を出て夏の日に焼かれている古い車に戻っていくのを見送った。彼女は車に乗りこんで、埃っぽい道路を走りだした。彼女はそこを離れて、どんどん落ちていくように見えた。ウェイロードの蜘蛛の巣のなかへ。

家が売れるまでにひと月近くかかり、新しい家主のために家のなかを片づけるのにさらに一週間かかった。家を買い取ったのは、初めてのこどもの誕生を間近にひかえた若いカップルだった。

その長かった日々のあいだに、ぼくは父が残したわずかなものを整理して、その一部は近くの家具屋に売り、残りは家の裏手で火葬場の薪みたいに積んで燃やした。

すべてが片づくと、ぼくは三カ月近く前に持ってきたひとつきりのスーツケースを車に積みこんで、道路へ出た。そして、もう一度古い野球場のそばを通り、キンダム・シティを抜けて、カリフォルニア方面行きの州間高速道路《インターステート・ハイウェイ》へ向かった。高速へ出るすぐ手前で、道路の右側に野の花の咲く野原があり、夏の日の下で赤と白の花が揺れていた。ぼくは道路わきに車を停めて、しばらくそれを眺めていた。それから、行き先を変える決心をした。

ぼくが姿を見つけたとき、彼女は庭に出ていた。山から吹いてくる穏やかな風が、質素な白いドレスの裾を揺すっていた。ぼくが近づいていくと、彼女は幅広い帽子《ボンネット》を脱いで、ライフル銃の尻にヘルメットをかぶせるみたいに、トマトの支柱に引っかけた。

ぼくは彼女に花束を渡した。「ここへ来る途中で摘んだんだ」

彼女はそれを顔に近づけた。「野生の匂いがするわ。花屋で買う花とは違って」もう一度花のほうにうつむいて、それから顔を上げてぼくを見た。「寄ってくれて、ありがとう、ロイ」

「父さんはぼくがきみのために戦うべきだったと思っていた」とぼくは言った。

彼女は首を横に振った。「もうずっとむかしのことだわ」

「きみさえよければ、ぼくはもう少しこの近くにいようかと思うんだ。どういうことになるかはっきりするまで」

彼女は首を振った。「ロイ、もう……」

「きみのあとから崖を飛び降りるのとはちょっと違うかもしれないけど、いまのぼくにはせいぜいこのくらいしかできないんだ。もうむかしほど敏捷じゃないからね」

彼女はにっこり笑みを浮かべた。

「ライラ——きみがぼくのために何をしてくれたか、ぼくは知っているんだ」

彼女の笑みがすっと消えたが、その目のなかで野性的で愛らしいなにかがキラリと光った。

訳者あとがき

こどもを生むかどうかは選べるかもしれないが、どんなこどもを生むかまでは選択できない。どんな人間が生まれてきても、親は死ぬまでその人間と付き合っていくしかない。もちろん、それはこどもの側からも言えることで、というより、こどもの側から見れば、もっとどうしようもないことで、こどもは自分が生まれるかどうかすら選択できるわけではなく、ましてどんな親のもとに生まれるか、どんな土地のどんな家に生まれるか選り好みできるわけでもない。気がついてみれば、人はすでにある決まった場所に生まれており、人生に意味があるのかとか、人生をどう生きるべきかなどと考えはじめる以前に、すでに否応なくひとつの世界のなかに自分の場所を与えられている。

その世界が貧困にあえぐ、神に見捨てられた谷間でしかなく、自分をつくりだした当の父親からは憎しみと蔑みしか感じられないとすれば、こども時代のただひとつの夢がそこから出ていくことでしかなかったとしても不思議ではないだろう。北カリフォルニアの小さな町の教師としてひとりでひっそり暮らしている本書の主人公、ロイ・スレーターは、二度とふたたび故郷には戻るまいと心に決めていた。だが、父親が肝癌で死にかけていると知れば、自分が生き残っている唯一の身よりである以上、父親をひとりで死んでいかせるわけにはいかない。懐かしい思い出などひとつもない父親のもとに、ロイは重たい心を抱えて帰っていく。だが、故郷に戻っていたその一夏のあいだに、一度は記憶から抹殺したはずの過去がふたたび頭をもたげ、彼はウェスト・ヴァージニアの暗い谷間に巣くう蜘蛛の巣にふたたび絡みつかれることになる。

ロイがこの谷間を出ていったとき、彼の家はすでに崩壊していた。あどけなさの残る十七歳の弟、アーチーが、交際を認めないガールフレンドの両親を撃ち殺してしまい、三日後に留置場で首を括るという悲劇が起こり、母親はそのショックでまもなく病死してしまっていた。彼は地元の保安官から、事件に関わっていたのではないかと猜疑の目で見られていたし、しかも、将来結婚を約束していた地元の娘、ライラ・カトラーからもまもなくカリフォルニアに手紙が来て、一方的にその約束を反古にされていた。それからすでに二十年、ロイはすべてをあきらめており、いまさらそういう過去を掘り返すつもりはなかったのだが、ふとしたことから、ライラと再会することになり、心の底に彼女への思いが消えずに残っていることを悟る。

さらに、ライラの老いた母親が洩らした一言をきっかけに、ロイは父親が生まれた古い炭鉱町に出向いて、父親の過去を掘り起こすことになる。ロイがこどものころから父親が背負っているように見えた巨大な不幸。人生に挫折してしまった男の底なしの不機嫌。父親がかつてけっして語ろうとしなかった過去を彼は発見する。炭鉱町での少年のリンチ事件と失われた恋。その事件にもこの地方一帯を独裁者のように支配する悪徳保安官、ポーターフィールドが関わっており、しかも、この保安官が弟の殺人事件でも不審な行動を取っていることがあきらかになる。

そもそも、あの気のやさしい弟が実際に銃を手にして、ガールフレンドの両親を残酷に撃ち殺したとは、ロイにはどうしても想像できなかった。彼は事件の捜査記録をあらためて調べはじめ、事件のあと姿を消した弟のガールフレンドの行方を追うが、やがて次々と予想もしなかった事実があきらかになり、事件の犯人は別にいたのではないかという疑いが湧く。ひょっとしたら、父親が事件に関わっていたのではないか。それとも、あの保安官がすべてを裏から操っていたのか。やがて、ロイの人生を決定的に変えてしまったライラの心変わりの謎にも、じつは背後に途轍もない事実が隠されていたことを知り、彼は激昂して……。

人を傷つけそうにない弟の引き起こした凶悪な殺人事件。地方の小さな町を私物化し、バッジと拳銃を盾にすべてを思いのままに動かしている保安官の不審な行動。けっして過去を語ろうとしない、不機嫌の塊のような父親のなかでいまだに激しく燃えている炎の謎。この作品にはいくつもの謎を追いかけていく楽しみがあるが、同時に、けっして相容れない存在だった父と息子が、最後には和解へと向かっていく物語としても読める。

最近のクックの作品では、登場人物のだれひとりとして救われない重苦しい結末はなりをひそめているが、本書でも、ある意味では痛快でさえある決着がつけられ、主人公のその後にも希望の見えるエンディングになっている。

クックという作家の全体像やこれまでの作品については、前作『孤独な鳥がうたうとき』の吉野仁さんの解説で詳しく取り上げられているので、ここではクックがすでに次作『Red Leaves』を発表しており、そこでもやはり父親と息子の関係が大きなテーマのひとつになっていることを指摘するだけにしておこう。

文春文庫

蜘《く》蛛《も》の巣《す》のなかへ

定価はカバーに
表示してあります

2005年9月10日　第1刷　・

著　者　トマス・H・クック

訳　者　村《むら》松《まつ》潔《きよし》

発行者　庄野音比古

発行所　株式会社　文藝春秋

東京都千代田区紀尾井町 3-23　〒102-8008

TEL 03・3265・1211

文藝春秋ホームページ　http://www.bunshun.co.jp

文春ウェブ文庫　http://www.bunshunplaza.com

落丁、乱丁本は、お手数ですが小社製作部宛お送り下さい。送料小社負担でお取替致します。

印刷・凸版印刷　製本・加藤製本

Printed in Japan

ISBN4-16-770510-9

文春文庫

海外ミステリ・セレクション

( )内は解説者。品切の節はご容赦下さい。

抑えがたい欲望

キース・アブロウ(高橋恭美子訳)

大富豪の生後五カ月の娘が殺された。容疑者は十六歳のその兄だが両親ほか一家全員にも犯行の動機はある。法精神科医の主人公が彼らの心の傷に対峙する心理サスペンス。(池上冬樹)

ア-8-1

草の根

スチュアート・ウッズ(矢野浩三郎訳)

上院議員への道を着実に歩む弁護士ウィル・リーを、悪夢のようなレイプ殺人裁判が揺さぶる。上院選の舞台裏と選挙戦の酷薄な人間模様に迫り、代表作『警察署長』の六十年後を描く力作。

ウ-8-5

パリンドローム

スチュアート・ウッズ(矢野浩三郎訳)

大西洋に浮かぶ美しい島カンバーランド。凶暴で執拗な元夫から逃れてこの島に身を隠す美人写真家は、自分を逃がした弁護士が何者かに殺害されたことを知る。あいつが私を追ってくる。

ウ-8-6

斧

ドナルド・E・ウェストレイク(木村二郎訳)

わたしは今、人を殺そうとしている――リストラで失職した男は乾坤一擲の勝負に出る。再就職のライバルをこの手で消してしまえ! 平凡な男を徐々に侵す狂気を描く戦慄のノワール。

ウ-11-1

鉤《かぎ》

ドナルド・E・ウェストレイク(木村二郎訳)

妻を殺してくれたら55万ドル――二人の作家が交わした約束が、彼らの人生を歪めてゆく。狂おしい不安の果てに訪れる戦慄の結末。傑作『斧』に続き、巨匠が再び放つ犯罪サスペンス。

ウ-11-2

グルーム

ジャン・ヴォートラン(高野優訳)

母親と二人でひきこもるように暮す青年の歪んだ妄想が現実を侵すとき、凄惨な事件が起きる……美しくも荒涼とした文体が描き出す善悪の彼岸。フレンチ・ノワールの鬼才の代表的傑作。

ウ-14-1

（　）内は解説者。品切の節はご容赦下さい。

ヴードゥー・キャデラック
フレッド・ウィラード（黒原敏行訳）
戸梶圭太、ボストン・テラン絶賛！　元CIA工作員が仕掛けた大金詐取計画に群がるダメな悪党どもと美女たち。爆笑と銃撃を繰り返しながら突進する彼らの末路は果たして吉か凶か？
ウ-15-1

フーコーの振り子（上下）
ウンベルト・エーコ（藤村昌昭訳）
テンプル騎士団の残した暗号の謎を追うミラノの編集者を見舞った殺人事件。中世から放たれた矢が現代を貫通する。読者を壮大なる知の迷宮へと誘いこむ、エーコ最大の傑作長篇小説。
エ-5-1

前日島（上下）
ウンベルト・エーコ（藤村昌昭訳）
一六四三年、枢機卿の密命を受けて乗りこんだ船が南太平洋で難破、ロベルトが流れついたのは美しい島の入り江にうち棄てられた無人船だった……。知の巨人が放つバロックの迷宮世界。
エ-5-3

スパイにされたスパイ
ジョゼフ・キャノン（飯島宏訳）
一九五〇年、全米を吹き荒れた〝赤狩り〟旋風。国務省高官だった父は非米活動委員会の喚問に進退窮まりソ連に亡命した。十九年後、その父が捨てた息子に接触してきた。今さら何を……。
キ-11-1

リンドバーグ・デッドライン
マックス・アラン・コリンズ（大井良純訳）
空の英雄リンドバーグの愛児が誘拐された！　アメリカ最大の悲劇と冤罪疑惑を残した「世紀の犯罪」に、ひとりの私立探偵が挑む。アメリカ私立探偵作家協会最優秀長篇賞受賞の大作。
コ-13-1

黒衣のダリア
マックス・アラン・コリンズ（三川基好訳）
かの未解決猟奇殺人《ブラック・ダリア》。その謎を追った私立探偵が見出した意外な犯人と動機とは。歴史ミステリとハードボイルドとを融合、エルロイの名作に挑む逸品。（池上冬樹）
コ-13-2

文春文庫

海外ミステリ・セレクション

（　）内は解説者。品切の節はご容赦下さい。

ブラック・ダリア
ジェイムズ・エルロイ（吉野美恵子訳）
漆黒の髪に黒ずくめのドレス、人呼んで〝ブラック・ダリア〟の殺害事件究明に情熱を燃やす刑事の執念は実を結ぶのか。ハードボイルドの暗い血を引く傑作。〈暗黒のLA四部作〉その一。
エ-4-1

LAコンフィデンシャル（上下）
ジェイムズ・エルロイ（小林宏明訳）
暴力、猟奇殺人、密告……悪と腐敗に充ちた五〇年代のロサンジェルス。このクレイジーな街を、悪徳渦巻く市警の三人の警官にふりかかった三つの大事件を通して描く〈暗黒のLA〉その三。
エ-4-2

ビッグ・ノーウェア（上下）
ジェイムズ・エルロイ（二宮磬訳）
共産主義者狩りの恐怖が覆うLA。その闇に、犠牲者を食らう殺人鬼がうごめく。三人の男たちが暗い迷路の果てに見たものは――。四部作中、もっともヘヴィな第二作。（法月綸太郎）
エ-4-4

ホワイト・ジャズ
ジェイムズ・エルロイ（佐々田雅子訳）
番犬を惨殺する異常な侵入盗。その捜査にあたる悪徳警官はやがて権謀術数の闇の奥へ追いつめられる。狂おしく暴走する病んだ魂を強烈な散文で描く20世紀犯罪小説の金字塔。（馳星周）
エ-4-6

アメリカン・タブロイド（上下）
ジェイムズ・エルロイ（田村義進訳）
見果てぬ夢を追う三人の男たちがマフィアと政治の闇に翻弄された末に行き着く先――アメリカ史上最大の殺し、ケネディ暗殺。巨匠の〈アンダーワールドUSA〉三部作開幕。（吉野仁）
エ-4-7

ハリウッド・ノクターン
ジェイムズ・エルロイ（田村義進訳）
虚飾の都の狂騒の中で蠢く悪党、刑事、用心棒――《LA四部作》を彩った男たちが再び演じる暴力と激情の疾走。エルロイの意外な「軽妙」も味わえる全七篇収録の短篇集。（滝本誠）
エ-4-9

（　）内は解説者。品切の節はご容赦下さい。

わが母なる暗黒
ジェイムズ・エルロイ（佐々田雅子訳）
ノワールの巨匠エルロイ、その暗黒の源泉は十歳の時に実母が殺害されたトラウマにある。その前半生を赤裸々に告白し、未解決の母の事件に挑んだ全過程を描く壮絶な自伝。（池上冬樹）
エ-4-10

ライトニング
ディーン・R・クーンツ（野村芳夫訳）
次々と危難に襲われる美少女の前に現れて、その運命を変えようとする男はいったいどこから来たのか。ホラー、SF、サスペンス――ジャンルを超えた圧倒的な面白さで人気の代表作。
ク-5-1

ウォッチャーズ（上下）
ディーン・R・クーンツ（松本剛史訳）
実験から生まれた言葉を綴ることのできる学者犬と、その秘密を狙ってKGBより放たれたミュータントの殺し屋。超自然的産物同士の奇妙なライバル意識が、熾烈な追跡劇を展開する。
ク-5-5

だれも知らない女
トマス・H・クック（丸本聰明訳）
アトランタ署殺人課刑事の心にとりついた美女殺害事件。被害者の謎めいた生活を追っていくが、彼女の本当の姿を知るものはだれもいない……。フランク・クレモンズ・シリーズ第一弾。
ク-6-1

闇をつかむ男
トマス・H・クック（佐藤和彦訳）
故郷の親友が残した遺体なき殺人事件の記録。犯罪ノンフィクション作家が捜査の跡をたどるうち、記憶の奥底から甦ってきた山奥に立つ蔓の絡まる廃屋には――情緒豊かなミステリー。
ク-6-6

緋色の記憶
トマス・H・クック（鴻巣友季子訳）
ニューイングランドの静かな田舎の学校に、ある日美しき女教師が赴任してきた。そしてそこからあの悲劇は始まってしまった。アメリカにおけるミステリーの最高峰、エドガー賞受賞作。
ク-6-7

文春文庫

海外ミステリ・セレクション

（ ）内は解説者。品切の節はご容赦下さい。

死の記憶
トマス・H・クック（佐藤和彦訳）

スティーヴは三十五年前の一家惨殺事件の生き残りだった。犯人である父は失踪、悲劇の記憶は封印されてきたが……。家族の秘密が少しずつ明らかになるにつれ甦る、恐ろしい記憶とは？

ク-6-8

夏草の記憶
トマス・H・クック（芹澤恵訳）

三十年前、米南部の田舎町で、痛ましい事件が起こった。被害者は美しい転校生。彼女に恋していた少年が苦痛と悔恨とともに語った事実は、誰もが予想しえないものだった！（吉野仁）

ク-6-9

夜の記憶
トマス・H・クック（村松潔訳）

ミステリー作家のポールが挑む50年前の少女殺害事件の謎とき。調査を始めたポールの脳裏に蘇る、姉にまつわる彼自身のつらい過去。それぞれの戦慄の事実がいま、解き明かされてゆく。

ク-6-10

心の砕ける音
トマス・H・クック（村松潔訳）

血と薔薇の中で死んでいた弟、その死にとり憑かれた兄、兄弟の運命をかえた謎の女。それぞれが抱える心の闇とは？クックがミステリの枠を超えて深く静かに訴えかける、せつない物語。

ク-6-11

神の街の殺人
トマス・H・クック（村松潔訳）

モルモン教の街ソルトレーク・シティで次々起こる殺人事件。犯人は教会に恨みをもつ者らしい。やがて教会の忌まわしい過去が暴かれ、百年前と現在がシンクロし新たな殺人を予告する。

ク-6-12

闇に問いかける男
トマス・H・クック（村松潔訳）

幼女殺害の容疑者、取調べる刑事たち、捜査過程で浮かんできた怪しい人物……すべてが心に闇を抱えこみ、罪と贖いがさらなる悲劇を呼ぶ。クック会心のタイムリミット型サスペンス！

ク-6-13

文春文庫

海外ミステリ・セレクション

（　）内は解説者。品切の節はご容赦下さい。

ブレイン・ドラッグ
アラン・グリン（田村義進訳）
脳の機能を高める錠剤。それが彼の人生を一変させた。怠惰な生活を一新、株で大儲け。だが巨大な成功の瀬戸際で、底知れぬ陥穽が。全労働者の悪夢というべきサスペンス。（池井戸潤）
ク-14-1

リオノーラの肖像
ロバート・ゴダード（加地美知子訳）
かつて笑い声に包まれていたミアンゲイト館に何が起きたのだろう？　戦死した父、夭折した母、そして殺人事件。謎に挑むリオノーラに、ある日……。重厚なミステリー・ロマンの傑作。
コ-6-1

汚名
ヴィンセント・ザンドリ（高橋恭美子訳）
嵌められて脱獄囚を追う刑務所長キーパーが、その罠に気づいた時、悪夢が甦る。アッティカ刑務所大暴動で舐めた酸鼻をきわめる残虐体験の記憶……プリズン・ハードボイルドの最高傑作。
サ-7-1

アイスキャップ作戦
スタンレー・ジョンソン（京兼玲子訳）
南極点到達を果たしたスコット隊が発見した謎の鉱物。それが地球温暖化を防ぐ特効薬となることを知った双子の兄弟は南極へ向かう、そして……。迫真のアドヴェンチャーミステリー。
シ-12-1

暗殺者の烙印
ダニエル・シルヴァ（二宮磬訳）
NY上空で旅客機がイスラム過激派に撃墜された。即座に報復攻撃に出たアメリカ。だが全ての裏には悪辣な陰謀があった——期待の新鋭が放つ《テロの時代》の国際謀略小説雄篇。
シ-15-1

天使の街の地獄
リチャード・レイナー（吉野美恵子訳）
LA屈指の麻薬密売人の母親が惨殺された。犯人には五十万ドルの懸賞がかかる。百戦錬磨の刑事、わたしは、その裏をかこうとするが……悪の坩堝を巡礼する苛烈な「地獄めぐり」の物語。
レ-5-1

文春文庫

海外ミステリ・セレクション

（　）内は解説者。品切の節はご容赦下さい。

推定無罪（上下）
スコット・トゥロー（上田公子訳）

美人検事補の強姦・殺害事件を手がける同僚検事補が、一転容疑者として裁判にかけられることに……。ハリソン・フォード主演で映画化された、ミステリー史上に残る法廷サスペンスの傑作。

ト-1-1

われらが父たちの掟（上下）
スコット・トゥロー（二宮磬訳）

女性判事ソニアの担当した殺人事件の裁判は、被告、弁護人をはじめ知人ばかりで、さながら同窓会だった。公判の進展とともに一九六〇年代の諸相が現代に重なる。異色の法廷ミステリ。

ト-1-7

囮《おとり》弁護士（上下）
スコット・トゥロー（二宮磬訳）

法曹界の大規模贈収賄事件を摘発すべくFBIの選んだ手段は、敏腕弁護士を使った大胆な囮捜査だった！あの「推定無罪」を凌ぐ傑作と、各紙誌から絶讃された法廷人間ドラマ。（松坂健）

ト-1-9

デッドリミット
ランキン・デイヴィス（白石朗訳）

首相の兄が誘拐された。目的は身代金ではなく……。兄の命と自らの政治生命を賭け、限られた時間に首相が挑む！　イギリスのリーガル・サスペンスの雄が描くとびきりのスリルの連続。

テ-10-1

女検事補サム・キンケイド
アラフェア・バーク（七搦理美子訳）

13歳の少女がレイプされ殺されかける。少女の証言で容疑者を逮捕、検事補のサムは裁判の勝利を確信する。だが一見単純に見えた事件は次第に奇怪な姿をあらわし始める。（中嶋博行）

ハ-23-1

フリーダムランド（上下）
リチャード・プライス（白石朗訳）

夜の熱気のなか、ふらふらと病院にあらわれた白人女性が、カージャックの被害を訴える。犯人は黒人、しかも後部座席には四歳の息子が……。事件は思わぬ方向へ展開する。（関口苑生）

フ-14-1

文春文庫

海外ミステリ・セレクション

（　）内は解説者。品切の節はご容赦下さい。

マンチェスター・フラッシュバック
ニコラス・ブリンコウ（玉木亨訳）
十五年前の惨殺事件――忘れたはずだった。だが今、新たな殺人が、ジェイクの過去を呼び起こす。背徳と裏切りの日々の記憶を。英国推理作家協会賞受賞、現代暗黒小説の代表的長篇。
フ-15-1

アシッド・カジュアルズ
ニコラス・ブリンコウ（玉木亨訳）
麻薬とダンス・ミュージックに淀むマンチェスターの暗黒街を謎の〝美女〟が訪れた。町の顔役を消すために。暗黒小説をポップな語りにのせて疾走させる現代パルプ・ノワールの逸品！
フ-15-2

ラリパッパ・レストラン
ニコラス・ブリンコウ（玉木亨訳）
ギャングの亭主から盗んだ金で女が開いたレストランを仕切るのはクスリ漬けの人気シェフとカード詐欺常習犯のボーイ長。開店直前、キッチンに拷問死体が出現して……。
フ-15-3

絢爛《けんらん》たる屍《しかばね》
ポピー・Z・ブライト（柿沼瑛子訳）
魔都ニューオーリンズで出会った二人の快楽殺人鬼。行き場を失くした美青年が彼らのもとを訪れたとき、背徳の宴が幕を開ける。酸鼻にして華麗な、血みどろの愛と死の物語。（滝本誠）
フ-23-1

フリッカー、あるいは映画の魔（上下）
セオドア・ローザック（田中靖訳）
映画の中には魔物がいる！　ミステリファンのみならず、映画ファン、文学ファンをも堪能させた危険かつ悩殺的なゴシック・ミステリ。'98年度のミステリ・ベスト1。（高橋良平）
ロ-4-1

弁護士は奇策で勝負する
デイヴィッド・ローゼンフェルト（白石朗訳）
死刑囚の再審に乗り出した若き弁護士アンディを襲う卑劣な妨害。事件の陰の巨悪を挫き、不利な再審裁判をひっくり返す奇策はありや？　MWA新人賞候補の痛快ミステリ。（杉江松恋）
ロ-5-1

品切の節はご容赦下さい。

ナイト・ピープル
バリー・ギフォード（真崎義博訳）
〝ジーザスの花嫁〟を自称する前科ものの女ふたり。この世から男を抹殺すべく儀式を企てるが……。あの『ワイルド・アット・ハート』の著者が放つ、ますますイカれた男と女の傑作掌篇集！
キ-7-1

アライズ・アンド・ウォーク
バリー・ギフォード（真崎義博訳）
「自分みたいな人間でも世の中を変えられるんじゃないか」。落ちぶれた牧師が、脱獄のために手を組んだ白人と黒人が、若き女預言者が、複雑怪奇に入り乱れる、愉快で過激な三部作第二弾。
キ-7-2

ベイビィ・キャット‐フェイス
バリー・ギフォード（真崎義博訳）
バスジャックに遭ったベイビィを間一髪助けてくれたのは、『ワイルド・アット・ハート』のセイラーとルーラ。暴力まみれのこの世の中で見出した救いとは？〝南部の夜〟三部作最終章。
キ-7-3

さゆり（上下）
アーサー・ゴールデン（小川高義訳）
九歳で祇園に売られ、数々の苦難にも負けずに芸を磨き、史上最高値で水揚げされた芸妓さゆりの数奇な一生。緻密な構成、リアルな描写で様々な先入観を覆した全米ベストセラーの話題作。
コ-16-1

Sudden Fiction
超短編小説70
ロバート・シャパード＆ジェームズ・トーマス編
（村上春樹・小川高義訳）
ヘミングウェイ、テネシー・ウィリアムズからレイモンド・カーヴァーまで、選りすぐりのアメリカン・ショート・ストーリーが七十篇。短編小説の醍醐味が詰まった貴重な一冊です。
シ-4-1

Sudden Fiction 2
超短編小説・世界篇
ロバート・シャパード＆ジェームズ・トーマス編
（柴田元幸訳）
世界中から集めた、きわめつきのショート・ショート集。ボルヘス、ガルシア＝マルケス、カルヴィーノ、コレットと世界文学のビッグネームから、意外な掘り出し物まで、ずらり六十篇。
シ-4-2

文春文庫　最新刊